生徒会の金蘭

碧陽学園生徒会黙示録6

葵せきな

ファンタジア文庫

1831

口絵・本文イラスト　狗神煌

生徒会の金蘭

碧陽学園生徒会黙示録6

こくばん

生徒会長
桜《さくら》野《の》くりむ

三年生。見た目・言動・思考・生き様、
すべてがお子さまレベルという、
特定の人々にとっては奇跡的な存在。
何事にも必要以上に一生懸命。

副会長
杉《すぎ》崎《さき》鍵《けん》

学業優秀による『特待枠』で
生徒会入りした異例の存在。
黒一点の二年生。エロ…
もとい、ギャルゲ大好きで、
生徒会メンバーの
全攻略を狙う。

書記
紅《あか》葉《ば》知《ち》弦《づる》

くりむのクラスメイトで、
クールでありながら
優しさも持ち合わせている
大人の女性。生徒会に
おける参謀的地位だが、
激しくサドな体質。

副会長
椎《しい》名《な》深《み》夏《なつ》

鍵のクラスメイトで、
漢と書いておとこと読む、
熱い性格の持ち主。
男性を嫌っており、
女子人気が高い。髪をほどく
と美少女度が倍増する。

会計
椎《しい》名《な》真《ま》冬《ふゆ》

深夏の妹で一年生。
当初ははかなげな美少女
だったが、徐々に頭角を
あらわし、今や取り返し
のつかないことに。
男性が苦手だが、鍵は平気。

出入り口

これが生徒会室の配置よ!

「陰謀なんてどの業界にもごまんとあるわよ」

by 宇宙巡

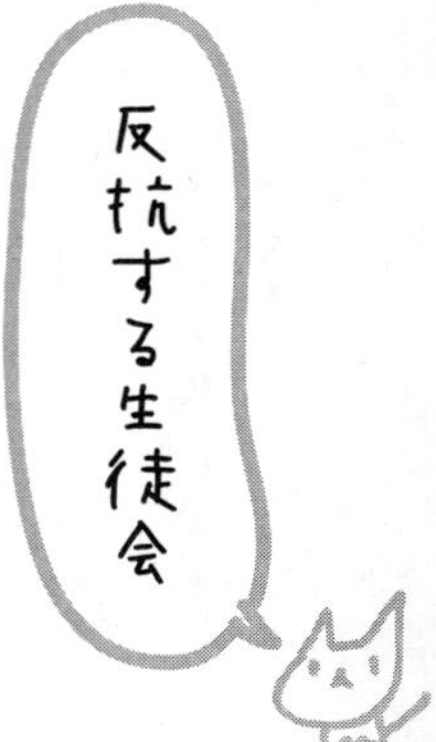

【反抗《はんこう》する生徒会】

「世界は常に、危機に晒《さら》されているのよ！」

会長がいつものように小さな胸を張ってなにかの本の受け売りを偉《えら》そうに語っていた。

「ああ、そうだな会長さん！　世の中には常に人類を滅《ほろ》ぼさんとする影《かげ》の組織が――」

「そう、いるのよ！　影の組織！」

「ああ！……え？」

深夏《みなつ》が間の抜《ぬ》けた声をあげる。どうやら、自分で組織どうこう言っておきながら、本当は若干《じゃっかん》ツッコミ待ちだったらしい。

戸惑《とまど》っている深夏に代わり、俺が疑問を口にする。

「どうしたんですか、会長。中二病でも患《わずら》いましたか？」

「ちゅーに？　私は高校三年生だよ！　そんなの罹《かか》らないもん！」

「分かってないですね、会長。中二病は全人類が脈絡《みゃくらく》無く感染する恐《おそ》れがあり、しかも未《いま》だ有効なワクチンや抗《こう》ウィルス剤《ざい》も開発されていない、史上最悪の感染病ですよ？」

「そうなの？　でも私はそれじゃないと思うよ！　大人だもん！」

「そうですか？　ならいいですけど……」

「というわけで、世界は邪悪《じゃあく》な組織によって掌握《しょうあく》されようとしているの！　今こそ、我々選ばれし者『生徒会役員』による革命が必要よ！」

「中二病だっ！　会長が、中二病に感染なすったぞぉおおおおおおおおお！」

発病は明らかだった。潜伏《せんぷく》期間も予兆も無かったからびっくりだが、これは、まさに例の病気の症状《しょうじょう》だった。

この病気の脅威《きょうい》を一番よく知るであろう役員、椎名真冬《しいなまふゆ》その人が、会長の痛々しさにぶるぶると震《ふる》えている。

「会長さん……ついに罹ってしまったのですか……。オタク業界では不治の病と言われ畏《おそ》れられるあの病気に……。でも、根治させたいなら初期のうちしかないです！　見て下さい！　先輩《せんぱい》のようになってからでは、遅《おそ》いのですよ！」

「そうですよ会長。俺のように釘宮《くぎみや》病まで併発《へいはつ》したら、もう、後にはひけません」

「お前はなにを偉そうに語っているんだ？」

気付けば深夏に侮蔑《ぶべつ》の視線を向けられていた。……いや、お前だって立派な中二病患者《かんじゃ》じゃんかよ……。

会長はと言えば、しかし、やっぱり自分には関係無いと思っているようだ。

「だから、私はそんな病気じゃないの！　ただ、世界を狙《ねら》う組織の存在と、私という人間の特殊性《とくしゅせい》に気付いてしまっただけなのよ！……くっ、鎮《しず》まりなさい、あまりの力に封印《ふういん》しておいた私の左手……。今はまだ、力を発揮する時ではないわ……」

「アカちゃん、それ本当に典型的な中二――でもないかもしれないわね。思えばアカちゃんって、最初から自分を一番だと思っていたわね」

「だから言っているじゃない！　私は中二病なんか罹ってないって！」

「まあ、確かに、今更《いまさら》ある意味かかるまでもない人ではありましたね、会長」

俺達はなんか納得してしまった。その反応も会長は少し不満なようでぷくっと頬《ほお》を膨《ふく》らませてはいたが、文句までは言ってこない。

そんな中、深夏が「でもさぁ」と話を続ける。

「会長さんが自分を特殊だって思っているのはいつものことだけど……でも、世界を狙う組織だなんだと言い出したのは初めてじゃね？」

「確かにそうです。真冬も、会長さん自身が神様や救世主さんというのはよく聞きましたけど、陰謀《いんぼう》論めいたことを聞いたのは、初めてだと思います」

真冬ちゃんの言葉に、会長が「いんぼーろん？」と首を傾《かし》げる。それには、知弦《ちづる》さんが答えた。

「陰謀論というのはね、アカちゃん。まあ、端的《たんてき》に言えば、『世界を裏から操っている組織がいる！』という考え方のことよ」

「そうなの？　じゃあそれだよ！　私の言っているの！　いんぼーろん！」

胸を張る会長に、しかし、俺は注意を促《うなが》す。

「でも会長。陰謀論って、基本は眉唾《まゆつば》なんですよ。なんというか、ええと、超能力《ちょうのうりょく》とか幽《ゆう》霊《れい》とかUFOとか、そういうのと一緒《いっしょ》くたにされることも多い……と言えば伝わるでしょうか。実際に確認されていることは、そんなに多くなかったり――」

「そんなことないよ！　そりゃ、杉崎《すぎさき》は頭からっぽさんだから、《企業《きぎょう》》なんていう全然リアルじゃない組織創作してたけどね！　私は違《ちが》うもん！」

「えーと……」

いや、あれは、実際にいたんですが……。いや、小説上じゃそうしてないんだっけ。とにもかくにも、会長のと一緒にして貰《もら》っては困るが、うまく説明も出来ない！　そしてあれ説明したらしたで、陰謀論の実在を証明している気もする！　微妙《びみょう》！　なんか俺の今の状況《じょうきょう》、非常に微妙！　世界を裏から操る組織、絶対無いとも言えねぇや！

俺が困っていると、知弦さんが助け船を出すかのように、会長の相手を引き受けてくれた。

「アカちゃんはまた、どうして急に陰謀論を？　なにかあったの？」

「うん！　気付いちゃったんだよ、私！　世界は……世界は、《三百人ちょっきり委員会》によって、操られていたということに！」

「《三百人ちょっきり委員会》？」

深夏が訊《たず》ねる。俺も真冬ちゃんもまだ聞いたことのない単語だったので、首を傾げた。

「ええと……なんか以前知弦さんの創作で碧陽《へきよう》学園に《十人委員会》なる組織があるっていうのをやりましたけど……それの発展ですか？」

「違うよ！　これは創作じゃないもん！　実際いるんだもん！」

「全校生徒が約七百人なのに、三百人も在籍《ざいせき》する委員会があったら、真冬も、知っていると思うんですが……」

「違うの！　学校にいるんじゃないの！　世界中にいるの！」

『？』

俺も深夏も真冬ちゃんも今一ピンとこずぽかんとしていると、若干涙目《なみだめ》の会長に代わり、なぜか知弦さんが説明をしてくれた。

「ちょっきりはさておき……《三百人委員会》は、確かに実際あるわよ。いえ、実在を確認されたわけじゃないけど、有名な陰謀論の一つではあるの。アカちゃんだけの創作では、ないわ」

「え、そうなんですか？」

「えへん。でも私の言っているのは《三百人ちょっきり委員会》の方だけどね」

なぜか会長が威張《いば》っていた。真冬ちゃんが「それで……」と知弦さんに質問を続ける。

「その人達は、悪い人達なのですか？」

「え？　そうねぇ……実在するかどうか分からないものを判断も出来ないけれど。あったとしたら、少なくとも単純な『悪の組織』では無いでしょうね」

その説明を受け、会長が机を叩《たた》く！

「それは《三百人委員会》の方でしょ！　私の言う《三百人ちょっきり委員会》は、世界の破滅《はめつ》を企《たくら》む、悪の組織なんだよ！　そしてそれに気付いているのは、私だけ！　だからこそ、我々生徒会が戦わなければなるまい」

「いや、『なるまい』じゃなくて。なんで碧陽学園生徒会が戦わなきゃいけないんですか。もっと俺と、幸せに、だらだら過ごしましょうよ」

「鍵《けん》！　目を覚ませよ！　もっと熱くなれよ！」

「いや深夏、まずお前が目を覚ませ！　そしてクールになれ！　なんで会長側についてんだよお前！」

「ハッ！　悪の組織の存在とか聞いたら、つい、条件反射的に……」

深夏が頬を紅《あか》くする中、会長が主張を続ける。

「今日の会議では、《三百人ちょっきり委員会》の陰謀と、我々レジスタンスが、如何《いか》にして戦うかを、議論したいと思う！」

「ああ、偉い人が中二病にかかってしまうと、こんな風に周囲まで巻き込まれてしまうのですね。真冬、また一つ学びました」

真冬ちゃんが溜息《ためいき》をついている。……普段《ふだん》ならここらで諦《あきら》めて会長の議題に付き合うところだが、しかし、今日ばかりは、俺もどうも気が乗らない。非生産的なことは勿論《もちろん》、俺自身、若干陰謀論めいたものと関《かか》わったことがあるだけに、ああいうものの話題でテンションはどうしたって上がらないのだ。美少女とやる会話でもあるまい。

知弦さんや椎名姉妹《しまい》が「仕方ないから話そうか」みたいな空気になっている中、俺は、若干しつこいかなと思いつつも、もう一度だけ、一縷《いちる》の望みをかけて反論しておくことにした。

「会長、《三百人委員会》ならいざしらず、《三百人ちょっきり委員会》なんてゆるい名前の組織、絶対ありませんって。あったところで、俺達が波風立てる必要無いですって。操りたいなら、操らせておけばいいじゃないですか。俺達は、俺達で幸福を摑《つか》んでいきましょうよ」

「…………！　杉崎……貴方《あなた》……」

「？　どうしたんですか、会長。急に俺を睨《にら》み付けて――」

「皆《みんな》、気をつけて！　彼は偽者《にせもの》よ！　《三百人ちょっきり委員会》が我々レジスタンスへ送り込んだ、刺客《しかく》だったのよぉ――――！」

『な、なんだってぇー！』

俺以外のメンバー達が一斉《いっせい》にM○R風リアクションをとっていた。

「なんで急に全員ノリノリなんだよ！　って、おい、こら、深夏、なんだこの紐《ひも》は！　縛《しば》るな！　俺を椅子《いす》に縛り付けるな！」

「くそ……お前！　鍵を……本物の鍵をどこにやった！」

「会長側に本格的にノりやがったなお前！　活《い》き活きした目をしやがって！」

「キー君、残念だわ。偽者とはいえ……貴方の絶叫《ぜっきょう》を聞くことになるなんてね。心苦しいわ」

「とか言いながら何嬉々《きき》として拷問《ごうもん》器具の用意を始めているんですかっ！　っつうか拷問

に至るの早いですねっ！」

「先輩……お、思えば、今日はずっと様子がおかしかったです」

「おかしいのは真冬ちゃんの方だよ！　周囲をキョロキョロして！　ホントはノってないだろう、キミ！　なんとなく多数側の空気に合わせているだけだろう！」

くそっ、こういう空気読むことには異常に長《た》けたメンバー共め！　俺がちょっと余計に食い下がったのをいいことに、今日のアウェーを俺に押しつけやがった！

紐で固定された椅子をガタガタ鳴らして抗議《こうぎ》の意を示しながら、継続《けいぞく》して口でも反論を試みる。

「会長！　本当に俺が《三百人ちょっきり委員会》とかいう眉唾ものの組織の人間だと思っているんですかっ!?」

「……思えば、最初から杉崎は組織の存在に懐疑《かいぎ》的だったよね……。それも、全《すべ》て、《三百人ちょっきり委員会》の手下だったという理由で、説明がつくわ！」

「いやいやいやいや、俺がただ常識人だったという理由で、普通《ふつう》に説明がつきますが！」

「キー君、楽になりたいなら、早く吐《は》いちゃいなさい」

「笑顔で蠟燭《ろうそく》に火をつけながら何を！　っていうか、アンタは俺が偽者じゃないこと知りつつやっているでしょう！　俺をただ拷問したいだけでしょう！」

「鍵……いいヤツだったのにな。あたし……アイツのこと、好きだったのかもな……ぐす。残念だぜ……」

「残念なのは俺の方だよ！　なに今のぬるっとした告白イベント！　なあ！　俺のこと好きなの⁉　好きなの⁉　マジで⁉」

「違《ちげ》ぇよ！　お前じゃねえよ！　本物の……拳《こぶし》で富士山を割れた杉崎鍵が好きだったんだよ！」

「むしろそっちがニセモノだろう、おい！　そんな俺はどこにもいねぇよ！」

「先輩《せんぱい》……先輩が《三百人ちょっきり委員会》のメンバーだったなんて……。真冬は……真冬は……えーと、ショックです。はい」

「だからさっきからキミは周囲の空気に合わせているだけだよねぇ⁉」

紐を解《ほど》こうとジタバタもがくも、短時間で結ばれた割に全く解けない。

くそう……これじゃあ、メンバーへのスキンシップが出来ないじゃないかぁ！

「ニセ杉崎……そんなに暴れて。やっぱり、《三百人ちょっきり委員会》の人間だったんだね。うぅ、私は、悲しいよ」

「俺の方が悲しいですよ！」

「せ、先輩のこと、真冬、シンジテイタノニー」

「俺はもう真冬ちゃんのこと一切信頼《いっさいしんらい》していないけどねっ！」

「う、うちの妹を信頼しねぇ……だと？　美少女を無条件で信じないなんて……やっぱお前、鍵じゃ、ねえんだな……」

「なんでそういうとこだけクローズアップするかなぁ！　言っておくけど、今この時に限っては、真冬ちゃんどころか生徒会全員敵の気分だからね、俺！」

「やっぱりあたし達の敵だったのか、お前！　信じていたのに！」

「嘘《うそ》つけっ！　最初から信じる気皆無《かいむ》だろう、その対応！」

「ま、とりあえず、蠟《ろう》垂らしていいかしら？」

「駄目《だめ》ですよ！　なに気軽に拷問パート入ろうとしているんですかっ！　っつうか、俺は、本物だぁ――――――――！」

俺の絶叫に、ようやく、生徒会の動きが止まる。そうして、幾分《いくぶん》冷静になったのか、全員が一気に喋《しゃべ》るのはやめ、まずは代表するように会長が声をかけてきた。

「ねぇ、ニセ杉崎」

「その呼び方やめて貰えませんか」

「じゃあ、クローンおじさん」

「余計やめてくれませんかねぇ！」

「なら、エロい人」

「ニセ杉崎でお願いします」

はい、原稿《げんこう》数行無駄《むだ》に使いました。

「ねぇ、ニセ杉崎。そんなに自分が本物だと主張するなら、証拠《しょうこ》はあるの？」

「ぐ……会長のくせにまともなことを。でも、証拠なら、沢山《たくさん》ありますよ。なんせ本物なんですから。俺しか知らないこと、沢山知ってますよ。質問してみて下さい」

「じゃあ、杉崎鍵の一番尊敬する人は？」

「ハーレム成立の先輩として、柾木《まさき》天地《てんち》さんとか山田《やまだ》西南《せいな》さんとかですかね……」

「やっぱりニセモノだわ！　桜野《さくらの》くりむって答えないなんて！」

「なんでですかっ！　俺は正直な気持ちを答えたまでですよ！」

「くぅ、ということは、心からニセモノね！」

「いや違いますよ！　判断基準おかしいですから！　ほ、他の質問を！」

「他の質問？　じゃあ……《三百人ちょっきり委員会》のメンバーを言って！」

「ええ⁉　そんなの、分からないですよ！」

「と、いうことは……」

「あ、そうです！　俺が、《三百人ちょっきり委員会》じゃないっていう証明——」

「委員会のメンバーを意地でも喋らないなんて！　生粋《きっすい》の刺客ね！」

「おおう、こいつぁ中々の袋小路《ふくろこうじ》だぜ！」

「やっぱり私の目に狂《くる》いはなかったわね」

「……もういいですよ、《三百人ちょっきり委員会》で」

なんかもう、どうでもよくなってきた。いいや、こうなったら、テキトーに《三百人ちょっきり委員会》についてでも喋っておこうか——

「あ、ということは、このニセキー君を責めまくっていいわけね」

「ごめんなさい。俺は、《三百人ちょっきり委員会》なんか大キライです」

知弦さんが爪切《つめき》りに似た器具をカチャカチャやっていた。……うん、あれが何かは考えないようにしよう。爪になにをするものかは、想像したら駄目だ。

会長に代わり、今度は知弦さんが事情聴取《ちょうしゅ》をしてくる。

「キー君が本物かどうかについては、この際、もうどうでもいいわ」

「いやよくないですよ」

「だって、《三百人ちょっきり委員会》に限らず、陰謀《いんぼう》論めいたものなんて、結局『裏から全てが操られている』的なことだから、それ言い出したら誰《だれ》もが……本物であろうと、彼らの手先と言えるもの」

「だったら、俺を解放しても問題ないんじゃ……」

「問題はあるわよ。折角の拷問の機会を逸《いっ》するわ」

「むしろ貴女《あなた》の人格に問題がある！」

「うまい。そんなニセキー君にくさや一枚」

「やめてぇ――――――！　動けない俺の鼻と口にくさやの入ったビニールぶくろ当てるの、やめてぇー！」

酷《ひど》い拷問が開始されていた。生徒会役員達がぶるぶる震《ふる》えている。

「俺が……俺が、何をしたって言うんだ……うぅ」

「そうねぇ……。陰謀論的な考え方すれば、歴史的事件を裏から操っていたんじゃないかしら」

「俺どんだけ大物なんですかっ！」

「二年前、帯広《おびひろ》を騒《さわ》がせた連続下着泥棒《どろぼう》事件の陰《かげ》に、キー君の影あり」

「俺どんだけ小物なんですかっ！」

「いえ、キー君程度なら、大組織に属していたところで、結局は末端《まったん》の『陰謀見習い』的存在なのかと」

「貴女の俺への評価は高いのか低いのか……」

「上層部に行けば行くほど、大きな事件の黒幕なのよ。ちなみに今までキー君がプロデュースした事件は、『新人アイドルのブログ炎上《えんじょう》事件』『美人キャスター、卑猥《ひわい》な放送禁止用語を口走り事件』『首都高ゴーカート暴走事件』『ガチムチの流行』『陣内《じんない》○則《のり》と藤《ふじ》○紀香《のりか》の離婚《りこん》』あたりかしら」

「俺どこを暗躍《あんやく》しているんですかっ！」

「碧陽学園生徒会に潜入《せんにゅう》している理由は……『アニメに出てみよう計画』の一環《いっかん》かしら」

「俺既《すで》に目的果たしてんだっ！　ある意味有能ですねっ！　狙《ねら》ってやれることじゃないでしょう、それ！」

「それを狙ってやるキー君は、やっぱり凄《すご》い男ね」

「え？　そ、そうですか。なんか照れるな……」

ぽりぽりと頬《ほお》をかく。全く身に覚えのないことだけど、褒《ほ》められると嬉《うれ》し——

「そんなキー君に、三日前牛乳をしみこませた雑巾《ぞうきん》一枚」

「やめてぇ——————！　動けない俺の鼻と口に雑巾の入ったビニールぶくろ当てるの、やめ——おぇ」

異常な吐き気が押し寄せてくる。会長が、自分がやられているわけでもないのに涙目《なみだめ》だった。これは……グロすぎて十八禁指定を受けかねない光景かもしれん。

「キー君。早く吐いてしまった方が楽よ」

「どっちの意味で⁉」

いかん、本当に吐きそうだ。九割、液体的な意味で。

「ふふふ、キー君を、全て吐く一歩手前まで追い込んでやったわ」

「その追い込み方は違うと思います！」

「さぁ、全て吐露《とろ》してしまいなさい。自分は《三百人ちょっきり委員会》の傘下《さんか》組織の末端の末端で、なおかつ紅葉《あかば》知弦の奴隷《どれい》として一生生きていく覚悟《かくご》が出来ていると、吐いてしまいなさい」

「なんかサラッと自分に都合のいい状況《じょうきょう》付け足しましたね！　吐きませんよ！」

「ふ……そのセリフ、荒《あら》ぶる太平洋にオンボロ漁船でマグロ漁へと駆《か》り出されたとしても、同じ事が言えるかしら？」

「言えない！　それは吐く！　確実に吐く！　でもだから何！」

「つまり、《三百人ちょっきり委員会》への在籍《ざいせき》を認めると？」

「認めませんよ！　それとこれとは、驚《おどろ》くほど話が別ですよ！」

「なかなかしぶとい子ね。組織への忠誠心が異常だわ」

「貴女の嗜虐心《しぎゃくしん》が異常なだけですよ！　俺は普通！」

「これは私では駄目なようね。あとは深夏、お願い」

「おう、任せとけ。あたしがオトしてやるぜ！」

深夏が腕《うで》まくりして笑っていた。

「いやいやいやいや、お前、どういう意味でオトすつもりだっ！」

「ふ、見ていろよ、ニセ……いや、面倒《めんどう》だから、鍵。あたしが、お前から自白を引き出してみせる！」

「こ、このご時世、暴力的な事情聴取なんかしたら、大問題なんだぞ！」

「安心しろ。あたしは、昔の刑事《けいじ》ドラマが好きだ」

「何を安心しろと⁉」

そうこうしているうちに、知弦さんから深夏へと状況は完全にバトンタッチ。引き続き事情聴取が行われる。

深夏は俺の方を向くと、どこからか持って来た電気スタンドを点灯させ、俺の顔に当ててきた。

「うぉっ、まぶしっ！」

「……カツ丼《どん》食うか？」

「吐き気を催《もよお》している人間に対して、なんたる選択肢《せんたくし》！　食わねぇよ！」

「……おふくろさん、悲しんでいるだろうな」

「そりゃ息子《むすこ》が無実の罪でこんな目にあわされてたら、悲しむわ！」

「……お前が、やったんだな？」

「何をだよ！」

「しらばっくれるな！　うちの……うちの妹がこんな風になったのは、お前が陰《かげ》から操ったせいなんだろう！」

「違ぇよ！　真冬ちゃんがそうなったのは、真冬ちゃん自身の責任だよ！」

「というか二人とも、そもそも今の真冬を可哀想《かわいそう》なものとして扱《あつか》うのはやめて下さいですっ！」

俺達二人のやりとりに、なんか真冬ちゃんが噛《か》み付いてきた。しかし、深夏はそんな妹をスルーして、話を続ける。

「昔はあんなに可愛《かわい》かった真冬が、今やこんな有様だ。……これを陰謀と言わずして、なんと言う！」

「堕落《だらく》だよ！　陰謀じゃなくて、それは、ただの堕落だよ！」

「いや、ですから、二人とも、今の真冬はそこまで駄目でしょうか――」

「妹は……真冬は、本当は心優《やさ》しい健気《けなげ》な子だったんだ！　それが今はこんな……うぅ。

誰かの洗脳に決まっている！　そうじゃなきゃ、この残念さに説明がつかねぇだろ！」

「つくよ！　暴走気味の姉とのめりこみやすい母、そして甘やかされた生活環境《かんきょう》と偏《かたよ》った嗜好《しこう》、それらから今の悲しい人格形成の全《すべ》てが説明つくよ！」

「くすん、くすん……」

なんか真冬ちゃんが泣いているが、まあ俺達の会話とは関係無いだろう。ゲームのデータでも消えたのかな？

それはそうと、俺の『全てが説明つく』理論に、深夏が大きくのけぞる。

「な、なんだって!?　では……うちの母親の離婚や再婚までも、全て、お前のせいだったとでも言うのか!?」

「言わねぇよ！　そんなことして、俺に何の得があるんだよ！」

「『母が離婚→あたしが妹を甘やかす→真冬堕落→真冬の嗜好がおかしくなる→ＢＬ経由で鍵に懐《なつ》く→勢い余って告白→若干《じゃっかん》いい感じに↑今ここ』ということだろう！」

「俺凄《すげ》ぇなおい！　ラブコメ史上最も知略に富んだ主人公じゃねぇか！」

「恐《おそ》るべし、《三百人ちょっきり委員会》……」

「確かにこんなどーでもいい策略を練る組織は恐ろしいわっ！　でも違うから！　そんなん言い出したら、この世の全てが陰謀に見えるから！」

「この世の全てが陰謀……だと？　そうか、そもそも、あたしや真冬が生まれたところから、お前の陰謀は始まっていたんだな……く、なんて大きな闇《やみ》だ」

「お前の心の闇の方が大きいだろ！　どんだけ俺を悪役にしたいんだよ！　っていうか俺いつから暗躍してんだよ！」

「生まれた時からだろう。生粋のインボウダーだな、お前は」

「なにそのだせぇ造語！　インボウダーって！　本物の陰謀論に関《かか》わる組織の方々も、そんな呼ばれ方はしたくねぇだろうよ！」

「お、そういう意味じゃ、あたし、委員会に一矢《いっし》報《むく》いた？」

「いやな報い方だな、おい！　しかし確かに若干のダメージ与《あた》えてるかもしれねぇ！」

インボウダーなんてダサい呼ばれ方が浸透《しんとう》したら、世界を裏から操ってやろうなんて気もなくなるというものだ。

深夏はくくと悪そうに笑っていた。

「この小説を通してその呼称《こしょう》を流布《るふ》させ、《三百人ちょっきり委員会》やその他組織へ加入する人間を減らす……それこそが、あたしの、パーフェクトな陰謀だぜ！　あーはっはっは！」

「もうお前の立場はなんなんだよ！　最早《もはや》正義でさえないよ！　陰謀の泥仕合《どろじあい》だよ！」

「知能戦に次ぐ知能戦。読者はこんなスパイ小説を待っていた！」

「誰《だれ》一人待ってねぇ！　今回の話のどこにも、知能のカケラも見当たらねぇよ！　組織の方々も安心だよ！」

「さあ、では、そろそろ吐いて貰《もら》おうか。委員会の全容と……そしてカツ丼を！」

「吐けねぇよ！　どっちも俺の中にありませんからねぇ！」

「おうおう、まだ粘《ねば》るか、やっこさんよぉ。……どれ、ワシに代われ、若造。うぃっす、おやっさん」

「なに一人でやってんの!?　人格交代!?」

深夏はなぜかわざわざ一度立ち上がり、椅子《いす》に座り直した。目の前で腕を組み、妙《みょう》に熟練の空気を漂《ただよ》わせてくる。うざい。

「よぉ、杉崎さん。随分《ずいぶん》お疲《つか》れのようじゃねぇか……。すまんねぇ、あいつ、まだ新人でさぁ。気合いが空回りしてんだ。許してやってくれや」

「いや、許してやれもなにも、さっきのもお前だろうが……」

「……カチッ、シュ……。ほれ、お前さんも一本どうだい？」

「いやいや、なにタバコ勧《すす》める素振《そぶ》りしてんの!?　俺未成年ですけど!?　というかおやっさんも未成年ですけど!?　まず自分が捕《つか》まるよ!?」

「まあまあ、かてぇことは言いっこなしでさぁ。ざっくばらんにいきましょうや」

「ざっくばらん!? なにそのお前らしくない語彙《ごい》! 本格的に人格交代してんな!」

「で?……やったのかよ、にーちゃん」

「おおう、凄《すご》まれた! 流石《さすが》貫禄《かんろく》の睨《にら》み! 怖《こえ》ぇ! しかしやってないものはやってねぇ!」

「ふぅ……そうかい。なぁ、にーちゃん。これは雑談なんだが……お前さん、気の弱い義妹《いもうと》さんが一人、故郷にいるそうじゃねぇか」

「え? それはいるけど……。っていうか、お前も会ったことあるだろう」

「そっかぁ。……林檎《りんご》ちゃん、だっけか。……ふふ、驚いたかい。『なんでその名を』って顔だな」

「いや、だから、お前、俺の目の前で会ったことあるだろう。何も意外じゃねぇよ」

「あの気の弱い、兄を信じ切っている可憐《かれん》な妹さんのところへ……強面《こわもて》の刑事がおしかけて、事情聴取《ちょうしゅ》することになっても、いいのかねぇ」

「お、おおぅ? なに? 脅《おど》し? ベテランのおやっさん、まさかの脅し?」

「……話す気に、なったかい?」

「いや、全く」

「…………」

「…………」

なんだこの沈黙《ちんもく》は。深夏が完全に固まってしまったぞ。皆《みんな》もなんか、俺に対して「お前空気読めよ」的視線を向けてきている。え、ええと……じゃあ……。

「……すいません。俺が、やりました」

「そっか。よく喋《しゃべ》ってくれたな」

深夏に肩《かた》をぽんぽんと叩《たた》かれた。……なんか俺、本当に取り返しのつかないことしたみたいだ。ちょっと反省しかけてしまった。うん……冤罪《えんざい》が生まれる瞬間《しゅんかん》って、こういう感じなんだろうなぁ。

ただ、俺の答えで深夏は刑事コントに満足したのか、椅子に背を深く預けて、目を瞑《つぶ》ってしまった。なんか一人で余韻《よいん》に浸《ひた》っているようだ。

完全に話が停滞《ていたい》してしまう。そこで、空気を読んだ真冬ちゃんが、渋々《しぶしぶ》といった様子で、俺に話しかけてきた。

「では先輩《せんぱい》、さっさと《三百人ちょっきり委員会》について話してしまった方がいいですよー」

「いや、真冬ちゃん、キミは正直どーでもよく思っているでしょう、このやりとり」

「そ、そんなことないです。決して、真冬のターンっぽいから、仕方なく、だるいけど、形式的に喋り出したわけでは、ないのです！」

やはり興味が無いらしい。まあ、なんかゲームとかBLとかあんまり絡《から》まないもんなぁ、この話題。

俺がジトっとした目で見ていると、真冬ちゃんはタンタンッと可愛らしく机を叩いた。

「な、なんですかその目は！　真冬だって語れますよ、陰謀論《いんぼうろん》！」

「そうなの？」

「はい。陰謀なんてものは、日常に沢山潜《たくさんひそ》んでいるものなのです。その辺を見渡《みわた》せば、いくらでも転がっているのです！　三次元に興味のない真冬にだって見つけられます！」

「そ、そんなにごろごろしているかな、陰謀……」

「例えば……二月頃《ごろ》に見かけた、早めに咲《さ》いたたんぽぽとかに、真冬は陰謀を感じました」

「いやいやいや、キミが感じたのは間違《まちが》いなく春の息吹《いぶき》だよ！　陰謀じゃないよ！」

「う……。そ、そういう、季節のことぐらい、日常的だということなのです、陰謀は」

「だから、そんなに無いって、陰謀」

「会長さんが会長さんに選ばれたのも陰謀ですし、先輩が優良枠《わく》なのも陰謀です」

「確かに不自然さはあるけどっ！　誰《だれ》の陰謀なの！　それで誰が得するの！」

「富士見書房《ふじみしょぼう》です」

「確かにっ！」

なんてこった！　富士見書房は、このメンバーで生徒会をやらせて、後にライトノベルを執筆《しっぴつ》、そこそこ売れることを見越《みこ》していたのかぁ！……って。

「いや、無いよ！　富士見書房の皆《みな》さん、そこまで有能じゃないよ！」

「いや、そのツッコミもどうなんでしょう、先輩……。とにかく、陰謀は巷《ちまた》に溢《あふ》れていると、真冬は警告したいのです」

「どの立場から警告しているんだよ……」

「ネットで『スーパーハカー』と呼ばれる真冬の立場からです」

「それは馬鹿《ばか》にされているんじゃないの⁉　全然信用ならないよ！」

「あと、真冬の創作上の人物だった中目黒《なかめぐろ》先輩が現実に現れたことにも、今となってみれば、陰謀を感じます」

「それは確かにっ！　偶然《ぐうぜん》にしては出来すぎている！　しかし、だとしたら、一体誰の陰謀だと……」

「……ニヤリ、です」

「⁉　まさか真冬ちゃん……現実に中目黒が転校してくるのを知っていて……！」

「いえ、全くです。言うなればこれは、BLの神様のイタズラです」

「BLの神様最悪だな！　っていうか神様出て来たら、もう陰謀とかじゃないじゃん！」

「う……は、話がぶれてなんか、いません。真冬は、陰謀に、チョー詳《くわ》しいんだってばよ」

「なんかもうテンパりすぎて口調がおかしくなってるよ！」

「と、とにかく！　先輩は早く《三百人ちょっきり委員会》について語ってしまって下さいです！」

「いや、だから、全然知らないんだって……」

そういつもの反論をすると。真冬ちゃんは俺の側《そば》へとサッと近づいてきて、皆に聞こえないように耳打ちしてきた。

「（ですから、先輩。今真冬がやっていたように、テキトーなこと言っちゃえばいいんですよっ。それでこの話題、終わりですっ。会長さんなら、満足しちゃいます！）」

その提案に、俺も小声で返す。

「（おお、成程《なるほど》ね！　やるね、真冬ちゃん！）」

「（熱血好きなお姉ちゃんや黒い裏世界大好きな紅葉先輩と違《ちが》って、真冬はこういう話題どーでもいいのです。真冬も、先輩と同じく、早く終わらせちゃいたいのです）」

「（よし、分かった！　俺も、陰謀論語るよ）」

「（よろしくです！）」

　ささっと小声でやりとりを交《か》わした後、真冬ちゃんが席に戻《もど》っていく。会長が「なに？どうしたの？」と訊《たず》ねてきたが、それには「ちょっと連絡事項《れんらくじこう》です」とだけ返し、俺達はすぐに会話を再開した。

「それで先輩！《三百人ちょっきり委員会》の目的は、なんなのですかっ！」

「ふ……よかろう。では、そこまで言うならば、話してやろうではないかっ！　我らの目的をっ！」

「え？　そこまで言うならばって……真冬ちゃん、普通《ふつう》に訊《き》いただけじゃ……」

　会長が頭の上に「？」マークを浮《う》かべているが、無視。俺達は勝手に話を続けていく。

「そ、その目的とは、一体！」

「くくく……我らの目的……それは、流行操作であーる！」

「？　あれ？　鍵、お前、それ、《企業《きぎょう》》の時と全く同じ展開じゃ……」

　深夏が俺の引き出しの無さにツッコンで来ていたが、それも無視。俺と真冬ちゃんは勝手に話を展開させていく。

「な、なんですって！　そんな……真冬は驚愕《きょうがく》です！」

「ふふふ……《企業》が九割手を引いた現在、学園は、今や無防備状態！　この隙《すき》に、我ら《三百人ちょっきり委員会》も、この学園と世界の流行の関係を調査し、有益と判断すれば即座《そくざ》に支配下におけるよう、学園にスパイを送りこんでいたのだぁ！」

「くぅ……なんて狡猾《こうかつ》な、です！」

「おかげで調査はほぼ完了《かんりょう》した！　最早スパイも用済み！　というわけで、今や俺は、結局ただのエロ男、杉崎鍵なのだぁー！」

「しまった、です！」

「……結局キー君は使い捨ての末端《まったん》なのね……」

知弦さんが何か興味を失ったようにしていたが、そんなことはどうでもいい。大事なのは、会長の反応――

「あーはっはっはっは！　や、やっぱりね！　私の目に狂《くる》いは無かったのよ！　杉崎！　貴方《あなた》はやはり、《三百人ちょっきり委員会》の手先だったのね！」

お、おおぅ、こちらの予想より大分強めの引きで釣《つ》り針《ばり》に引っかかってきたなぁ。

「よ、よくぞ見抜《みぬ》いたと褒《ほ》めてやろう、桜野くりむ！　お、お、お前の観察眼には、俺……いや、我輩《わがはい》？　我輩も、感服だわー！」

もう俺のキャラもよく定まっていないが、とにかく会長を盛り上げるよう言葉を続ける。

会長はと言えば……無邪気《むじゃき》に、胸を張って、満足げに息を吐《は》いていた。

「んふー！　そうでしょう！　やっぱり私は凄《すご》いねぇ」

「会長さん、ブラボーです！」

真冬ちゃんも盛り上げる。会長は更《さら》に胸を張った。

「えっへへー。今日は気分がいいね！　よし！　杉崎は、もう使い捨てられちゃったみたいだし、無罪放免《ほうめん》！　許す！」

「ははー、ありがたきお言葉ー」

「その代わり、生徒会室の掃除《そうじ》は永遠に杉崎が担当！」

「それは無罪放免とは言わないです！　普通に罰《ばっ》喰らってますが！」

「そうかな？　じゃあ、情状酌量《しゃくりょう》ということで、千年掃除担当！」

「結局余《よ》裕《ゆう》で寿命《じゅみょう》オーバー！　全然酌量されている気がしない！」

「むぅ、杉崎ワガママだよ。悪いことしたら、おしおきされなきゃ駄目《だめ》なんだよ」

「それはそうですが……じゃあ無罪放免って言わなきゃいいじゃないですか……」

「じゃあ有罪放免」

「有罪の人間を放免しちゃ駄目！」

「なら杉崎は放免出来ないね」

「やっぱり俺は有罪なんですか……全然許されてないじゃないですか……」

「あ、おしりぺんぺんしようか」

「え?…………。…………そ、それにしようかな」

「今、キー君のマゾ心にざわつきが見えたわ」

知弦さんが鋭《するど》い指摘《してき》をしてきた。俺はこほんと咳払《せきばら》い。

「では会長! 来て下さい! 俺の引《ひ》き締《し》まった生美尻《なまびしり》に、その可愛《かわい》らしい手の平でぺんぺんと愛のムチを!」

「ちょ、何ズボン脱《ぬ》ごうとしているのよ! やっぱり却下《きやつか》! ぺんぺんしない!」

「えー!」

「あら、アカちゃんがしないなら、私が――」

「いえ、そういう本格的なのは結構です、はい」

俺は即座に引き下がった。……俺のマゾ心は、流石《さすが》にそこまで真性じゃないのだ。

グダグダになった会議を、会長が強引にまとめにかかる。

「もう杉崎は放置でいいよ! そして、万事解決したから、この議題も終了《しゆうりよう》!」

『ええ!?』

あまりの駄目結論に全員が一瞬驚愕《いつしゆんきようがく》するも、しかし、皆既《みんなすで》に飽《あ》きていた部分もあったため、結局満場一致《まんじよういつち》で素直に終了していく。俺と真冬ちゃんは、視線を交わし、親指を立ててお互《たが》いのミッションコンプリートを讃《たた》えた。

こうして。

今日もどーでもいい会議が、また一つ、終わったのである。

＊

※《企業》残留職員による、学園周辺での不審《ふしん》電波傍受《ぼうじゅ》記録

「こちらコードネーム『カッコウ』、こちらコードネーム『カッコウ』。サポート班、至急応答されたし」

「こちらサポート班『コンドル』。碧陽学園潜入員『カッコウ』、如何《いかが》されましたか。一般《いっぱん》回線からの連絡《れんらく》は、原則禁じられているハズです」

「すいません。しかし緊急《きんきゅう》事態が発生しました」

「緊急事態ですか？　たかが高校の一般生徒に紛《まぎ》れての諜報《ちょうほう》活動という末端任務で、なにを……」

「バレました」

「なに？」

「ですから、バレていたんです！　ここの学校の、せ、生徒会役員に！　なにからなにまで！　どうして！　なんで！　私は、何もヘマなど――」

「お、落ち着きなさい『カッコウ』。どうしたというのです。我々の活動が、《企業》もほぼ手を引いたこの状況《じょうきょう》で、たかが学生に知られるなど、あるはずが――」

「それがバレていたんですよ！　全《すべ》て！　先日生徒会室に仕《し》掛《か》けた盗聴器《とうちょうき》で録音した会話を聞きましたら……そこで語られていたのは……ああっ！　と、とにかくデータを転送します！　聞いて下さい！」

「…………！　こ、これは……なんという……！　『カッコウ』！　直ちにその学園を離《はな》れなさい！　この遠回しな威圧《いあつ》……ヤッらは……ヤッらは、素人《しろうと》じゃありません！」

「了解《りょうかい》！　直ちに帰還致《きかんいた》します！　『全ては尊き三百人のために！』」

「『全ては尊き三百人のために！』……無事の帰還を、祈《いの》ります」

「ありがとうござい――！　あ、あなたは生徒会顧問《こもん》の真儀《まぎ》――いえ、や、あの、こ、これは友達と電話を……が、学生証も、ほら、これが……うっ！」

「か……カッコウ――――――――――！」

通話記録終了

「最早なにをもって生徒会と題しているのやら……」

by 宇宙守

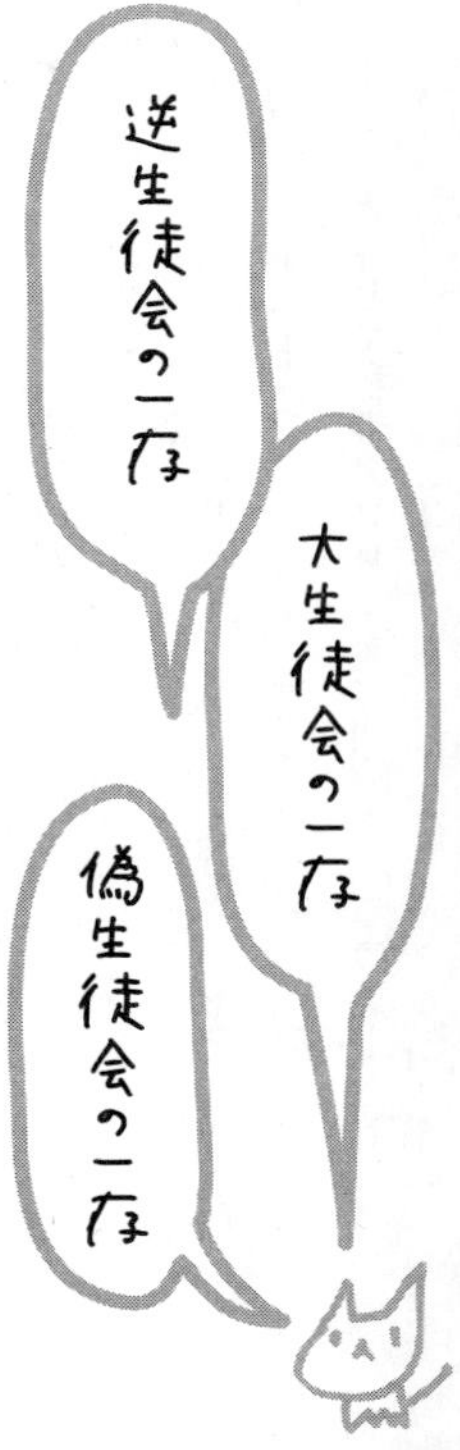

【逆生徒会の一存】

「最早《もはや》吐きそうな程《ほど》に女を抱《だ》きたい！」

杉崎《すぎさき》がいつものようにイケメンフェイスで童貞《どうてい》をこじらせていた。

ただし学校ではなく休日のファミレスで。

私は彼の白い歯に惚《ほ》れ惚《ぼ》れしながら、うっとりと、こもるような小声で応じる。

「そ、そんなに飢《う》えているなら、ほら、わ、私が……このトップアイドルたる星野巡《ほしのめぐる》が、スッキリさせてあげても……いいの……よ？」

我ながら大胆《だいたん》なことを言ってしまったわ！　高揚感《こうようかん》と恥辱《ちじょく》からモジモジし、頬《ほお》を赤らめながらも上目遣《うわめづか》いで様子を窺《うかが》っていると、杉崎が「スッキリ？」と首を傾《かし》げる。

「え、いや、俺には朝のワイドショーとか無理だって」

「誰《だれ》も加藤《かとう》○次《じ》の代わりをやれとは言ってないわよ！」

テーブルをガンッと叩《たた》く！　すると杉崎は更《さら》に怯《おび》えて、童貞の性欲《せいよく》さえも全《すべ》て吹《ふ》き飛《と》んだような活気を失った瞳《ひとみ》で「どうもすいませんでした」とパクパク口を動かした。うぅ……なんで毎回こうなるのよ！　どうして私のアプローチは曲解されるのよ！

「そりゃ普段《ふだん》の行いが行いだからな……」

ワナワナと拳《こぶし》を震《ふる》わせている私の心を読んだのか、隣《となり》から我が弟・守《まもる》が余計なことを言ってくる。とりあえず守のつま先を私の持てる限りの脚力《きやくりよく》で潰《つぶ》しつつ、一旦《いったん》話題を逸《そ》らす。

「杉崎がこんな様子なのはいつものことだからいいけど、なんで今日はあんた達まで一緒《いっしょ》にいるのよ」

そう話を向けたのは、杉崎の横に並んだ二人の草食系男子だ。

まず一人は下僕《げぼく》。…………。……あ、この説明じゃ駄目《だめ》なの？　面倒《めんどう》ね。だから小説形式って苦手よ。えーと、なんだったかしら。いつも下僕って言ってるから名前忘れかけてたけど、そうそう、中目黒善樹《なかめぐろよしき》。通称《つうしよう》下僕。そんじょそこらの女よりよっぽど女の子しているビクビク男子だ。肌《はだ》もかなり綺麗《きれい》だから、私はいつかコイツを芸能界でプロデュースして、荒稼《あらかせ》ぎをしようとも企《たくら》んでいたりする。それぐらいには、まあ美少年ね。

んで、更にその隣にもう一人。杉崎や下僕とはまた違《ちが》ったタイプのイケメン男子が、やる気の無い様子でボンヤリしている。

彼の名は秋峰葉露《あきみねはろ》、だったかしらね。高校一年生、つまり私達の後輩《こうはい》だ。正直他学年とは殆《ほとん》ど交流なんか無いのだけれど、彼とは以前ちょっとした縁《えん》があって知り合った。ただその辺のエピソードはわけあって割愛《かつあい》。一言言えることがあるとすれば、残念ながら碧陽《へきよう》学園じゃ変態行動をしていると自然に有志が集まると。……まあ察して頂戴《ちょうだい》な。

話を戻《もど》すけど、今日の違和感《いわかん》の正体は概《おおむ》ね彼だ。この、私達二年の仲良し軍団とは毛色の違う、テンション低い冷めた様子のクール系美少年。こいつは、さっき言ったように知り合いではあるんだけど、かといって一緒にお茶を飲むほど打ち解けた記憶《きおく》もない。

だから本日日曜日、こんな田舎《いなか》の喫茶店《きっさてん》の六人掛《が》けの席に私、守、杉崎、下僕が揃《そろ》っているという状況《じょうきょう》がそもそも珍《めずら》しいのは勿論《もちろん》、彼、後輩・秋峰葉露が普通《ふつう》に参加しているという状況は、私にとってイレギュラー以外の何物でもなかった。

私がそのことを口にすると、彼は相変わらず活力の無い瞳で「あー」と私を見据《みす》えてくる。

「いや、杉崎先輩《せんぱい》に呼ばれたんで。なにするかは良く知りませんが、とりあえず」

「なにそれ。あんた杉崎の言うことなら無条件で動くわけ？」

「はい、割と」

しれっと当然のことのように言う秋峰葉露。私も杉崎もその若干《じゃっかん》病的な反応にたじろいでいると、なぜか、隣にいた下僕が焦《あせ》った様子で口を出してきた。

「ぼ、ボクも杉崎君の言うことならなんでも聞くよ！　は、恥《は》ずかしいことでも！」

むむむ？　そ、そう言われると私も黙《だま》っちゃいられないわね！

「わ、私だって杉崎が言うなら四人までは殺《や》れるわよ！」

「きめぇよ！　お前らキモすぎるよ！　なんなんだよ！」

杉崎が過剰《かじよう》に反応して私達から距離《きより》を取る。なによ、失礼ね！

段々カオスになってきた場を、つまらない常識人の守が仕切り直す。

「ちょっと待てよお前ら。集まってからかれこれ三十分、ずっとこんな調子で話が進んでねーよ。まずはオレ達を呼び出した張本人、杉崎から話を聞こうじゃないか」

「ん？　なんかそのセリフ自体、既《すで》に何回か聞いた気がするわ」

「そうだよ！　さっきからこれ言ったら杉崎が『女が抱きたい！』的な最低セリフで名言を気取り、そこに姉貴が空回りアプローチ――っていう流れが延々ループしてんだよ！」

「無限ループって怖《こわ》いわね」

「そう思うならどっかで気付いてくれ！」

私達のやりとりに、どこか感心した様子の秋峰葉露が食いつく。

「守先輩、流石《さすが》超能力者《ちようのうりよくしや》ですね。誰もが気付かなかったループ現象に気付くなんて」

「そういう問題じゃねーから一年！　ああっ、もう！　とにかく杉崎、説明しろよ！」

「うむ、任せろ。ではまず会長に倣《なら》って名言を一つ。『震えるほどに女を抱きたい！』」

「！　その……す、杉崎、私で良ければ――」

「既にループしてんじゃねーかよ！　なんでそうなるの!?　わざと!?」

「おおー、凄《すご》いよ守君！　ボク、全然気付かなかった！」

「僕も全く気付きませんでしたよ先輩。ループ現象って怖いですね」

「怖いのはお前らの最低学習能力だよ！」

うちの弟が息を切らせて怒《おこ》っている。なんだか分からないけど、その気色悪い必死の形相に免《めん》じて、私が話を進めてあげましょう。

「で、具体的には何のために集まったのよ、今日」

私は杉崎の性欲吐露《せいよくとろ》に乗らず、先を促《うなが》してみる。すると彼は「うむ、良く聞いてくれた」と、なぜか少し上から視点で接してきた。

「本日、皆《みんな》にわざわざこのファミレスへと集まって貰《もら》ったのは外《ほか》でもない」

言いながら立ち上がり、私はよく知らないけど生徒会の会長が仕切る会議ってこんな感じなんだろうなという様相で、杉崎がバンッと机を叩いて目的を発表する。

「俺達は本日ここに、『合コン・リベンジ』を開催《かいさい》したいと思います！」

「じゃ、私仕事あるから」

「今日は深夏《みなつ》の部活助《すけ》っ人《と》を見に行こうと思ってたんだったぜ」

「ボク、杉崎君との思い出アルバム編集しないと」

「あ、今日はリリ姉《ねえ》の買い物に付き合おう、そうしよう」

一斉《いっせい》に立ち上がり店を後にしようとする私達。が、杉崎が必死に呼び止めてきた。

「ちょ、ちょっと待てよお前ら！　話を聞けって！　おい、そこの後輩！　秋峰！　お前まで憧《あこが》れの先輩にそんな失礼な態度取るのかっ、おい！」

「いや先輩のことは尊敬してますけど……ほら、僕、裏切りたくない人がいますんで」

「純情かっ！　く……な、中目黒！　お前は俺と一緒にいたくないのか!?」

「それはそうだけど……でも杉崎君、前回の合コンのこと忘れたの？　ボクもう、あんなのこりごりだよ……」

「だ、だからこそのリベンジじゃないか！　守！　お前だって合コンしたいだろ!?」

「いや別に？　深夏が来るってんなら話は別だが……」

「いや、メンバーは巡にアイドルを斡旋《あっせん》して貰おうと思っているんだが」

「ほほう」

「……うん、巡さん、どうしてフォークを手にしたのかな。スパゲッティは来てないよ？」

「大丈夫《だいじょうぶ》、パスタを巻き付けるためじゃなくて、少し風穴を開けるために使うだけだから」

「い、一旦落ち着こうか、皆。ね？　ね？　ほ、ほら、店員さんもさっき注文した飲み物持ってきてくれたし！」

言われて振《ふ》り返《かえ》ると、確かに店員が来ていたので、仕方なく私達は一旦席に戻る。店員が全員に飲み物を配り終えるのを待って、杉崎が再び口を開いた。

「まず大前提として、全員、たまらなく女が抱きたい。これはＯＫ？」

『ＮＯだよ！（ですよ！）』

いきなり大ブーイングだった。杉崎が「まあまあ」と私達を窘《たしな》める。

「すまん、正直ふざけた。本題に入ろう。合コンがしたい」

『お疲《つか》れ様《さま》でした』

「すいませんでした、お願いだから解散しないで下さい」

杉崎が泣きながら頭を下げるので、私達は渋々《しぶしぶ》話に付き合うことにした。……なんでこの私が、好きな男の合コン話に巻き込まれなきゃいけないのよ……もう。

全員がそれぞれの理由で不満たらたらの表情を見せているせいか、杉崎はようやく生徒会長みたいなワンマン態度を解いて、理性的に説明を始めた。

「いや、中目黒が言うように、前回のあれは確かに酷《ひど》かった。俺もそう思っているよ」

杉崎の言葉に守と下僕が表情を曇《くも》らせる。事情を全く知らない秋峰だけがキョトンとしていたので、私は彼に軽く説明してやった。

「この三バカ共ときたら、私のマネージャー利用して芸能人と合コンしやがったのよ。まぁ当然、庶民《しょみん》と芸能人じゃ話が合うはずもなく、盛大《せいだい》にコケたみたいだけどね」

私的には未《いま》だにちょっとイライラする話なので、それが露骨《ろこつ》に態度に出る。……あんな気に食わない女共と杉崎が多少でも恋愛《れんあい》しようとしたことが、無性に腹立つのだ。そういう意味じゃ、生徒会の女共とイチャついてくれた方がまだマシってもんよ。……いやそれもイヤなんだけどっ！　なんかちょっと違うのよ！

三人が縮こまる中、秋峰は「そうなんですか」と相変わらず興味あるんだかないんだかという微妙《びみょう》な答えを返す。説明を終えた私は「で？」と苛立《いらだ》ちそのままに杉崎の話を促した。彼は少々びくついた様子で続けてくる。

「でも合コンの思い出があんなままっていうのも、あんまりだろう」

「そうだね……」

下僕がしゅんとして返す。……まあ、私も守から大体の経緯《いきさつ》……私の悪口言われて全員キレたっていう、なんか怒りづらい経緯を聞いてはいるから、一概《いちがい》に否定できないんだよね……うん。杉崎が女と会うのはイヤだけど、下僕と守にもちょっとぐらい春はあってもいいかもしれないわね。

杉崎はしみじみと頷《うなず》いた後、全員の顔を見渡《みわた》して、決意の表情で告げた。

「というわけで今回、秋峰を俺達の筆頭としてもう一度攻《せ》め入《い》ろうと思います！」

「うん、ちょいと待ちましょうか先輩方」

普段《ふだん》クールな後輩が汗《あせ》をダラダラ垂らして制止してきていた。雰囲気《ふんいき》に流されやすい守が、すっかり杉崎派となって後輩に応じる。

「んだよ、秋峰。ここまで言われて引き下がるなんざ……男がすたるだろう！」

「いやいや、全然すたりませんがっ！　っていうか、僕驚《おどろ》く程無関係では⁉」

「秋峰君……杉崎君がここまで言うんだから、付き合ってあげようよ！」

「いやいやいやいや、中目黒先輩まで何言い出しているんですか⁉　っていうか僕達に関しては普通に初対面ですよねぇ⁉」

秋峰の今更《いまさら》な反応に、下僕が隣《となり》を向いてちょこんと頭を下げる。

「あ、初めまして、中目黒善樹です。好きなものは杉崎君です」

「あ、これはご丁寧《ていねい》に。秋峰葉露っす。尊敬する人は杉崎先輩です」

「え、杉崎君のどこが好き？」

「生き様《ざま》です」

「……キミとは話が合いそうだよ。どう、今から二人で場所を移して――」

「いいッスね。じゃちょっと落ち着くところ行きましょうか――」


『そこで合コン成立さすなっ！』


下僕と秋峰が二人で去って行こうとしてしまったので、私達は慌《あわ》てて止めた。……この二人という組み合わせは、若干BL要素が洒落《しゃれ》になってない気がする。私や杉崎や守の精神衛生上、目の前で消えて行かないで欲しい。

杉崎教信者二名が席に着き、それぞれ飲み物を一口飲んでから、秋峰が話を再開させる。

「ですから、なんで僕も参加しなきゃいけないんですか」

「んなもん、お前、合コンにおけるルアー役はイケメンの義務だろう」

「いや、僕別にイケメンと言われる程の容姿では……」

そう本人は謙遜《けんそん》したけど、まあ正直、私から見ても彼は中々のイケメンだ。っていうかまあ容姿だけ見ればここにいる四人全員、かなりハイレベルなんだけど。爽《さわ》やかな杉崎、ワイルド系な守、美少年の下僕。そこに、クールでミステリアスな秋峰。うーん、素材自体はいいんだけどねぇ。

「僕はリリ姉命なんで、他の女の子に見向きとかされたくないです。うざいです」

「まあ、そう言うな後輩《こうはい》。俺も本命は生徒会だけど、女性経験は決して無駄《むだ》にならん！エロいことはいいことだ！」

「ああ、オレの未来予知も告げているぜ、これは糧《かて》になると。当たらないけどな！」

「杉崎君が女の子と会う以上、ボクらも保護者としてそこに居るべきだと思うんだ」

……容姿だけは、いいんだけどねぇ。喋《しゃべ》ると全員色物すぎるのは、どういうことなの。

秋峰は全員の説得に溜息《ためいき》を吐《つ》き、「もういいです……」と早くも諦《あきら》めた。

「まあ先輩に恩があるのは確かですし。それに、中目黒先輩が言うなら、僕は……というかこの場の誰《だれ》も、ちょっと逆らえないですからね」

『う』

「ん？」

下僕がキョトンとする中、その場の全員が胸を押さえる。……秋峰は以前ここのメンバーで下僕（と国立凛々《くにたちりり》）をストーキングしてしまったことを言っているのだろう。そういう意味では確かに、私達は下僕に春を与《あた》えてあげる責任があるかもしれな——って。

「秋峰。今妥協《だきょう》してここに残るような素振《そぶ》りこそ見せてたけど、むしろ、ここは下僕を誰かとくっつけて国立凜々から遠ざけようとでも考えたんじゃ――」

「やぁー、巡先輩はいつ見ても綺麗《きれい》だなぁ！　僕、アイドルさんと一緒《いっしょ》にお茶出来て幸せだなぁっ！」

なんて小賢《こざか》しい子、秋峰葉露。通称《つうしょう》、冷静と情熱の間。……私の勝手な命名だけど。普段やる気ないクセに、国立凜々が絡《から》むとキャラがガラッと変わる。秋峰が子犬のような瞳《ひとみ》で見てくるので、私はふんと鼻を鳴らして彼の思惑吐露《おもわくとろ》をやめさせてやった。人の弱みを握《にぎ》るのは好きだ。手駒《てごま》が増える。今日からこいつも私の下僕の一人と数えてやろう。

とりあえず私を除く全員がそこそこ乗り気になったところで、杉崎が私の目を見てくる。

……なによ、惚《ほ》れ直してまうやろ！

「というわけで巡、アイドルを手配してから速《すみ》やかに帰ってくれ」

「ヤンデレが愛する人を殺害してしまう気持ちが若干分かったわ、今」

こいつはもう喋るべきじゃない。私の頭の中でだけ生きていけばいいんじゃないかしら。

私が暗い目をしていると、杉崎が怯《おび》えながらも言い訳をしてきた。

「な、なんだよ。いいじゃないか、減るもんじゃあるまいし。まあお前が俺を好きだってんなら、これ以上失礼な話もねーけどな！　はっはっは！」

「はっはっは」

朗《ほが》らかに笑う杉崎、その対面でフォークを握りしめながら無表情で空笑いする私という構図に、男三人がガタガタと震《ふる》えていた。あー、地球よ滅《ほろ》べ。

「じゃ、巡、手配よろしく。あ、お前基準やめろよな！　女の言う『可愛《かわい》い子』程信用ならねーもんはないからな！」

「大丈夫よ杉崎、安心して。もうすぐ天使に会わせてあげるわ」

にっこりと微笑《ほほえ》む私。言葉の真の意味に気付く三人はテーブルが揺《ゆ》れるほどガタガタ震え、対照的に杉崎は上機嫌《じょうきげん》に笑う。

「そうかそうか！　天使みたいな子かぁ、それはいいな！」

「天使みたいというよりは、私のように天使そのものよ。期待していいわ」

さて、そろそろ彼の額にぷすっとやろうかしらね――

「そっか！　巡レベルだっていうなら、それは安心だな！　頼《たの》むぜ！」

「――え？」

「ん？　どうした？　お前レベルに可愛い子、用意してくれるんだろう？」

「え、あ、う、うん」

あれ？　なんか今私、凄《すご》いこと言われてない？　可愛い？　誰が？　え？　私？　杉崎が私を？　可愛いって？　天使みたいにって？　ふぇ？

「あー、怒《おこ》られるの覚悟《かくご》で巡に頼んで良かったぜ。前回はマネージャーさん経由だったからなぁ。巡が選ぶ女の子なら、全員いいヤツだろうし！」

「あ、いや、えーと、その……あ、ありがとう？」

いや待て私。私の反応はそれでいいのか。本当にそれでいいの？　これ、なんか悪い男にころっと騙《だま》される典型的な駄目《だめ》女の路線を私は辿《たど》っていやしないか――

「巡は容姿だけなら抜群《ばつぐん》にいいからな！　巡レベルが来るなら、俺は嬉《うれ》しいぜ！」

「よぉしっ！　私にどんと任せておきなさい！　この可愛い、可愛い、可愛い巡さんに、まーかせーとけー！」

私は小躍《こおど》りしながらケータイを持って外に出て行った！　基本的に芸能界に友達なんかいやしない私だけど、昔在籍《ざいせき》していた「ホッピング娘《むすめ》。」の、私と同じく今は自ら積極的にソロ活動をしているメンバー……つまり友達ではないけど一応その上昇志向的に気が合うっちゃ合うメンバー数人に声をかけ、店内に戻《もど》る。

私は席に着きながら、杉崎に「グッ」と親指を立てた。杉崎も笑顔でそれに返す中、下僕が一人「巡さんの恋《こい》がどんどん歪《ゆが》んでいくよ……」と何か妙《みょう》なことを呟《つぶや》いていた。

「来られそうな人は折り返し連絡《れんらく》してくるように言っておいたわ。でもあんまり期待しないでよ、急な呼び出しなんだから」

私の注意に、杉崎が「おっけおっけ」と返す。そうしてから「じゃ」となぜか秋峰の方を向いた。

「この空いた時間に、練習するぞっ、秋峰！」

「練習？　なんのですか？」

「無論、女を口説く練習だ」

「ええー。……いいですよ別に。大丈夫《だいじょうぶ》です。口説けますよ、僕。えーと、あれです。選《せん》択肢《たくし》が出たら、とりあえず積極的に深く関《かか》わる方を選べばいいんですよね」

「ふ、それはゲームの中だけだぞ秋峰よ。俺も最近気付いたんだがな……」

「マジですか。それは知りませんでした。流石先輩《さすがせんぱい》、僕の一歩も二歩も先行ってますね」

「いやあんたらのレベルはどちらも五十歩百歩よ」

酷《ひど》い男達だった。杉崎は更《さら》に秋峰を説得にかかる。

「だからな、秋峰。……いやもう、葉露よ」

「なぜ急に名前で呼ばれだしたんでしょう、僕」

「エロゲ話題で親近感持たれたんじゃねーか」

「ずるい！　杉崎君、ボクも名前で呼んでよ！」

……なんだろう、この男達が四人で喋っていると、イケメンのはずなのに、なぜだか物凄い残念オーラが漂《ただよ》ってくるわね。不思議だわ。

杉崎が諭《さと》すように語りかける。

「葉露よ。例えばお前が合コンで女を落とそうと思ったら、まずどういう行動をする？」

彼の質問に、秋峰は「え、そうですね……」と返し少し悩《なや》み始めた。そりゃそうだ。そもそもこいつは同居している従姉《いとこ》にさえ気持ちが伝えられてないような男なのだ。合コンのなんたるかなんて分かるはずもない。

しかしクールイケメンが悩む表情は中々に理知的で、私達はコイツなら意外といい答えを返すんじゃないかと、少し期待して見守った。

二分後、たっぷり悩んだ末に、秋峰はさっぱりした表情で告げてくる。

「うん。彼女の幸せを心から祈《いの》りつつ、遠くから温かく、そして優《やさ》しく見守りますかね」

『お前帰れ！』

全員で一斉《いっせい》にツッコンでしまっていた。下僕や私でさえ叫《さけ》んでいた。

キョトンとした様子の秋峰に、杉崎が猛烈《もうれつ》に詰《つ》め寄《よ》る。

「それどんな合コンだよ！　っていうか最早《もはや》それ合コンじゃねえよ！」

「え、いいじゃないですか。僕はその気に入った女の子に対して、声をかけるでもなく、遠くの席から、彼女の幸福だけを願って、母親の様に見つめたいと思います」

「気持ち悪ぃよ！　なんだよお前のそのスタンス！　合コンに不向きにも程《ほど》があるわ！」

「分かりました、じゃあ、声をかけます」

「あ、ああ、そう、俺はそういう、どうアプローチをかけるのかっていうのが聞きたかったんだよ……」

「『貴女《あなた》今、幸せですか？』って」

「ただの宗教勧誘《かんゆう》じゃねぇかよっ！　ああ、もう、俺の人選は顔を重視しすぎたか!?　こいつ呼ぶべきじゃなかったのか!?」

「確かにリリ姉《ねえ》のことを思えば合コンに出るのは心苦しいですが」

「合コンよりシスコンかよっ！」

「まあ任せて下さいよ先輩。女を口説かせたら僕の右に出る者はいないですよ」

「同居中の超親密な従姉一人落とせてないヤツが何言ってんだよ！」

「安心して下さい先輩。僕は幼馴染《おさななじ》みも義妹《いもうと》も先輩も後輩も大概《たいがい》落としてますから」

「エロゲで自信つけてんじゃねぇよ気持ち悪ぃ！」

『お前が言うなっ！』

私達姉弟《きょうだい》、見事に揃《そろ》ったツッコミだった。杉崎がこほんと咳払《せきばら》いする。

「秋峰。お前やっぱり帰れ。そもそもやる気なかったろう、お前。いいぞもう」

杉崎に「しっし」と手を振《ふ》られるも、しかし、そこは下僕をサポートして誰かとくっつけたい秋峰。腕《うで》を組んで何かしばし考え込むと、不意に、ぽつりと小さく呟いた。

「……あー、なんだか無性に、明日隣《となり》の席の椎名《しいな》に『先輩が他の女性と合コンしていたよ』っていう話をしたいな――」

「ずっと俺と共にあってくれ、秋峰よ」

「先輩、了解《りょうかい》です」

男二人が、ガッシリと手を握りあっていた。二人に挟《はさ》まれて座っている関係上、それを目の前で見せつけられている下僕はなんだかブスッといつになく不機嫌《ふきげん》だ。……なにこのBL三角関係。不覚にも少しときめくわ。

私と同じように状況《じょうきょう》を見守っていた我が弟が再び話を戻す。

「っつうかそもそも女性のことで杉崎に師事するほど馬鹿《ばか》げたこたぁねーよ。仕方ねぇ、ここはオレが秋峰に女性の口説き方のなんたるかを教えてやるか」

「守先輩が……ですか」

「おいなんだその人を疑うような視線は」

「そんな、誤解しないで下さい。僕はただ、守先輩を心から見下していただけなんです」

「そうか、それは悪かったな——ってなお悪いわ！　おいこら後輩《こうはい》！　お前さっきから先輩に対する態度がなってねぇんじゃねえの、ああん⁉」

うちの弟が非常に小者臭《くさ》い。残念すぎるわ。……あ、いや、元々小者だからいいのか。

秋峰は守にすごまれても全く動じず、冷静に対処する。

「なに言っているんですか。僕は守先輩のこと、凄く尊敬していますよ」

「そ、そうか？　ぐ、具体的にはどんなところが——」

「あ、すいません、サン○ャイン牧場で水やりするんで黙《だま》っててくれませんか」

「mixi《ミクシ》アプリより優先度低いじゃねえかよオレ！」

「心外です、先輩。僕は先輩にずっとシンパシーを感じているんですよ。同じ学年の姉弟、辛《つら》い片想《かたおも》い……」

「秋峰……お前……。そうだな、オレも、確かにお前とはどこか——」

「すいませーん、僕、この『季節のフルーツソルベ』をお願いします。はい」

「注文してんじゃねーよ！」

「あ、お宝盗《ぬす》まれてる！　くっそー、罠仕《わなし》掛《か》けておけば良かったなー！　悔《くや》しいー！」

「怪盗《かいとう》ロ○イヤルで実際に市《いち》○隼人《はやと》的リアクションしているヤツ初めて見たよ！　いいか

ら、まずオレの話を聞け！」

「分かりました、不肖《ふしょう》秋峰葉露、守先輩の珠玉《しゅぎょく》の名言を一字一句聞《き》き漏《も》らさず拝聴《はいちょう》したいと思います」

「逆に話し辛《づれ》ぇ！……こほん。もういい、とにかく、だ。話を戻すが……」

「そうそう、ル○ィが初めてゾロと出会ったところでしたね」

「大分話戻しやがったな！　いやそうじゃなくて！　女性の口説き方の話だ！」

「ああ、そんな話でしたっけ。守先輩が脱線《だっせん》するんで忘れてました」

「オレ責任⁉　いやもういい。とにかくだ。そもそも女を落とすのに大事なのは『誠意』だ！　直球の純粋《じゅんすい》な愛情だ！」

「なるほど、つまり、こういうことですね。真の平和など、この世に存在しないと」

「お前オレの話全く聞いてねぇだろ！　完全に流しているだろう！」

「あ、すいません、聞いてませんでした。さっきの『ｍｉｘｉアプリ～』っていうとこから、もう一回言って貰《もら》っていいですか？」

「そこから聞いてなかったのかよ！　なんだよお前！　ケンカ売ってんのか⁉」

「まさか。とんでもない。なんでそんなこと言うんですか先輩」

「あ、す、すまん、オレ、なんかちょっとカッとしちまって……」

「僕が弱い者いじめするような男に見えますかっ！」

「ＯＫ、外に出ろや秋峰ぇえええええええええええええええ！」

守が憤慨《ふんがい》して立ち上がってしまったので、私は仕方なくスパンと彼の頭を叩《たた》いて落ち着かせる。

「なにをヒートアップしてんのよ守、みっともない」

「だ、だって姉貴！　こいつが！」

「確かに秋峰は小賢《こざか》しい男だけど、ジョークでしょジョーク。っていうかむしろあんたがそんなだから、秋峰の方も楽しくなってやりすぎちゃうのよ」

「そ、そうか……。……す、すまんかったな、秋峰。なんかキレちまって」

守はしゅんとして秋峰に謝る。彼もまた、守にぺこりと頭を下げて謝罪した。

「いえ、こちらこそすいませんでした。僕、なんか先輩だということ忘れて楽しくなってしまって……」

「秋峰……いや、いいさ。お前がオレをそこまで親しく思ってくれたんなら、それで」

「守先輩……。ホントすいませんでした。そうですよね。たかが守先輩、されど守先輩、ですよね」

「うん、後でちょっとトイレで話そうか、秋峰」

「アーッ！」

「そういう意味じゃねぇよ！」

うちの弟と秋峰の相性はすこぶる悪いらしかった。っていうか、守が手玉にとられすぎなんだけど。

守があまりの悔しさに膝《ひざ》を抱《かか》えて黙り込んでしまったので、仕方なく私が秋峰に応対する。

「秋峰。あんたさ……もうちょっと遠慮《えんりょ》したらどうなのよ。威厳《いげん》の無いうちの弟も悪いっちゃ悪いけどさ」

「巡先輩。すいません、僕、普段《ふだん》はこうじゃないんですけど……。なんでしょうね、守先輩って、いじりやすいリアクション芸人のオーラを纏《まと》っているとでも言いましょうか」

それは否定しない。杉崎も下僕も「うんうん」と頷《うなず》いていた。……弟よ……。

結局秋峰を鍛《きた》えるという話が中断してしまっているが、珍《めずら》しく下僕がそれを引《ひ》き継《つ》いできた。

「でも、確かに秋峰君の性格って合コンには向かないよね」

「そうですか？　僕はむしろ中目黒先輩の方が向かないと思いますけど」

サラリと返されて怯《ひる》む下僕。しかし彼はむんと胸を反《そ》り返らせて主張した。

「そ、そんなことないよ。前回の合コンだって、ボク、大活躍《かつやく》だったよ！」

「え、マジですか。……まあ、あのリリ姉をデートに連れ出すぐらいですしね――」

「唐突《とうとつ》にぶちキレて、テーブル叩いて、怒鳴《どな》って、合コンをお開きにしたもんね！」

「最悪じゃないですかっ！　え、なんで自信満々の態度⁉　実は凄《すご》い危ない人⁉」

「というわけで、秋峰君。合コンのことならボクになんでも訊《き》いてくれていいよ」

「貴方《あなた》現状僕の中で『師事したくない人ランキング』トップ独走中ですよ！」

「合コンのコツ。それは、女の子を不快にさせないことだね！」

「すげぇ！　日本語ってここまで説得力を削《けず》り取ることが可能なんですね！」

「まああれだよね。ボクぐらいになると、むしろ理解されないよね。常人とは感性が違《ちが》いすぎて」

「それはある意味その通りですがっ！　ってていうかなんでそんなどーでもいいところだけ妙《みょう》に自信満々なんですかっ！　普段の謙虚《けんきょ》さをそこに分けて下さい！」

下僕はどうやら杉崎の近くに居すぎたようだ。実力の伴《ともな》わない分野で根拠《こんきょ》の無い自信を持つ……これぞ、杉崎病。

「いや、むしろ姉貴の近くに居たせいで姉貴病にかかったとも——ぐふ」

守が私の心を読んで何か言いかけたので、とりあえず鳩尾《みぞおち》に重いのを入れて黙らせた。

下僕は未《いま》だに秋峰への教育を続けていた。

「秋峰君。キミにボクの恋愛《れんあい》バイブルを見せてあげよう。どうだい、凄いだろう？」

「うん、どうしてこの流れで『世界○初恋《はつこい》』なんでしょう」

「あ、なんか真冬《まふゆ》さんがボクにしょっちゅう新しい漫画《まんが》をくれるんだよ。優《やさ》しいよね」

「あの妄想《もうそう》クラスメイトめ！」

「むっ！　俺の真冬ちゃんを悪く言うヤツはどこのどいつだ！　ああん！」

「うわぁっ、先輩、すいません、すいません！」

「しかし中目黒、その本は俺が回収させて貰う！　生徒会で返しておくから！」

「ちょ、杉崎君酷《ひど》いよ！　凄くリアルで共感出来る話だったのに！」

『深く感情移入してる!?』

「あ、それに次は国立さんにも貸してあげるって約束していたんだよ——」

「まったくっ！　あの桃色《ももいろ》災害クラスメイトめ！」

「むっ！　俺の真冬ちゃんを悪く言うヤツはどこのどいつだ！　ああん！」

「うわぁっ、先輩、すいません、すいません！　でも桃色災害でよく分かりましたね！」

なんか非常に面倒臭《めんどうくさ》い関係性だった。なんだこれ。

そして杉崎と秋峰よ、BLを拒絶《きょぜつ》しつつも、その、なんだ……三人で入り乱れてその本を奪《うば》い合っている様子は、結構アレだよ。うん……とりあえずケータイでムービー撮《と》っておこう。椎名真冬にさぞや高値で売れることだろう。

しばらくぼんやりそのゴタゴタを見守っていると、ケータイに電話がかかってきた。杉崎が「アイドル!?　アイドルか!?」とうざいテンションで食いついてくる中、それを無視してディスプレイを見る。

「？　登録してない電話番号ね……」

少なくともさっき連絡《れんらく》したメンバーではなかった。とはいえ、事務所が気を遣《つか》っているのでこのケータイに迷惑《めいわく》電話がかかってくることも殆《ほとん》ど無い。不思議に思いつつも、とりあえず電話に出てみた。

「もしもし？　星野だけど」

こっちのケータイはアイドル名義で通している。私が出ると、向こうからわっとごちゃついた音声が返って来た。まるでパブリックビューイング会場の中継《ちゅうけい》だ。

「もしもし？　ちょっと誰《だれ》よ」

苛立《いらだ》ちつつも再度訊《たず》ねると、数秒して、ようやく電話口に個人が出た。

『あ、もしもし、星野さんですよね。お久しぶりですー、ペルシアンの天野《あまの》でーす』

「ペルシアン？」

『ちょっと、酷ぉいじゃないですかぁ。この前バラエティご一緒《いっしょ》したじゃないですかぁ』

うっざいノリね。こちとら日に何本仕事こなしてると思ってんのよ。バラエティ共演者なんて、そうそう覚えてられないっつうの。えーと、ペルシアン、ペルシアン…………あぁ！　あの後ろできゃあきゃあ騒《さわ》いでいただけの、十人ぐらいから構成される賑《にぎ》やかし三流アイドル集団だったかしらね。……覚えてるかっ！

「あー、はいはい、思い出したわ。で、なんの用？」

『あ、星野さん、テンション低ーい！　ちょっと、オンにして下さいよぉ』

うざい！　なんでアンタ相手に張り切らなくちゃいけないのよ！　勝手に電話かけてきておいて！　でも芸能人相手にいちいちキレていると後々疲《つか》れることになるだけなので、一応は取《と》り繕《つくろ》って応対する。

「ごめんね、今日オフだから。で？」

『あ、そうそう、星野さん、合コンメンバー探しているんですよね？』

「そうだけど。なんで貴女達が知っているのよ」

『たまたま今日共演してた沢木《さわき》さんから聞いたんです』

ちっ、美嘉《みか》め。こんな面倒《めんどう》そうな三流アイドルユニットになに話してんのよ、まったく。

『でも沢木さん予定あるって言うしぃ、だったら今ドラマの撮影《さつえい》待ちで暇《ひま》している私達が相手してあげようかなって』

「相手してあげよう？」

その上から目線の言い方にちょっとカチンと来たものの、直後に杉崎が私の言葉に反応して「やっほぅ！　アイドル！　アイドル！」と歓喜《かんき》し始めてしまったので、まあ……私も普段一般《ふだんいっぱん》人に対してはこんな感じの態度かと考え直して、イライラを抑《おさ》えつつ、前向きに話を聞く。

「じゃあ、今からこっちのファミレス来られる？」

『あ、行きませんよぉ？』

「え？」

『メンバーとも話したんですけど、まずは、テレビ電話でちょっとレベル見てからにしようかなぁって』

「……あ、ああ、そう、テレビ電話、ねぇ」

三流が、何一人前の芸能人ぶってんのよ！　あー、イライラする！　しかし前を見ると杉崎が「代われ代われ！」とかなり張り切ってしまっているので、まあとりあえず話ぐらいはさせてやるかと、相手の注文通りテレビ電話モードに切《き》り替《か》えてセッティングする。

どうやらあちらはノートパソコンとマイクを使っているらしく、結果、こっちからは相手の顔が殆どまともに見られないのに、あちらからはしっかり品定め出来るという、なんとも気持ち悪い環境《かんきょう》になってしまった。

ただ、さっきからイライラしているのは私だけで、杉崎が興奮しているのは勿論《もちろん》、守、下僕、秋峰も緊張《きんちょう》からか、些細《ささい》なことを全く気にしてない様子だった。……まったく、これだから男ってやつは。

テレビ電話モード用にテーブルに置いたケータイをまず自分に向け、話しかける。

「これで満足かしら？」

『バッチリです星野さん。じゃあ、男の子を順番に見せて下さーい』

「……ええ」

なーんか腹立つわね。別に私が腹立てることじゃない気もするんだけど。なんだろう、このもやもや感。っていうか男共、ちょっと疑問に思わないわけ、この状況《じょうきょう》。

「や、やー、ドキドキするなぁ！」

杉崎がニッコニコして呟《つぶや》いている。……これは駄目《だめ》だ。もういい、とりあえず開始しよう。

まずは我が弟、守にカメラを向ける。途端《とたん》、通話口からきゃあきゃあ盛り上がる声が聞こえてきた。ごちゃついてて誰が喋《しゃべ》っているのかも分からないけど、判別出来た単語は『結構いい感じじゃん！』とか『思ってたよりレベル高ーい』とか、概《おおむ》ね好評みたいだ。

まあ弟が褒《ほ》められて悪い気はしない。

『じゃあじゃあ、なんか喋って下さーい』

「え？」

電話口からの要望に、守が面食らう。っていうか、なによその話の振《ふ》り方。流石《さすが》三流、会話の切り口が雑だ。

当然ながら守が詰《つ》まってしまっていると、あちらからは『うけるー』だの『感度低ーい』だのしょーもない感想が聞こえてくる始末。私がイライラしていると、ようやく会話の切り出し方が悪かったのに気付いたのか、質問を付け足してきた。

『全員自己紹介《しょうかい》していって下さーい。えーと、アピールポイントもつけて』

「え、えーと」

……なにこれ。男共は緊張の方が勝っていて気にしてないようだけど、さっきからこいつら、何様なのよ。なによ、気になるのは私だけなの？　合コンってやったことないから分からないけど、こんな風なの？　男はこんな、面接みたいなことされなきゃいけないわけ？

私が無性にイライラしている間にも、守はなんとかかんとか喋り出していた。

「えと、オレは、その、宇宙守《うちゆう》、です」

『え、芸名？』『星野さんも本名宇宙って聞いたことあるよ』『マジで、チョークールじゃんw』『星野さんの弟なの？』『らしいよ、私はパスだけどぉ』

「えーと、あ、アピール……。……えーと、その、超能力《ちようのうりよく》が使え……たり」

途端、電話口から漏《も》れる不快な集団の笑い声。守は萎縮《いしゆく》し、顔を紅《あか》くしてしまっていた。馬鹿《ばか》な弟。そんなの、このタイミングで言うことないのに……。

ちょっと見ていられず、私は「はい次」と杉崎の方にケータイを向ける。すると、彼はいつもより三割増しのプレイボーイキャラで応対した。

「どもー！　杉崎鍵《けん》でーす！　十七歳でーす！　えーと、アピールポイントは俺という存在全部かな！　いやホント動画じゃこのオーラまで伝わらないのが残念だね！　本当の俺のイケメンっぷりが堪能《たんのう》したかったら、是非《ぜひ》こちらまで！」

『うわ、キモーイ！』『そう？　私結構好み』『うざくね？』『次、次』『いるよねー、素人《しろうと》のくせにカメラ前で調子乗るヤツ』『タイプじゃなーい』

……確かに、こういう杉崎は気持ち悪いけどさ。けど——。

私が考え事をしている間も、バトンは下僕、秋峰と渡《わた》されていく。

「あ、ぼ、ボクは中目黒善樹と言います。最近は、友達と遊ぶのが好きです」

『あ、私タイプかもー！』『えー、なよなよしてんじゃん』『いるよね、可愛《かわい》い素振《そぶ》りが受けると思ってる男』『一から色々教え込みたいわぁ』『まあ遊ぶ分にはいいかもね』

「秋峰葉露です。特技はこれといってありません。真面目《まじめ》な女性が好きです」

『お前の好み聞いてねぇから』『なにこれ、態度悪ーい』『クール作戦失敗ですかぁ？』

『でも顔いいよね』『まあ頼《たの》まれたらちょっと付き合ってあげてもいいかな』

全員が一通り面接まがいのことをさせられ、あちらから漏れ聞こえてくる残酷《ざんこく》な反応に男性陣《じん》の空気が凍《こお》り付く。

それでも——杉崎は、自分の方にケータイを向け、笑顔で彼女らに対峙《たいじ》した。……前回もそうだけど、本当は一番友達が傷付けられるのが嫌《きら》いなはずなのに。一番、友達のことでキレやすいタイプのくせに。それでも……ここでキレたらそれこそみじめだから。嫌味《いやみ》を言われても、プラスに解釈《かいしゃく》して楽しく過ごせれば、後から全部「いい思い出」にしてしまえることを、彼は知っているから。だから彼は最後まで盛り上げようと足掻《あが》く。

「ど、どう？　俺らのこと気に入った人は、ちょっとこっちまで来てみて——」

『あ、ごめん、どっちにしろもう空き時間無いんだ。いい暇潰《ひまつぶ》しさせて貰《もら》ったよー。っつうかうちらが最初から行くわけないじゃん。なに？　まさか本気で期待したわけ？』


——はーい、巡さん、臨界点越《こ》えましたよー。


「っと、おい、巡⁉」

私は杉崎の手から思いっきりケータイをひったくると、ケータイに思いっきり顔を——鬼《おに》の形相の顔を近づけて、ファミレス店内中に響《ひび》き渡るボリュームで怒鳴《どな》りつけた！

「っざいのよこの三流アイドルがっ！　ああん⁉　アンタらとの合コンなんてこっちから願い下げよ！　まったく釣《つ》り合《あ》いがとれてないにも程があるわ！　守のどこが不満よ！　こんな良く出来た弟、他にいないっつうの！　変わった名字で何が悪いのよ！　自分で痛い芸名つけているヤツよりよっぽどいいじゃない！　超能力ぐらい、面白ーいって受け入れる度量も無くてよく芸能人やってられるわね！　杉崎が気を遣《つか》ってチャラくしたのも分かんないのかアンタら！　守を傷付けてなんとも思ってない馬鹿なアンタらのレベルに合わせて、自分の方に話題向けたの分かんないかなぁ！　あー、もう、その察しの悪さ、テレビ出る者として致命的《ちめいてき》よ致命的！　下僕——善樹がなよなよしてるって⁉　アンタらの目は節穴じゃないの⁉　こんだけ意志強い男なんて、そうそう世間に居ないわよ！　友達と遊ぶのが好きなんて恥《は》ずかしいこと堂々と言えるピュアな男、他に知ってるの⁉　あーあ、勿体《もったい》ないことしてるわね、アンタら！

そして秋峰の態度が悪いですって⁉　笑わせんな！　ここまでのやりとりで、この子がどんだけアンタらにムカついてたか知ってて、それ言ってんの⁉　普段《ふだん》のコイツならもっと辛辣《しんらつ》な言葉投げかけてるっつうの！　でも先輩《せんぱい》方が頑張《がんば》っているからその空気壊《こわ》さないように出来るだけ普通《ふつう》の応対したんじゃない！　アンタらみたいなクズに、この従姉《いとこ》一筋の純情男がまともに喋っただけでも僥倖《ぎょうこう》と思いなさいよ！」

私は一気にまくしたてると、そこで一度大きく息を吸い、最後にありったけの声量をぶつけてやった！

「アンタらなんかに、うちの男達は一人だってやるもんかっ！　コイツらは……この馬鹿だけど最高の男達は、これからも私のもんだ！」

　そうして、ボタンが壊れるほど押し込み通話を切る。

　ふぅと息を整え、髪《かみ》をかきあげ、それから店内のお客さん、店員さんに頭を下げて騒《さわ》いだことを謝罪し、どすんと席に着く。

　なぜか、男共が私をジーッと見ている。なんとも感情の読めない瞳《ひとみ》だ。

　テーブルの上で指を組んで弄《もてあそ》び、気まずさから窓の外を眺《なが》めつつ、男共に告げた。

「まあ……あれね。悪かったわよ。その……合コンは、また今度——」

『あ』

「あ?」

　言葉を途中《とちゅう》で遮《さえぎ》られ、きょとんと首を傾《かし》げる。直後——

『姉御《あねご》ぉぉぉぉぉぉぉおおおおおおおおおおおおおおおおおお！』

　男四人が涙《なみだ》ながらに私の手にすがりついてきた！　きもっ！

「誰《だれ》が姉御かっ！　誰がっ！」

『怖《こわ》かったよぉぉぉぉぉぉぉぉおおおおおおおおおおおお』

「女性集団に萎縮してたんかい！　情けなっ！　アンタら情けなっ！」

『一生付いて行きますぅぅぅぅぅうううううううううううううううううううううううう』

「鬱陶《うっとう》しいわ！」

　というわけで。


　彼らの合コンは、まだまだ、成功しそうにない。

【大生徒会の一存】


「成長は特別なことじゃないの！　生きてさえいれば絶えず行われているものなのよ！」

会長がいつものように小さな胸を張ってなにかの本の受け売りを偉《えら》そうに語っていた。

しかし言っている本人の体格及《およ》び精神がこの一年で何も変わってない感があるため、今日の名言はいつもより余計に上滑《うわすべ》り気味だ。

それに気付いたのだろう、会長は素早く本題に話をシフトさせた。

「というわけで私達は、今こそパワーアップを果たしたいと思います！」

「会長、名言と行動が若干《じゃっかん》嚙み合ってないですが」

さっきこの人は、特別なことをしなくても人は成長している的なこと言っていたはずでは。しかし俺達の疑問は一切《いっさい》無視し、会長はいつものように会議を進める。

「私達は今、とても大事な時期にあります」

「第二次性徴期《せいちょうき》のことですね」

俺は会長の胸をじっと見ながら呟《つぶや》く。

「そういうことじゃないよ！」

「すいません、間違《まちが》いました。会長は第一次の方でしたか」

「もっと違うよ！　もう、茶化さないで！」

「すいません。学校のことですもんね。了解《りょうかい》、真面目《まじめ》に話し合います」

「まったく。こほん。そういうわけで私達生徒会は今、ライトノベルとして非常に重要な時期にあります！」

「俺の謝罪返せこの野郎《やろう》！」

いきり立つ俺を隣《となり》の深夏《みなつ》が「まあまあ」と宥《なだ》める。しかし不満だったのは俺だけじゃなかったようで、知弦《ちづる》さんも嘆息《たんそく》混じりに会長へ進言する。

「アカちゃん、また小説の方の話？　正直、読者さんも飽《あ》きていると思うわよ、この手の議題。実は既《すで》に結構な回数やっているわ」

知弦さんの適切な言葉に、しかし会長は全く動じることなく応じる。

「そうは言っても知弦、今は本当に大事な時期なんだから仕方ないよ」

「大事な時期？　もうアニメも終わりましたですよね、会長さん」

真冬《まふゆ》ちゃんが尤《もっと》もな疑問を告げると、会長は「ちっちっち」と指を振《ふ》り、いつも通りのイラッとくる態度を取り始めた。

「アニメは確かに終わったわ。でもね真冬ちゃん。私達はまだここで生きているの。そう、生きているのよ！」

「なにかとても深いことを言われた気がします！」

真冬ちゃんが無駄《むだ》に感動している中、深夏がまとめる。

「つまり、アニメが終わっても原作は続いているんだから、気を抜《ぬ》くなって話か？」

「そう！　気を抜くどころか、もっと本腰《ほんごし》入れて取りかからないと駄目《だめ》だと思うんだよ！」

会長のその言葉に、真冬ちゃんが深く頷《うなず》いた。

「確かにそれは一理ありますです。アニメが終わった途端《とたん》トーンダウンしてしまう原作は、世の中少なくないですからね」

「うむ！　だからこそ、私達は今、より一層のパワーアップを求められていると言えるのだっ！」

会長が机にダンッと手を置いて力強く宣言した。俺達は全員で目を見合わせ、いつものように「仕方ない」といった心持ちで会議に臨む。

まず深夏が当然の疑問点を告げる。

「しかしパワーアップと一口にいわれてもなぁ。今までも『テコ入れ』や『キャラ変更《へんこう》』の話とか散々した結果の、この現状だろ？　もう何もすることねーと思うぜ」

「そんなことないよ！　生きてさえいれば、人は毎日成長するのよ！」

なるほど、ここで名言に繋《つな》がるのか。………繋がってるか？

会長は相変わらず根拠《こんきょ》の無い自信で胸を膨《ふく》らませながら会議を進める。

「とにかく、今はとても大事な時期なの！　シリーズが終盤《しゅうばん》に差し掛《か》かっているのは勿論《もちろん》、生徒会のアニメにも新しい動きがあるらしいし！」

それは初耳だ。

「生徒会のアニメに新しい動きって……まさか……」

「ふふふ……そう、杉崎《すぎさき》、その通りだよ……」


「まさか……まさか、『生徒○役員共』が二期やると!?」


「思ってたのと違う！　そんな情報じゃないよ！　っていうかなんでこの流れで週刊少年マガ○ン情報だと思ったの!?」

「氏○ト全先生は俺の心の師匠《ししょう》です」

「なんとなく納得は出来るけども！　とにかく違うよ！　まったく、生徒会と言えば——」

「まさか『極○生徒会』が再び……」

「違う！　あー、もう、とにかく、生徒会の一存のアニメに、新しい動きがあるの！」

「二期ですか？」

真冬ちゃんが訊《たず》ねる。しかし会長はなぜか口を濁《にご》した。

「そうとも言えるし、言えないとも言える。言えるか言えないか言えないのは、言える人も言わないし言えない人は言えないから、言おうとも言えないし言えないんだよ」

「びっくりするほど下手にはぐらかされました！」

「とにかく、今はそういう時期なの！　これで動かなきゃ生徒会じゃない！」

「いや学校のために動くのが本来の生徒会だと思いますがっ！」

「そんなわけで、私達はこれから、パワーアップしようと思うわ！」

そんな会長の宣言に。深夏がだるそうに「だからさぁ」と告げる。

「これ二度目だけど、パワーアップってなにすんだよ」

「パワーアップはパワーアップだよ」

「……もしかして、これといって考えてねーのか？」

「……さて、皆《みんな》、生徒会はどうパワーアップすべきか、考えよう！」

相変わらずの会長の態度に全員一斉《いっせい》に溜息《ためいき》をつく。しかしまあいつも通りの予想済み展開でもあるので、すぐに気を取り直して会議続行。

まずは言い出しっぺの会長が明らかに今考えている様子で提案する。

「ほら、ここは次からタイトルを『大生徒会の一存』にして、話の内容も盛り上げていくとかっ！　斬新《ざんしん》！」

「いや思いっきり伝勇伝のパクリじゃないですか。しかしまあ、言いたいことは分からないじゃないです。『大』がつくと『パワーアップ！』って感じはしますね」

俺の意見に、知弦さんが「いいんじゃないかしら」と続く。

「実際に『大生徒会の一存』っていうタイトルにするかどうかはさておき、会議の指針としてはいいと思うわよ。つまり今までのテコ入れ議題みたいな突飛《とっぴ》な方向転換《てんかん》や要素追加じゃなくて、あくまで『プラスα』の範疇《はんちゅう》で考えようと、そういうことよねアカちゃん」

「う、うむ！　そのとーり！」

いや絶対そこまで考えてなかったろうこの人。

まあしかし、そういうことなら無茶苦茶なことにはならなさそうだ。「だったら……」と早速《さっそく》深夏が提案する。

「皆で修行《しゅぎょう》して戦闘《せんとう》力上げれば――」

「言うと思ったよ！　っていうか読者の皆が想像してたよそのボケ！　当然却下《きゃっか》！」

「じゃあ皆で瞑想《めいそう》して戦闘力上げれば――」

「そんなマイナーチェンジの問題じゃないの！　そもそも生徒会の戦闘力が上がったところで、内容何一つ変わらないでしょ！」

「そんなことねーって！　じゃあさ、とりあえず一回やってみよーぜ、戦闘力上がった『てい』の生徒会」

「ええー。……まあ、深夏がそれで納得するなら……」

会長が不承不承といった感じで頷き、俺達もまた応じる。

そうして、深夏の号令と共に、新たな生徒会が——始まった。

大生徒会の一存　～戦闘力向上編～

「強さとは、弛《たゆ》まぬ鍛錬《たんれん》によって得られるものなのよ！」

会長がいつものように厚みを増した大胸筋を張ってどこかの格闘家《かくとうか》の受け売りを偉そうに語っていた。

筋骨《きんこつ》隆々《りゅうりゅう》の腕《うで》にオイルを塗《ぬ》りながら知弦さんが深く頷く。

「そうねアカちゃん。でも日々の鍛錬以外にも、必要なことは多いと思うわよ。プロテインの摂取《せっしゅ》、ささみを主体とした食生活、筋肉の手入れ——」

「ガハハハハ！」

唐突《とうとつ》に知弦さんの言葉を遮《さえぎ》るような大きな笑い声。声の主は、俺の隣に居た深夏――身長二メートル強はあろうかという女だ。彼女は知弦さんの言葉を豪快《ごうかい》に笑い飛ばすと、黒光りする筋肉を見せつけるかのように立ち上がり、胸を張った。

「甘い！　甘いなぁ、紅葉《あかば》のアネキ！　饅頭《まんじゅう》より甘くて欠伸《あくび》が出るわっ！」

「なんですって深夏。聞き捨てならないわね」

知弦さんもまた手入れの行き届いた筋肉を見せつけるように立ち上がる。一流の達人のみが放つ気迫《きはく》のなせる技《わざ》なのか二人の背に、竜《りゅう》と虎《とら》の蜃気楼《しんきろう》が現われていた。

「筋肉の手入れだあ!?　そんな軟弱《なんじゃく》な発想しているうちは、真の筋肉など身につかんわぁっ！」

「ふ、ガサツな考えね深夏。効率を最大限まで高めた生活をしてこそ、真の筋肉は私達に微笑《ほほえ》むのよ」

「ハッ！　違うなアネキ！　筋肉は常に過酷《かこく》な環境《かんきょう》と厳しい条件下、そこで目覚める野性の本能を糧《かて》としてこそ、その質を増していくのだよ！　ささみを主体とした食生活だぁ？　ガハハッ、軟弱すぎて片腹痛いわ！　漢《おとこ》なら脂《あぶら》のたっぷりのった生肉にかぶりつけ！」

「野蛮《やばん》ね。そんなことだから貴女《あなた》の筋肉は粗《あら》いのよ。見なさい、私のこの背筋に現われた神々しい筋肉菩薩《ぼさつ》の顔を！」

「紅葉のアネキこそとくと見やがれ！　このあたしの背に現われた、範馬勇○郎をとうに超《こ》えた荘厳《そうごん》な鬼《おに》の紋様《もんよう》を！」

裸《はだか》になり筋肉を見せつけ合う二人。……『大』生徒会の一存」になる前の状況《じょうきょう》だったら喜べた光景だが、今や乳房《ちぶさ》にさえ一ミリの柔《やわ》らかさも見られない二人の裸を見ても、俺は――「なんて素晴らしい筋肉だ」という無類の感動のみで、他の邪《よこしま》な欲求《よっきゅう》など微塵《みじん》も湧《わ》いてこない。

しかし筋肉の見せ合いを終えても二人の衝突《しょうとつ》は止まらなかった。

「らちがあかん！　こうなったら分かりやすい決着といこうじゃないか紅葉のアネキ！」

「貴女にしては論理的な提案だわ。いいでしょう。受けて立とうじゃない！」

「ふぬぬぬぬぬぬぬぬぬ！」

「うぬぬぬぬぬぬぬぬぬ！」

二人が体に闘気を漲《みなぎ》らせ、筋肉よりその体躯《たいく》を二倍、三倍にも膨れあがらせていく！

制服はとうに破け、地は鳴動していた。

それよりなにより――二人の覇《は》気《き》の衝突により生徒会室が崩壊《ほうかい》を始めていた！

状況に気付いた俺と会長が止めに入ろうとするものの、時既に遅《おそ》し。

「金剛慄然《こんごうりつぜん》、断空絶破《だんくうぜつぱ》ァアアアアアアアア！」

「竜神唖然《りゅうじんあぜん》、超空越破《ちょうくうえつぱ》ァアアアアアアアア！」

次元さえ歪《ゆが》ませるほどの二つの巨大《きょだい》な力が生徒会室の中心で遂《つい》に衝突を起こ――


「静まりなさいです」


『ッ！』

もう僅《わず》か数センチしかない二人の拳《こぶし》と拳の間に、音もなく日本刀が挟《はさ》み込まれていた。

余りにも薄《うす》く、そして儚《はかな》いその刀は、しかし確固たる威圧感《いあっかん》をもって二匹《ひき》の凶獣《きょうじゅう》を制止している。

その刃の根本。それを握《にぎ》る者の方へと全員の視線が向き、そして、最初に深夏が咆哮《ほうこう》するように言い放った。

「なぜ止めるッ、真冬！」

そう。

二人の争いを止めたのは、何を隠《かく》そうあの――椎名《しいな》真冬だった。

他の筋骨隆々となった生徒会役員とは一線を画す、以前から全く変わらぬその細い体軀。

そういった意味では、大生徒会の一存となった今でも俺が唯一《ゆいいつ》女性として見られるのが、彼女とも言える。しかし——

「控《ひか》えいっ、控えいっ！」

彼女の服装は今や侍《さむらい》のそれで——なにより、頭はちょんまげと化していた。美少年剣士《けんし》然とした真冬ちゃん——いや、真冬侍が、姉と知弦さんを一瞥《いちべつ》し、ふっと小《こ》馬鹿《ばか》にした笑みを漏《も》らす。

「全くもって、愚《おろ》かな争いです。たかが筋肉如《ごと》きに美も力もありません。本当の最強とは、『心・技・体』全《すべ》ての調和を持つもの、つまり剣の道を極《きわ》めた者のことなのです」

刀——妖刀《ようとう》・腐妄切《ふもうぎり》（持ち主の邪念一切《じゃねんいっさい》を晴らすという逸話《いつわ》あり。別名、キャラ殺し）を鞘《さや》に収める彼女。

しかし、筋肉を馬鹿《ばか》にされた二人は収まらない。

「それは聞き捨てならないぞ我が妹よ！」

「そうね。肉体の鍛錬もそこそこに精神面ばかり重視する剣の道が最強ですって？　笑わせるわ」

「ふ……野蛮な人種です。そんなだから二人は、いつまで経《た》っても真冬に勝てないのですよ」

「……なんだと」

「……なんですって」

真冬ちゃんの発言に、先程以上の一触即発《いっしょくそくはつ》の空気が生徒会室に流れる。

その時、流石《さすが》に見かねた会長が立ち上がった。彼女は知弦さんや深夏ほど巨体《きょたい》ではないものの、そのギュッと濃縮《のうしゅく》した肉体――さながらフ○ーザ最終形態のような肉体に力を漲らせ、叫《さけ》ぶ。


「喝《かつ》っ！」


『！』

パリパリパリパリンッと窓ガラスが次々割れ、後に生徒会室を静寂《せいじゃく》が包む。

会長は厳《おごそ》かに告げた。

「誰《だれ》が最強か。そんなことを論じている人間の中に、本当の最強はいないのよ」

心が震《ふる》える箴言《しんげん》だった。

「つまり、この私、桜野《さくらの》くりむこそが最強というわけよ！」

心が震える失言だった。

再び生徒会室が紛糾《ふんきゅう》する。

筋肉が唸《うな》り、衝撃波《しょうげきは》が入り乱れ、次元が切《き》り裂《さ》かれ、気による光弾《こうだん》が飛び交《か》う。

そんな生徒会の……元ハーレムの惨状《さんじょう》を見かねて。

遂に俺——妄想師範《もうそうしはん》の称号《しょうごう》を持つ杉崎鍵《けん》が立ち上がる！

「《ご都合主義の世界《パーフェクトワールド》》発動！」

『！』

途端《とたん》に生徒会室全ての惨状が見事に復元され、ハーレムメンバーの動きも止まる！

では説明しよう！

大生徒会の一存へと進化し開眼した俺の能力《ご都合主義の世界《パーフェクトワールド》》とは、常人のレベルを大きく逸脱《いつだつ》した妄想を更《さら》に精神力で加速《アクセラレート》することにより周囲の認識をも——

＊

『疲《つか》れるわっ！』

「ええー」

生徒会メンバーの八割がここでギブアップ、ただ一人深夏だけが不満そうに文句を垂れていた。

「すっげーいい感じだったじゃねーかよ、今の『大生徒会の一存』」

「大きすぎるわ！　色んな意味で大きすぎるわ！」

したくもない妄想を加えて状況をより過剰《かじょう》に描く語り部《べ》役を務め、完全に疲労《ひろう》しながらもツッコむ俺。しかし深夏も譲《ゆず》らない。

「ちゃんと皆《みんな》パワーアップしてたじゃねーかよ」

「しすぎてたんだよ！　俺達『生徒会』から『大生徒会』に至る間に、どんな修行《しゅぎょう》こなしてきたんだよ！　明らかに現実の範疇《はんちゅうこ》超えてただろう！」

「よし分かった、こうしよう。あたし達は、一時期『精○と時の部屋』に入っていたと。それで全部論理的な説明がつく！」

「まず『精神と時の○屋』自体に論理的説明がついてねぇよ！　ドラゴンボール以外の世界に無いから、それ！」

「仕方ねぇ。じゃあ『グ○メ界』に行って帰ってきたことにしておこう」

「それはト○コの世界にしかねぇよ！　っていうか結局漫画《まんが》持ち出さないと説明つかないレベルアップは却下《きゃっか》だ！　現実的に無理！　やれない！」

「でもお前、映画『300（スリーハ〇ドレッド）』の男達は……」

「映画も持ち出すな！　創作だから！」

「いやアレは史実――」

「ああ面倒臭《めんどうくさ》い！　とにかく、実際やれるとしても却下だよ！　誰が読みたいんだよ、ムキムキ女子とちょんまげ女子の入り乱れるハーレムラブコメ！」

「……でもほら、バ〇マンでも、邪道《じゃどう》は強いって……」

「邪道どころか完全に道外れて森の中彷徨《さまよ》っているわ！　とにかく深夏の『大生徒会の一存』は却下！」

俺の言葉に他のメンバーも深く頷《うなず》くのを見て、ようやく深夏が「んだよ……」と引き下がった。

一段落したところで、今度は真冬ちゃんが切り出す。

「お姉ちゃんの提案は、パワーアップするっていう意図には沿ってましたけど、やっぱり方向性がちょっと間違《まちが》っていた気がするのですよ」

その言葉に知弦さんが頷く。

「そうね。確かに『大生徒会の一存』という感じではあったけど、そもそも私達の物語はバトルメインの作風じゃないものね」

「そうなのです。というわけで、真冬は順当なパワーアップをここに提案するのです！」

「順当？　どういうこと？」

首を傾《かし》げて訊《たず》ねる会長。真冬ちゃんは会長を始めとして生徒会室をぐるりと見渡《みわた》すと、たっぷり間を置いて、めずらしく自信満々に告げたのだった。

「皆《みな》さんのキャラ濃度《のうど》を上げて会議に臨んでみるのです！」

大生徒会の一存　～キャラ濃度向上編～

「あいと、ゆうきだけが、ともだちなんだよっ！」

会長がいつものように舌足らずな口調でアン○ンマンの受け売りを一生懸命《いっしょうけんめい》語っていた。

それを受けて、俺は——猛烈《もうれつ》な性的興奮を顕《あら》わにする！

「会長ぉ——！　ハァッ！　ハァッ！　お、襲《おそ》っていいですかいいですよねいいいはずだ！

うぉおおおおおおおお！」

「死ねッ！」

「ぐふぉあっ!?」

ロリ会長に襲いかかろうとした矢先、隣《となり》の席の深夏に拳で吹《ふ》き飛《と》ばされて壁《かべ》にめりこむ。

そこで終わるかと思いきや、どっこい。

「オラオラオラオラオラオラオラオラオラオラオラァ！」

彼女は一秒に六十発の速度で俺に拳を叩《たた》き込み、更に蹴《け》りを加え、最後にバックドロップでトドメをさしてきた。

満身創痍《まんしんそうい》で「かは……」と床《ゆか》に倒《たお》れた俺に対し、深夏は……急にデレッとして寄《よ》り添《そ》う。

「……でもそんな欲望《よくぼう》に忠実なお前、嫌《きら》いじゃ……ないぜ。べたべた」

「……か……は。げへ、げへへへ」

深夏に抱《だ》きつかれ、ボロ雑巾《ぞうきん》状態だというのに俺は鼻の下を伸《の》ばした。俺の性欲《せいよく》は今や痛みにさえ勝《まさ》るのだ。

深夏とラブラブしていると、何か気に障《さわ》ったのか、知弦さんが近くまで来て、なんの躊躇《ためら》いもなくメリッと俺の顔の中心にヒールをめりこませた。

「いだだだだだだだっ！」

「……あ、あふん……」

俺の苦悶《くもん》の表情に知弦さんは熱い吐《と》息《いき》を漏らし、数秒間たっぷりそれを堪能《たんのう》すると、先《せん》輩《ぱい》権限で深夏をどかし、寝《ね》そべる俺の傍《そば》に顔を寄せてきた。

俺は途端に痛みを忘れ、下卑《げび》た表情を浮《う》かべて、ハッハと忠実な犬の如く息を吐《は》き目を輝《かが》かせる。気付けば知弦さんの顔がかなり近くにあったので、ここぞとばかりに、チューを試みる――も、片手で両頬《ほお》をぐわしと摑《つか》まれ、タコのような顔をしたまま止められてしまった。

知弦さんが妖艶《ようえん》な笑みを浮かべる。

「それはまだ、お・あ・ず・け♪」

「じょ……女王様ぁっ！」

その高校三年生とは思えないあまりに大人な色香《いろか》に俺は興奮を隠《かく》せず、ジタバタと手足を動かす。しかし女王様は許しを与《あた》えてくれなかった。何か思案するような素振《そぶ》りを見せた後、そっとその妖《あや》しい唇《くちびる》を俺の耳元に寄せて、呟《つぶや》いてくる。

「……ねぇキー君。ちょっと白い粉を運ぶだけの簡単なお仕事……頼《たの》まれてくれない？」

「よ、よろこんで――――！」

「うふ、いい子ね。ちゃんとお遣《つか》い出来たら、ご褒美《ほうび》、あ・げ・る♪」

「じょ……じょ……女王様ぁあああああああああああああああああああああ！」

俺は彼女の深すぎる闇《やみ》もなんのその、性的興奮だけで頭が一杯《いっぱい》だった！　今や俺の信念は「大切な女の子を全員幸せにする」なんて生温《なまぬる》いものではない。

「エロスのためなら人の道も外れよう」だ。

知弦さんが「目的は達成した」とばかりに離《はな》れていってしまったため、俺はしばし休んでダメージを回復した後、すぐに起き上がって生徒会のもう一人のメンバー……真冬ちゃんにアタックをかけることにした！

「真冬ちゃ――ん！　子作りしようぜぇ――――！」

今や俺のアプローチは超《ちょう》ダイレクトアタックだ！　某《ぼう》ル○ン・世のように下着一丁で飛びかかろうとする……が。

《バチィッ！》

「ぐはっ!?」

真冬ちゃんに触《ふ》れる直前、何か見えない壁に弾《はじ》かれたかのように俺の体が吹き飛ばされる。

いてててと腰《こし》をさすっていると、真冬ちゃんは携帯《けいたい》ゲーム機四つと据置《すえお》きハード三つを同

時にプレイしながら独り言のように呟いた。

「真冬の男性拒絶《きょぜつ》精神は今や、ATフ○ールドを発生させるに至っているのです」

「畜生《ちくしょう》、なんてこったい！　これじゃエロいことが……視姦《しかん》は出来るじゃないか！」

というわけで、障壁《しょうへき》に阻《はば》まれない範囲《はんい》まで近付き、彼女を凝視《ぎょうし》、匂《にお》いをクンクン嗅《か》ぐ俺。

　真冬ちゃんはしかしそんな俺も無視で、ゲームに熱中し何かぶつぶつ言っていた。

「……どうせ真冬はゴミ虫なのです……自分の殻《から》にひきこもってゲームだけして世間様に関《かか》わらないのが一番なのです……ふふ……ふふ……仮想はいい……誰《だれ》も真冬を拒絶しません……ふふ……ふふふ……」

　目が暗く輝く真冬ちゃん。……それはそれで興奮する！　襲いたい！　俺はガリガリとATフィ○ルドにかじりつく。特に意味は無い。

「……Xb○x360　×　P○3……いや、○S3　×　Xbo○360……。あ、ホコリ　×　空気！　空気の中に包まれる無数のホコリ……ぐふ、じゅるるる」

　最早《もはや》妄想が常人レベルを遥《はる》かに逸脱しつつある彼女の様子に、俺は——更に性的興奮を覚える！　たまらん！　空想世界に逃《に》げる女子、それもまた良し！　美味なり！　その障壁さえ美味なりぃ——！

　下着一枚で真冬ちゃんのA○フィールドをベロベロ舐《な》め回していると、ふいに、女性の敵意を感じた。振《ふ》り返《かえ》ると、そこには……。

「しゅ、しゅぎさき、げひんだよっ……！　そ、そういうの、よくないんだよっ！　おかーさんにいうよっ！」

ロリ会長が、涙目《なみだめ》で一生懸命俺に注意していた。……ごくり。涙目の幼女。ごくり。

俺は真冬ちゃんのATフィー○ドを離れると、暴走した初号機のようなカサカサした動きで再びロリッ子へと襲いかか——

＊

『末期だわっ！』

あまりのいたたまれなさに、全員で一斉《いっせい》に叫《さけ》んで中断した。

会長が演技の涙も拭《ぬぐ》わないまま本気で訴《うった》える！

「変態集団すぎるよっ！　最早生徒会どころかちょっとした地獄《じごく》だよっ！」

その通り過ぎた。もうなんの話か分かったもんじゃない。

深夏が軽くえずきながら呟く。

「こんな変態地獄を延々読まされるって、読者はなんの罰《ばつ》ゲームを受けているんだよ」

既《すで》にライトノベルという範疇《はんちゅう》でさえなく、奇書《きしょ》というジャンルに加えるべきだ。

皆がげんなりする中、溜息《ためいき》混じりに知弦さんがまとめる。

「私も生徒会って元々変わり者だとは思っていたけど、なんというか、一応、皆《みんな》人間としての最低ラインは踏《ふ》み越《こ》えてなかったのね。……今となっては、普段《ふだん》のキー君のエロ発言とか、凄《すご》く可愛《かわい》いものに思えるわ」

自分でもそう思う。普段の俺は、エロを前面に出しているようで、意外とそこそこまともな人間だったのではないか。そんな風にさえ思えてきてしまった。

とにかく、この方向性も却下《きやっか》だ。というか提案者である真冬ちゃん自身が「すいませんでしたです……」とげんなり謝っている。

会議が行《ゆ》き詰《づ》まってしまったところで、知弦さんが呆《あき》れた様子で切り出してきた。

「皆、どうして結局いつものような暴走状態に陥《おちい》ってしまうのよ。違《ちが》うでしょ。『大生徒会の一存』って、そういうことじゃないでしょ」

「それはそうですけど……知弦さん、何か斬新《ざんしん》ないい案でもあるって言うんですか？」

俺の質問に、知弦さんは「いい案っていうか……」などと顎《あご》に指をやりながら返す。

「私なんかは『大生徒会の一存』っていうタイトルを聞いた時点で『それ』を連想したのだけれど……皆は、考えなかったのかしら？」

「？　『大生徒会の一存』と聞いて連想するもの？」

なんだろう。俺は正直なところ、パッと考えつくのは深夏の提案と大差無い「戦闘《せんとう》力アップ」的なことだ。皆も似たようなものなのか、今ひとつ知弦さんの言っている意味が分からず首を傾《かし》げる。

知弦さんはそんな皆を見回した後、意外そうに提案してきた。

「私は、『大生徒会』っていう言葉に、大きな生徒会……つまり、メンバー増員によって規模が拡大した生徒会のイメージを抱いたのだけれど……」

『！』

知弦さんの、盲点《もうてん》を突《つ》く提案を受け、俺達は早速シミュレーションに取りかかった。

＊

大生徒会の一存　～メンバー増員編～

「多数の意見に耳を傾《かたむ》けてこそ、真に公平な判断が下せるのよ！」

会長がいつものように小さな胸を張ってなにかの本の受け売りを偉《えら》そうに語っていた。

彼女の言葉に……生徒会室が一斉にざわつく！

「わー、凄い、会長さん本当に名言言うんですね！　ボク感動だなぁ」「ちょっと守《まもる》、狭《せま》いのよ、もっとそっち行きなさいよ！」「もう無理だって！　壁《かべ》めり込むって！」「こらこらお前ら落ち着け！　顧問《こもん》たる私がパン食えないだろうが！」「おーほっほっほ、これだから野蛮《やばん》な生徒会はイヤですわ」「葉露《はろ》くん葉露くん、こんな機会は滅多《めった》に無いのですから、ちゃんと会長さんの話を聞くんですよ」「わ、分かったからもうちょっと離れて、リリ姉《ねえ》」「にゃははははっ、ついにちーちゃん生徒会室上陸にゃ！」「美少女率高ぇ！　椎名もいるし……よっしゃ匂いかいどこっ、くんかくんか」「あ、杉崎君、すいませんが存在が気持ち悪いので一旦《いったん》生命活動やめて貰《もら》えますか」

「う、うるさーい！」

生徒会室とは思えないざわめきに向かって会長が怒鳴《どな》る。静寂《せいじゃく》とまではいかないまでも、そこそこ静まったところで会長は改めて告げる。

「というわけで、今日は風紀の乱れについて話し合いたいと思います！」

言った途端《とたん》、再びざわめきだして収拾《しゅうしゅう》がつかなくなる室内。会長が「静まれー！」と怒鳴るもそれほど効果が無ぃ。仕方ないので、俺が場をまとめることにした。

「お前らちょっと静かに！　このままじゃ会議にならないから、発言は一人ずつ！　挙手して喋《しゃべ》れ！」

そう告げるとようやく喧噪《けんそう》が収まり、会長がホッと胸をなで下ろした。

そしてそのまま会議を続行――する前に、ここで、いつものメンバー以外の、『大生徒会』参加メンバーを列記しておく。生徒会の五人をぐるりと取り囲むカタチで、ドア側から時計回りに――

美少年転校生・中目黒善樹《なかめぐろよしき》、アイドルクラスメイト星野巡《ほしのめぐる》（宇宙巡《うちゆう》）・微妙《びみよう》超能力者・宇宙守、既にゲスト扱《あつか》いの顧問・真儀瑠紗鳥《まぎるさとり》（顧問）、新聞部部長・藤堂《とうどう》リリシア、一年C組唯一《ゆいいつ》のツッコミ役クールボーイ・秋峰葉露《あきみね》、一年C組ブラコン委員長・国立凛々《くにたちりり》、猫型天才万能少女・巽千歳《たつみちとせ》（チート）、B級影薄《かげうす》モブキャラまっしぐら男子・薄野虎太郎《すすきのこたろう》、超弩級《ちょうどきゅう》口悪鉄面皮優等生・水無瀬流南《みなせるな》
――の、生徒会役員含《ふく》め総勢十五名が、現在生徒会室にひしめいていた。

「……なんか暑《あち》ぃ」

深夏が息苦しそうに襟元《えりもと》を開く。普段なら胸元をここぞとばかりに覗《のぞ》き込むところだが、今日は流石《さすが》の俺もそうは出られないほど疲弊《ひへい》していた。

濃《こ》ゆい。とにかく、濃ゆい。ただでさえ人口密度高いのに、メンバー一人一人の存在感が無駄《むだ》に強いので、オーラが混じりに混じって異様に狭苦しい。誰だこのメンバー集めたの。……俺か。俺だ。放課後の校内に残ってた知り合いに手当たり次第《しだい》声かけたら、こんなことになってしまったのだ。

「というかキー君、全員と面識ある貴方《あなた》と違って、私達的には初めて会う人や完全に知らない人までいるんだけどその辺の紹介《しょうかい》とかは――」

「面倒《めんどう》なんで省略で。今はモブキャラだと思っておいて下さい」

「うぅ、先輩《せんぱい》、今真冬は久々に人見知りダメージが入っておりますよ……」

人一倍人混みを嫌《きら》う真冬ちゃんからの視線が刺々《とげとげ》しい。うぅ、すいません。でもゲスト十名のうち四名キミのクラスメイトなんだが。そこにまで人見知りすんなよ。

とにもかくにも、始めたからにはやり切らなければいけない。

会長が改めて会議を始動させる。――あ、ちなみに、このままだと小説の描写《びょうしゃ》もごちゃついて仕方ないので、ここからは発言者の名前をセリフの前につけていこうと思う。……もうこの時点で「大生徒会」に無理が出ている気はするんだがね。

会長「では端的《たんてき》に！　皆、校内の風紀の乱れを正すには、何をするべきだと思う？」
　いつものように会議を進める会長。俺達もまた、いつものように応じる。
杉崎「いっそエロエロに乱しまくればいいんじゃないッスかね！　ほら、荒療治的《あらりょうじ》に！」
知弦「恐怖《きょうふ》で畏縮《いしゅく》させるのが一番手っ取り早いんじゃないかしら」
深夏「運動だろう運動！　皆で運動して熱い友情育《はぐく》めばいいんだよ！　殴《なぐ》り合《あ》いも許可！」
真冬「うーん、モン○ンかゴッド○ーターあたりをやらせればいいんじゃないですかね」
会長「全部余計荒《あ》れてるじゃない！」
　会長がツッコミ、そこでいつものように俺達はボケを一段落させ——られなかった！
中目黒「ボクはこんな碧陽《へきよう》学園が大好きです！　だから問題ないと思います！」
星野巡「私のファンを総動員して鎮圧《ちんあつ》すればいいんじゃないかしら」
宇宙守「オレが透視《とうし》で校内警戒《けいかい》してやるぜ！　むむ……見えた！　ロシアの路上にゴミ！」
真儀瑠「ところで誰か飲み物持ってないか、飲み物。パン喉《のど》に詰《つ》まった」
藤堂「荒れてない碧陽学園なんて、そんなの、巨人《きょじん》が来ない進○の巨人も同然ですわ！」
葉露「校内の荒れ以前に、まず変態集団一年C組をどうにかした方がいいと思います」

凜々「こら葉露君！　なんてことを！　私達は変態じゃなくて、ストーカーですよ！」
巽千歳「にゃはは、校内事件の半分にはちーちゃんの影《かげ》アリなのにゃ。ごめんにゃ」
虎太郎「深夏先輩……知弦先輩……水無瀬先輩……真儀瑠先生。……イエス、おっぱい！」
水無瀬「あ、杉崎君、会長さんが遠回しに自主退学を勧《すす》めているみたいですよ」

会長「ボリューーミィッ！」

会長が絶叫《ぜっきょう》する！　正直なんのツッコミにもなってないが、気持ちは生徒会一同、痛いほど分かった！　確かにこれはお腹一杯《いっぱい》すぎる！　そういう意味で凄く「大生徒会の一存」ではあるけどもっ！　あるんだけどもっ！

ツッコミ役としての会長の心が既に折れかけているので、代わりに俺が議題を提示してみることにする。

杉崎「ええと皆、じゃあ、今年から何か新しい行事を始めるとしたら、何がいいだろう」

学校の健全な運営云々《うんぬん》というよりは、楽しい催《もよお》しを考える方が合っているのかもしれないと思って訊《たず》ねてみる。すると——

生徒会含め総勢十四名、怒濤《どとう》のボケラッシュ！

会長「私の誕生日を皆で盛大に祝ったらいいよ！　キリストさんって人以上の規模で！」
杉崎「全人類規模で巻き込むのやめて貰えませんかね」
知弦「優勝すれば巨万《きょまん》の富、負ければ全《すべ》てを失う、そんなスリリングな賭博《とばく》ゲーム」
杉崎「うん、それはライ○ーゲーム事務局に相談してくれますか」
深夏「マー○ル　VS　カ○コンみたいなお祭り的碧陽バトルトーナメント」
杉崎「碧陽学園じゃむしろアル○ナハートチックになる気がする」
真冬「男性限定、ベストカップルです」
杉崎「それが成り立つ学園だったら、俺は速《すみ》やかに退学させて頂くよ」
水無瀬「あ、やはり自主退学するんですね。真儀瑠先生、早速手続きを――」
杉崎「ツッコミ発言を利用してしれっと俺を退学に追い込むな！　油断も隙《すき》もねぇ！」
中目黒「男性限定ベストカップル…………。……ちら」
杉崎「先生、退学の手続きは時間がかかりますか」
水無瀬「杉崎君、高校は出ておいた方がいいと思いますよ」
杉崎「俺が不幸そうだと見るや掌《てのひら》を返しやがった！　畜生《ちくしょう》、言われなくてもギャグだよ！」

真儀瑠「よし、杉崎退学手続き完了《かんりょう》したぞ」
杉崎「こんな時だけ仕事早ぇ！　その用紙返せ！　あんたはパンでも食ってろ！」
宇宙守「オレはハロウィンがいいと思うぜ！」
杉崎「うるさい！　突然《とつぜん》意味の分からないこと言うな！」
宇宙守「いやいやいやいやっ、これイベント企画《きかく》会議だったよなぁ!?」
杉崎「そうだったっけ。水無瀬のせいで完全に本題逸《そ》れてた。悪い悪い。でも却下《きゃっか》」
宇宙守「切り捨て早ぇっ！」
杉崎「はーい、こういうベタで地味でつまらない意見以外ある人ー」
宇宙守「そんな追い打ちかけられるほどオレ悪いこと言ったかなぁ!?　なぁ!?」
巽千歳「宇宙意志交流会」
宇宙巡「星野巡、碧陽ドーム（東京ドーム二十個分予定）コンサート」
虎太郎「乱痴気《らんちき》パーティ」
宇宙守「派手だなおいっ！　なんかすいませんでしたっ！」
杉崎「いやその三人も普通《ふつう》に却下だけどな」
藤堂「新聞部と生徒会による、究極の壁《かべ》新聞VS至高の壁新聞」
杉崎「美味○んぼ的な企画自体は結構ですが、お題目があまりに理不尽《りふじん》！」

凛々「『皆《みんな》でより一層勉強に励《はげ》もう』の日、なんて素敵だと思います」
杉崎「真面目《まじめ》かっ！　最早イベントと呼ぶのもおこがましい地味さだな！」
葉露「特にありません」
杉崎「それは超《ちょう》禁句だ！」
秋峰が生徒会の会議において絶対に言ってはいけない発言をしたところで、一旦場は収まった。……流石の俺もぐったりである。一つのネタに対するボケの量が多すぎる！　ツッコミ役の疲弊がデカすぎる！
この会議の知弦さんが生徒会役員達に目配せしている。どうやらもうこの「大生徒会」をやめたいらしい。それには全員賛成のため、会長が立ち上がって告げた。
会長「というわけで～！　本日の生徒会、終了《しゅうりょう》！」
キラッとなぜか伝説のアニメ版終了ポーズを取る会長。大分疲《つか》れてらっしゃる！
それを受けて、やらなきゃと思ったのか、なぜか他のメンバーも立ち上がり——
全員『終了☆』
杉崎「圧巻！」

総勢十五名（生徒会役員もやった）による生徒会終了のポーズ、それはそれは凄《すご》い光景だった。色んな意味で凄い光景だった。
知弦「……なんか大団円の最終回っぽいわね」
真冬「タイマーで写真一枚撮《と》っとくです」
そんなわけで、なぜか記念にオールスター写真を一枚撮り、『大生徒会』は解散となった。

『ふぅ～』

役員以外の全員を部屋から追い出し、一息つく。……帰り際《ぎわ》もまた全員ダラダラダラダラ、誰《だれ》かが動くのを待っているかのように駄弁《だべ》りだし、結局全員帰った時にはもういつもの会議終了時刻を超過《ちょうか》してしまっていた。

「……確かに一番『大生徒会』って感じで、パワーアップはしてたけど……」

深夏が呟《つぶや》き、机にぐったりと伏《ふ》せる。

同じく突《つ》っ伏《ぷ》した真冬ちゃんがそれに応じた。

「……これを毎回やっていくことを想像すると……真冬は、身震《みぶる》いが止まらないです」

その通りだ。これは身がもたない。

「でも……豪華《ごうか》感は凄かったよね。一番現実的でもあるし……」

会長がぽつりと呟くも、誰も反応出来ない。

……恐《おそ》ろしいことに今回の参加者達自身の反応は概《おおむ》ね上々で、あの水無瀬さえ「今年の優良枠《わく》は使ってみるのもいいかもしれないです」などとブツブツ言っていたぐらいだ。今後もやろうと思えば出来ない事じゃないし、会長の言う通り豪華にパワーアップもしている。

しかし。

しかしだ。

皆がぐったりする中、言い出しっぺの知弦さんが、髪《かみ》を掻《か》きむしった後にハッキリと断言した！

「でもうざい！」

『ですよね！』

というわけで、当然の如《ごと》くこれも却下。となると……。

『………』

全員が黙《だま》り込む。外を見れば、日はもう落ちかけている。腹も減ってきた。帰りたい。大分帰りたい。色んな意味で帰りたい。っていうか一人になりたい。ちょっと一人になりたい。本気で一人になりたい。

役員達が示し合わせたように、ちらりと会長の様子を窺《うかが》う。

それらの視線を受けて、会長はダンッと立ち上がり。

ゆっくりと室内を見渡《みわた》した後に——満を持して、結論を告げたのだった！

「大生徒会の一存…………完！」

【偽生徒会の一存】

「夢は諦《あきら》めなければ、いつか必ず叶《かな》うのよ！」

会長がいつものように小さな胸を張ってなにかの本の受け売りを偉《えら》そうに語っていた。

そう、いつものように。

………………。

……ふふっ。

ふはっ。

ふはははははははははははははぁ！

『いえ────────い！』

途端《とたん》、喧噪《けんそう》に包まれる室内！　そこが深夜の校舎であるにも拘《かか》わらず、リスクも恐《おそ》れず、俺達は今、ただただ歓喜《かんき》に身を委《ゆだ》ねていた。

遂《つい》に。

遂にやったんだ、俺達は。込《こ》み上げてくる感慨《かんがい》を噛《か》みしめつつ、周囲のメンバーを眺《なが》める。

桜野《さくらの》くりむ、紅葉知弦《あかばちづる》、椎名深夏《しいなみなつ》、椎名真冬《しいなまふゆ》。そこに俺、杉崎鍵《すぎさきけん》を加えて碧陽《へきよう》学園生徒会メンバー――

――を、信奉《しんぽう》する、超熱狂的《ちょうねっきょうてき》ファンの面々。

彼女らの満足げな顔を一瞥《いちべつ》して……そして、俺は再び、杉崎鍵のキャラクターは保ちつつ、雄叫《おたけ》びを上げた！

「俺達は、遂に辿《たど》り着《つ》いたんだぁ――！　うぉ――！」

『いぇぇえええええええええええええええええええええい！』

悲願の達成に、参加メンバー達のボルテージが際限なく上昇《じょうしょう》していく。

しかしそれも仕方あるまい。

なぜなら。

『生徒会の一存』マニア垂涎《すいぜん》の聖地――碧陽学園生徒会室に、まさに今、生徒会の一存フリークである俺達が足を踏《ふ》み入れているのだから！

＊

ことの経緯《けいい》自体は極《きわ》めて単純だ。

俺は元々、『生徒会の一存』というライトノベルのファンだった。もっと言えば、作品自体のファンというよりも、本当の作者であるところの「杉崎鍵先生」の大ファンだ。

世間的にはなぜか「葵《あおい》せきな」という人物の創作ということですっかり認識されてしまっているが、俺から言わせればアホかと。

杉崎先生は、実際に居るに決まってるじゃないかと。

生徒会も、碧陽学園も、実際あるに決まってるじゃないかと。

そう信じてこれまで生きてきたわけなのだが。しかし悲しいかな、今の日本人には夢というものが無いらしい。ネット上でそういう発言でもしようものなら、途端に痛い子扱《あつか》いさ。

あぁ、なんと嘆《なげ》かわしい。

しかし、そんな日本もまだ捨てたものではなかった。

どんなに叩《たた》かれてもぞんざいにあしらわれてもネット上で活動を続けるうち、俺は、とある四人の人間と奇跡《きせき》的な出逢《であ》いを果たしたのだ。


そう。


俺と同様、碧陽学園生徒会の実在を信じて疑わない、四人のメンバーとだ。

ネット越《ご》しとは言え、そこは非常にマイノリティな思想を共有する者同士。俺達の間に固い絆《きずな》が芽生えるまでそう時間はかからなかった。というか第一回スカ○プ会議を行って十分後には全員で号泣《ごうきゅう》しながら、

『そうだよね、そうだよね、いるよね、いるもんね、あるもんね、あるんだよね』

とお互《たが》いを慰《なぐさ》め合っていた。こんな腐《くさ》った世の中では、俺達みたいなピュアな心の持ち

主はいつだって排斥《はいせき》対象さ。全員すっかり世間から蔑《さげす》まれることに慣れきっていたから、こうして認めあえる「仲間」に出逢えた奇跡には、素直に心の底から感動していた。

だからだろうか。ネットのみを媒介《ばいかい》とした付き合いでは結構ハードルが高いはずのオフ会話も、すぐに持ち上がった。

それとほぼ時を同じくして、メンバーの一人が、「碧陽学園の可能性が高い学校」を発見したと報告してきていた。

そうなってしまってはもう、それがたとえ軽犯罪と言えど――

「じゃあ実際の碧陽学園生徒会室に忍《しの》び込んで会っちゃおうぜ！　フォウ――ッ！」

――となるのは、当然の帰結と言えよう！

＊

「というわけで、今日のテーマはこれよ！」

皆《みんな》の盛り上がりが一段落したところで、会長が嬉々としてホワイトボードに議題を記し、万感の思いを込めてバンッとそれを叩く。

にいる……。
身もまた照れた様子で頭を掻《か》く。俺も心底感動していた。あぁ、俺は今、まさに小説の中
早速飛び出した「THE 桜野くりむ的所作！」に参加メンバー全員が感動し、会長自
「えへへぇ」
『おぉ〜！』

……まあ一つだけ不満があるとすれば会長の表情が笑顔のまま全く変化しないことだが、そこまで高望みはすまい。少なくとも、全員が素顔でやるよりは、こうして「役員のお面」を被《かぶ》っている方が、まだ没入感《ぼつにゅう》があるというものだろう。

ちなみに、当然とある筋から碧陽学園の制服も入手済みなので、全員が終始役員をロールプレイしている状況《じょうきょう》も相俟《あいま》って、その臨場感たるや尋常《じんじょう》なものじゃない。たとえ「生徒会の一存」が莫大《ばくだい》な制作費のもと3D映画として制作されアイ○ックスシアターで上映されたところで、俺達の今感じているこのリアル感の百分の一も再現出来ないことだろう。

俺は油断すると涙《なみだ》さえ流してしまいかねない感動をいったん押し殺し、自分に与《あた》えられた「杉崎鍵」の役割を全《まっと》うすることにした。

「『より校内を活性化するには』ですか……」

ホワイトボードに書かれた内容を読み上げ、杉崎鍵風に応じる。うむ、流石《さすが》は「生徒会

の一存」愛のみを糧《かて》として強く生きよう会——通称《つうしょう》《サヴァイヴ》のメンバー。議題のチョイスが実に見事。「原作の使われてそうで使われてない、少しゆるいテーマ」という、食べるラー油ばりに絶妙《ぜつみょう》な議題ではないか！

とはいえ、会長・桜野くりむが高いレベルで「成りきっている」のは、今までの発言で既《すで》に分かっていることだ。

問題は、他のメンバーだった。

「(俺と会長以外、まだ「キャラで」まともに喋《しゃべ》ってないしな……)」

この今日という素晴らしき日にまだ若干《じゃっかん》の危惧《きぐ》が残るとすれば、それだった。実は今日は会の性質上、それぞれが完全に「キャラ」に成りきるという意味で、この会議が始まるまでは挨拶《あいさつ》さえまともにしていないのである。

まあ、ここまでで既にキャラを少し逸脱《いつだつ》して感動の興奮等は口にしてしまっているものの、それだってあくまで「中の人感」を出さない程度の言葉には止《とど》めてある。

つまり、これからの本格的なロールプレイにおいて、「ぽくない」発言や挙動は絶対に厳禁なのである。

現時点で、会長に関しては極《きわ》めて高レベルだ。そこだけは安心しているし、自分で言うのもなんだが、俺も杉崎鍵っぽくふるまえていると思う。

でも、だからこそ、他の三人が心配なのだ。

「(……だって、なぁ)」

ちらりと残りの三人の様子を窺《うかが》う。……オフ会で容姿のことに触《ふ》れるのはタブーとは分かりつつも、あえて言わせて貰《もら》うが——この三人、見た目からして駄目《だめ》な空気がぷんぷんするのだ。

見た目と言っても、全員がお面をつけているから、顔以外のことではあるのだが。

そういう意味では、俺と会長は体格や髪型《かみがた》等、それぞれのキャラを演じるのに全く無理が無いと言っていい。会長は流石に原作程《ほど》ではないとはいえかなり小柄《こがら》だし、俺は俺で少し長身で、痩《や》せ形《がた》といった、杉崎鍵を演じる上で一応は違和感《いわかん》がないレベル。

だが、残りの三人は違《ちが》う。

まず深夏。彼女だが……。

「………げほっ、げほっ」

なんかやたら細い！　肌《はだ》が白い！　っていうか咳《せき》が多い！　さっきからやたら体調悪そうな咳が多い！　っつうか、それ以前にそもそも——

「………あ、孫にメールしとかんと」

ツインテールが完全に白髪《はくはつ》なんですがっ！　っていうか今の独り言といい、絶対にご年配の方ですよねぇ!?　今回かなり無理して参加なされてますよねぇ!?

――とは思うものの、口にしない。俺だけじゃなく、全員、あえて口にしない。いくら無理があろうと、こういうオフ会でそういう発言が禁句なことぐらい皆重々承知しているからだ。そもそもネットで知り合っている時点で相手の年齢《ねんれい》のことなんて全く気にはしていないし、事実俺は心から彼女のことを対等で掛《か》け替《が》えのない仲間だと思って――

「ごほん。……碧陽学園を活性化するには、闘技《とうぎ》大会を開けば――ふがっ！」

机にカランカランと、入れ歯が落ちる。

『…………』

俺達は心に汗《あせ》をダラダラかきながらも、何も言わない。っていうか全員視線を逸《そ》らした。うん、見なかったことにしよう。か、彼女は彼女なりに深夏に成りきってるんだ！　いいじゃないか！　いいはずだ！　いいんだ！　よしとしとけよ俺！

うん、そうだぞ俺！　杉崎鍵先生を見習え！　細々したことに拘《こだわ》るなんて、男じゃないだろ！　そうだ！　当人が成りきろうとしている以上、それにちゃんと付き合おうじゃないか！　それこそ、杉崎鍵的妄想《もうそう》力で、そこはカバーしてこうぜ俺！

俺は決意を新たに、会議に臨む。

「ふが……ふが……」

お婆《ばあ》さ――じゃなくて深夏がゆったりとした動作で入れ歯を回収してお面の下で入れ直しているのは見ないようにして、逃《に》げるように真冬ちゃんに視線をやる。

「（………）」

うん、そうさ、彼女は真冬ちゃん。真冬ちゃんったら、真冬ちゃんなんだ。たとえ――

「碧陽学園を活性化ですか……」

たとえ、声が妙《みょう》に野太くったって！

「う～ん……」

たとえ、顎《あご》にやった人差し指が子供の腕《うで》程太くごつごつしていたって！

「そうですね～……」

たとえ、お面から四角くて精悍《せいかん》な顔つきと顎髭《ひげ》が、はみ出していたって！

「あ、皆でゲームやる時間をもうけたらいかがでしょうか！」

たとえ、超厚《ちょう》い胸板と制服におさまりきらない豪腕《ごうわん》、そして蛍光灯《けいこうとう》に頭がつきかねない座高を誇《ほこ》っていたとしても！　彼女は真冬ちゃんったら真冬ちゃんなんだよ！

「……め、メイ○ガイ？」

『こら会長！（アカちゃん！）』

会長が抑《おさ》え切れずに呟《つぶや》いてしまった言葉に、真冬ちゃん以外の皆（深夏も含《ふく》む）で一斉《いっせい》にツッコみ、言葉をかき消す。真冬ちゃんは不思議そうに「くいっ」と首を傾《かし》げていた。

く……深夏おばあちゃんと違って演技だけは妙に完璧《かんぺき》だから、なんか余計いたたまれないっ！　ちくしょう、なんでセリフと挙動は完成度高ぇんだよおっさん！　ちくしょう！

こんちくしょうめっ！

……い、いや、落ち着け俺。ひ、人の評価に必要以上に容姿を持ち込むなんて、生徒会ファンとしてやるべきことじゃないだろう。確かに杉崎鍵は美少女好きだが、外伝における合コン短編で顕著《けんちょ》に顕《あら》われているように、彼が本当に重要視しているのは「心の美しさ」のはずだ。そ、そうさ、そうやって見ればほら、彼女だって——

「うふふ、真冬、学校で皆《みな》さんとゲームで遊べたら、本当に幸せですぅ」

ムッキムキのおっさんが両手を胸の前で組んでクネクネしていた。

「……う、うぐぅ」

『こら会長！（アカちゃん！）』

吐《は》き気《け》を催《もよお》した様子の会長を全員で窘《たしな》める！　気持ちは分かる！　気持ちは分かるよ会長！　凄《すご》く分かる！　分かるけど、ここはどうか！　どうか抑えて！

「？」

真冬ちゃんが相変わらずくいっと可愛《かわい》らしい所作で首を傾げる中、俺達は笑って誤魔化《ごまか》して会長の回復時間を稼《かせ》いだ。……どうも彼女はむしろ逆に「会長っぽすぎる」らしい。体格だけでなく、その純粋《じゅんすい》で素直なメンタリティ自体も似てしまっているようだ。本来ならばそれは実に歓迎《かんげい》すべき要素なのだが……この異常状況下では、かえって仇《あだ》となってしまっている。……なんだこの集まり。

い、いや、こういう時こそ杉崎鍵思考！　状況が混沌《こんとん》としている時は、とりあえず知弦さんに助けを求めてみる。それが生徒会のスタンダード！

というわけで、俺は知弦さんに目をやる。

「あら、どうしたのかしらキー君」

「ち、知弦さん……」

意外なほど綺麗《きれい》で妖艶《ようえん》な声だった。会長の再現度にも引けをとらないどころか、いや、それを上回っていると言っていい美声――というか「知弦さん的声」。これだけ聞けば仮面の下はアニメ版の声優さんかもしれないとまで思うほどだ。

しかも彼女、なんと体格も、バストも、長く美しい黒髪《くろかみ》まで完璧だ。そういう意味では会長さえ凌駕《りょうが》していると言っていい。あの仮面の奥に、知弦さん本人が居たってなんの違和感も無い。そう、彼女自身にはなんの違和感もないのだが――

「まったく、皆一旦《みんないったん》落ち着きなさい。いいかしら」

そう言って、彼女は机の上に両肘《りょうひじ》をついて手を組んだ。瞬間《しゅんかん》――


〈ジャラッ……〉


――両手首についていた手錠《てじょう》の鎖《くさり》が、金属的な音を生徒会室に響《ひび》かせた。

『(なんで手錠ついてるんですかぁあああああああああああああ!?:)』

彼女以外の全員がサッと視線を伏《ふ》せる。会議室に集まった当初から気になりつつも、誰《だれ》も訊《き》けていないことだった。これに関しては深夏おばあちゃんや真冬おじさんに対するような、空気に配慮《はいりょ》してどうこうという次元の話じゃない。

訊いたら、オフ会どころの話じゃなくなりそうだからだ。

「今回の会議だけど、アカちゃんが言っているのは――」

犯人――じゃなくて知弦さんが普通《ふつう》に喋りだす。な、なんで多少のフォローさえ入れてくれないのだろう。いくらキャラに成りきっているとはいえ、それならそれで「キー君に使おうと思っていじってたら外れなくなっちゃったのよ」とか言えば、一応は俺達なりになんとかその設定をのみ込んで安心して話を続けられるというのに。

い、いや、そうか。あれはオモチャなのかもしれない。妙にリアルな光沢《こうたく》はあるが、最近のオモチャは精巧《せいこう》だしな。ちょっと苦しいものの、知弦さんのキャラ的に手錠というのも、そこそこアリっちゃアリだ。つまり、彼女なりの「知弦ファッション」を意識して、手錠をつけてきたのかもしれない。そうだ、そのはずだ。ふぅ、手錠のオモチャなんて簡単に手に入るものに、俺は何を動揺《どうよう》して――

「あっ」

無意識に手元が震《ふる》えていたのか、消しゴムを落としてしまった。俺は慌《あわ》てて足下《あしもと》に転がったそれを、身を屈《かが》めて拾い――

「？　キー君、どうしたの？　大丈夫《だいじょうぶ》？」

「……はい、大丈夫です、なんでもないです」

……………。俺は笑顔で消しゴムを見せると、そのまま何事もなかったかのように会議に戻《もど》った。


あ。

あ。

足首にリアル鉄球付きの足枷《あしかせ》ついてたぁああああああああああああああああ！


なにそれ、どういうこと!?　知弦さんは俺達が来た時点で最初から席についてたから、誰も今まで気付かなかったけど！　リアルじゃん！　そうなるともう、普通にリアル囚《しゅう》人《じん》じゃん！　え、なに、脱獄《だつごく》!?　脱獄してオフ会参加してんの!?　誰!?　どういう系の犯罪者!?　はっ、だとしたら、この妙に「知弦さんっぽすぎる」容姿も――

「？　ねえキー君、さっきからどうしたの？　大丈夫？　首元の汗、凄いわよ？」

「え？　いや、あ、あはは、はい、だ、大丈夫です。全然」

「そう？　体調悪いんだったら早めに病院行った方がいいわよ」

「そ、そうですね」

「最近の医療《いりょう》技術は凄いんだから。……人の顔や声や体格さえ、簡単に変えられるぐらい」

いじってやがったぁあああ！　この女、やっぱりいじってやがったぁあああああ！

俺がガタガタと震えていると、何か察したのか、会長と椎名姉妹《しまい》にもみるみる震えが伝染していく。

しかし知弦さんはそんな様子に気付くこともなく、話を続けた。

「いい？　碧陽学園の活性化なんて実際簡単なのよ。例えば……」

どうやら「知弦さんのボケのターン」のようだ。よ、よし、ここで切《き》り替《か》えろ俺。彼女の手首や足首に何かついていようと、一旦生徒会ワールドに入ってしまいさえすれば、そんなものは些末《さまつ》な問題！　よし！　この知弦さんのボケを機に、キッカリと――

「全校集会で生徒一人を見せしめに晒《さら》し首《くび》にして壇上《だんじょう》で一言、『笑え』で済む話じゃない」

『闇《やみ》が数段深ぃいいいいいいいいいいいいいいいいいいいい！』

知弦さんボケの領域を完全に逸脱《いつだつ》していた！　いや確かに知弦さんのボケはそっち系統だけどっ！　そっち系統ではあるんだけどもっ！　なんかあんたのはリアルなんだよっ！　本格的に血なまぐさいんですよっ！　笑えるレベルをちょっと越《こ》えてるんだよぉおっ！

「？　なにかしら？」

『なんでもありません』

俺達はすぐに背筋を伸《の》ばし答えた。……知弦さんのお面の照り返しが妙に禍々《まがまが》しく見える。う……うん！　いい風に考えよう！　そうだよ！　本物の生徒会役員だって日々知弦さんの黒い発言には本気で怯《おび》えているんだから、それをリアルに体験出来ていると思えばいいじゃないかっ！

「それにしても暑いわね。暖房《だんぼう》の温度強すぎるんじゃない？」

確かにお面が息苦しいのもあってちょっと暑い。指摘《してき》されたので俺が部屋の入り口で空調を調整して席に戻ってくるも、流石《さすが》にすぐには温度も変わらないので、知弦さんがパタパタとノートで自分を扇《あお》ぎ始めた。やはり大きい胸は相応に汗《あせ》もかいてしまうのか、彼女は胸元まではだけさせてそこも扇——

『(なんか胸に『喉《のど》』って刺青《いれずみ》入ってるぅ――――――!)』

どう考えても本物以上に「マジで手に負えない感」がビシビシ出ているんですがっ! なんで「喉」なんだよ! 「喉」! 「喉」って! 「殺」とかだったら逆にまだギャグっぽかったんだよ! 「虐《ぎゃく》」とか「破」とか「滅《めつ》」とかでもいい! なのに……なのに! なんだ「喉」って! なんか普通の漢字だけに刺青にまでされてると全然ニュアンス違《ちげ》ぇ! 猟奇《りょうき》的! なんか猟奇的だよ! どういうことなんだよ! とにかくこれで手錠や刺青がファッションだろうがなんだろうが、どっちにせよ中身歪《ゆが》んでいることがガッツリ証明されちまったじゃねえかよ! 俺達はどう平穏《へいおん》保ったらいいんだよ! 本物の生徒会でもここまでの緊張感《きんちょうかん》は絶対ねぇよ!

「……えっと。その……あの……えーと、つ、次の議題をっ! じゃなくて。えーと……」

ほら見ろ、会長が完全にテンパっちまったじゃないかよ! もう演技の続行が不可能になりかけてるじゃねえかよ! どうすんだよこれ!

俺と姉妹が睨《にら》むように知弦さんを見ると、彼女は何事も無かったかのように会議を続けていた。

「アカちゃん、とりあえず皆《みんな》に他の案もないか訊いてみたらどうかしら」

「そ、そそそ、そうね。うん。えと……じゃあ、もう一周！」

知弦さんのフォロー（元々この人のせいだが）で、会長がなんとか持ち直す。うむ……まあ、生徒会本編では同じ議題で二回ボケが回るのはあまりない状況《じょうきょう》だが、いたしかたあるまい。状況が状況だ。知弦さんも、知弦さんなりにちゃんと「場を作ろう」とはしてくれているみたいだし、まあ、とりあえずは彼女が何者だろうと問題にすまい。

お婆《ばあ》さんとムキムキおじさん姉妹もそう考えたようで、改めて議題に取り組む姿勢に戻っていた。……よし！　俺も腹括《くく》った！　い、いくら異常状況とはいえ、オフ会はオフ会！　程度の差はあれ、相手の素性なんか気にしちゃ駄目《だめ》なんだ！　今俺達は生徒会！　それでいいじゃないか！　それが……全《すべ》てじゃないか！　見れば、全員同じ気持ちのようだった。お面越《ご》しだが、どこか、俺と同じく「受け入れた」雰囲気《ふんいき》が漂《ただよ》っている。ふ……流石は生粋《きっすい》の生徒会ファン達だぜ……。よし、やろう！

「あたしゃ……そうさねぇ」

深夏がボケようと発言する！　もうなんか完全に地が出てしまっているが、んなこたぁ関係無《ね》ぇ！　その程度のこと、今の俺達なら簡単に目を瞑《つぶ》ってやれる！

深夏はふとキャラ作りを思い出したのか、唐突《とうとつ》に立ち上がると、多少ぷるぷるしながらもその場で天に高々と拳《こぶし》を掲《かか》げた！

『お、おぉ〜！』

彼女なりにかなり頑張《がんば》っている「深夏的所作」に、俺達は感動していた！　凄ぇ……凄ぇよおばあちゃん！　あんた深夏だよ！　誰がなんと言おうと……あんたは、確かに、深夏だよ！

俺達が仮面の下でちょっと涙《なみだ》まで流してしまう中、深夏は、元気よく告げた！

「この学園でっ！　決闘《けっとう》を行う許可を〈ぐきり〉…………………………」

『…………………』

「…………ぐ」

『!?』

「ふ、ふごぉおおおおおおお……」

『お……おばあちゃゃあああああああああああああああああああん！』

腰《こし》を押さえて椅子《いす》に座り込む深夏に、生徒会が騒然《そうぜん》とする！　しかし、深夏は「ええんじゃ、ええんじゃ」と顔の前で手を振《ふ》った。

「い、いつものことじゃ、慣れとるけん。…………あ。……ぎ、ぎっくりだぜ！」

『(変なところ深夏的に締《し》めた！)』

「あ、あたしに構わず、先に進めてくれ……」

『(お、おばあちゃん！)』

俺達は今すぐにでも救急車を呼んであげたい気分だったが、深夏の心意気に胸を打たれ、ぐっと自分を押しとどめた。

そうだ……うん、そうだな。こんな機会、二度と無いもんな、最後まで……完遂《かんすい》したいよな、おばあちゃん！

俺達は彼女の意志を受けて会議を続ける！　そこに……そこに、感動のフィナーレがあると信じて！

「ま、真冬的にはですね……」

おっさん——じゃなかった、真冬ちゃんが発言する。彼女は相変わらずいいガタイで「真冬ちゃん的ほわほわ所作」を行うと、きっちり真冬ちゃん的ボケをかましてきた！

「男子同士の恋愛《れんあい》を、奨励《しょうれい》していくべきだと思います！　特に——」

ゲームボケとＢＬボケ。相変わらず演技だけはソツがない真冬ちゃんだった。うん、これなら外見のことはさておき、いい感じで次に繋《つな》げられ——

「運動系部活に所属する男子同士が、体にオイルを塗《ぬ》りたくってレスリングをするというのは、どうでしょうかはぁはぁ！」

『（なんか趣味《しゅみ》がガチムチ寄りだったぁあああああああああああああああああ！）』

「うぇっぷ」

『こら会長！（アカちゃん！）』

「？」

俺と知弦さんで完全に吐《は》きかけている会長を宥《なだ》めるものの、俺達も結構限界だった。本人のムキムキっぷりと相俟《あいま》って、なんか、こう、妙《みょう》に洒落《しゃれ》になってない！　全然笑えない！　しかも今までソツなく演技こなせてた人が無意識にやらかしちゃうって、もう、ガチで心からそっち趣味っつうことじゃないっすか！　って、ああ！　なんか俺に対する視線が若干《じゃっかん》熱い気がする！　なにこれ！　なにこの本来の生徒会には無いであろう危機感！　こ、こここ、こうなったらあとはもう知弦さんになんとかして貰《もら》うしかない！　いくら手錠《てじょう》や足枷や刺青があろうと、基本スペックは高いんだ！

「あら？　どうしたのかしらキー君、そんな子犬みたいな目をして。うふふ、可愛《かわい》い」

「え？　そ、そうっスかね。へへ、照れるなぁ」

ほら！　若干言葉の裏を読んでしまいはするが、普通《ふつう》にしていれば凄《すご》く「ぽい」じゃねぇか！　これなら！　これならなんとかなる！　しかし油断はしない！　ここで彼女にボケさせてしまえば、再びドン引きするような言葉が出てくるのは自明の理！

ならば！

「あ、そうだ知弦さん、そろそろ会議、まとめちゃって下さいよ」

「？　あらそう？　そうね……確かにそろそろ潮時かもしれないわ」

うっしゃぁ！　これで良し！　これで彼女のボケターンは封《ふう》じた！　彼女なら、まともな知弦さんを演じる分には、全く問題無い！　やっちゃって下さい、知弦さん！

期待を込《こ》めて知弦さんの方を、そして生徒会を見渡《みわた》す。

——刹那《せつな》。俺達の視線が、ふと、お面越しに全員絡《から》み合ったのを感じた。

『…………』

その時に感じた、この気持ちを、なんと呼べばいいだろう。それは今までに感じたことのない——いや、ネット越しに初めて理解者に出逢《であ》えた時のあの気持ちと少し近く、でも違《ちが》う、そんな不思議な気持ちだった。恐《おそ》らく、全員がそうだったろう。

……結局俺達は、全然、生徒会っぽくなかった。俺も、会長だって、結局自分の言葉で喋《しゃべ》ってしまっていた気がするし。だから、ある意味この会は大失敗で。だけど。なんでだろう。……俺、なんか……。

「……そうね。碧陽学園の活性化についてだけど。この学園は、このまま——」

知弦さんが、凄く「らしい」まとめに入っている。俺達は……なぜだか、凄く感動してしまっていた。ああ、良かったな。なんだかんだあったけど、今日、こうやって偽物《にせもの》の生徒会で集まれて、ホント良か——

〈ウゥゥゥゥゥ　ウゥゥゥゥゥ　ウゥゥゥゥゥ〉

唐突に、生徒会室に響《ひび》き渡《わた》るパトカーのサイレンの音。そして、外から窓に当たってる、赤いランプの光。

『……………』

「……………」

知弦さんのまとめが止まる。同時に、彼女の顎《あご》に、たらりと一筋の汗——

『（逮捕《たいほ》劇《げき》キタァァアアアアアアアアアアアアアアアアアアアアアアア！）』

生徒会室、大パニックだった！

「ひ、ひぇえええええええ！〈ぐきり〉ふごぉおおお……」

「ち、違うんです違うんです、この薬は筋肉を増強させるだけで、怪《あや》しいものじゃないんですぅ！」

姉妹《しまい》がそれぞれ完全に我を失っている！

「ふ……ふぇえん！　ごめんなさぁあい！　十歳なのに夜遊んでごめんなさぁい！」

どさくさに紛《まぎ》れて会長が大変なカミングアウトをしている！

「ち……遂《つい》にここまで来やがったか、サツめ。忌々《いまいま》しい……」

知弦さんが物凄《ものすご》いドスの利《き》いた声を発している！

しかし、周りがこんだけカオスだと、人は逆に冷静になるようで。俺は落ち着いて知弦さんに訊《たず》ねた。

「これ、知弦さん絡みの警察ですかね？　俺達の学園侵入《しんにゅう》じゃなくて」

「十中八九私ね。複数台パトカー来ているみたいだし。学園侵入ごときにこんな人員割《さ》かないでしょ。でも……」

「でも？」

知弦さんが「はぁ」と息を吐いて頭を掻《か》く。その不思議な挙動に全員が彼女を見つめる中、彼女は——驚《おどろ》くべきことを、言った。

「私を置いて、皆逃《に》げなさい。あなた達まで捕《つか》まることはないわ」

『え？』

「私はほら、足こんなだし」

そう言って足枷《あしかせ》と鉄球を見せる彼女。知らなかったメンバーが息を呑《の》む。

「ここまでは、仲間の手を借りて来たのよ。でも迎《むか》えに来るのはもうちょっと後。だから、私は逃げられない。仕方ないわ。でもあなた達まで付き合う必要はない。大丈夫《だいじょうぶ》、私はこんなだけど、仲間のことサッに漏《も》らすようなマネは——」

彼女の言葉を聞いたのは、そこまでだった。

俺達は即座《そくざ》に動く。俺と真冬ちゃんは鉄球を二人で協力して持ち上げ。会長と深夏は、生徒会室のドアを開けて周囲の廊下《ろうか》を偵察《ていさつ》、俺達に道を指示してくれていた。

知弦さんが、驚きの声をあげる。

「あ、あなた達……」

「なにボンヤリしてるんですか知弦さん！　行きますよ！」

俺は彼女を立ち上がらせ、鉄球をうまく運びながら歩く。く……腕《うで》が折れそうだ！

「ちょっと、いいわよ、そんなの！　あなた達だけで逃げて――」

「出来ないよ！」

いつの間にかお面を外していた会長――可愛らしい小学生の女の子が、目尻《めじり》に涙を溜《た》めつつ、知弦さんを見る。

「私……私、今日、凄く楽しかったもん！　皆《みんな》もうお友達だもん！　お友達なんだもん！」

必死で訴《うった》える彼女に続いて、深夏もお面をとり……本来の優《やさ》しそうなおばあさんの顔で、微笑《ほほえ》む。

「若いもん犠牲《ぎせい》にしてあたしが逃げる道理はないねぇ……ひっひ」

更《さら》に、真冬ちゃんもお面を外し……どこかの軍人さんのような精悍《せいかん》な顔を露出《ろしゅつ》させ、今までと違った男らしい声で語る。

「あんたが何をしたのかは知らんが、ここで捕まえられては寝覚《ねざ》めが悪い。なんせここは生徒会の聖域で――それ以上に、今や我らが友情を育《はぐく》んだ聖域だからな」

ニヤリと微笑む、妙にカッコイイおっさん。まあ女子の制服着てるんだけど。

そんな俺達の態度に……知弦さんは、ふっと、なにか嬉《うれ》しそうに息を吐いた。

「――まったく。偽物の生徒会のクセに……馬鹿《ばか》なんだから」

「ははっ、だって俺達あの生徒会のファンですからね！　仕方ないでしょう！」

俺達は全員で笑い合い、そうして、警察からの逃亡《とうぼう》を開始し――

「……仕方ないわね。その選択《せんたく》に免《めん》じて、警察に突《つ》き出《だ》すのは勘弁《かんべん》してあげましょう」

『――へ？』

急に知弦さんが変なことを言い出した。――と思ったら、彼女、カチャカチャと手元をいじって手錠を解錠《かいじょう》。

『――へ？』

全員が唖然《あぜん》とする中、そのままの流れで足の枷も簡単に解錠し、そして、ポケットから何かのスイッチを取り出して押したと思ったら、途端《とたん》、窓の外のパトランプが消えた。

『――へ？』

その場の誰《だれ》も、事態が理解出来ない。なんだこりゃ。え、どういうこと？　なんで自分で手錠とか外せるの？　え？　犯罪者じゃなかったの？　小道具？　ん？　外のパトカーも実際にはいなかったたっつうこと？　知弦さんが操ってたって？　え？　なんでそんなこと……。

「まったく、実害が無いとはいえ、不法侵入は本来立派な犯罪なんだから……」

そう言いながら、知弦さんがお面を外す。そうして、その下から出て来た顔は——

知弦さんの、お面だった。

『ほ……本物ぉおおおおおおおおおおおおおおおおおおおおお!?』

……いや、違う。これは——お面と同じ顔——

「あら、今頃《いまごろ》気付いたの？」

全員が愕然《がくぜん》とする中、長い髪《かみ》を優雅《ゆうが》に梳《す》いて、それからふと気付いたように胸元をはだけて刺青《いれずみ》を剥《は》がした。どうやら、シールだったようだ。

さっきまで会長だった子が、驚きと感動と恐怖《きょうふ》と——なんだか全部入り交《ま》じった不思議な泣き顔で、鼻をすすりながら声をあげる。

「な、な、なんで、え、だって、そんな、え、ええええええ!?」

「あら、本当にアカちゃんに似て可愛いわね。おいでおいで、よしよし」

「え、え、え…………えへへぇ」

『(喜んだ！)』

元会長が知弦さんの胸に顔を埋《うず》めて嬉しそうにする中、知弦さんは「さて」と俺達を睨《にら》み付ける。

「子供はまあ、百歩譲《ひゃっぽゆず》って仕方ないとして。……いい大人が、不法侵入とはねぇ」

『うっ！』

汗《あせ》をダラダラ流す、俺、おっさん、お婆《ばあ》さんの三人。それぞれ、マシンガンのように言い訳を口にする。

「わ、わしゃあ体の弱い生徒会ファンの孫に話を聞かせてやりとうて……」

「わ、我は傭兵稼業《ようへいかぎょう》の合間に、濃密《のうみつ》な日常を過ごしておきたかっただけであって……」

「お、俺は――」

お面を外し……古傷と絆創膏《ばんそうこう》だらけの顔を出しながらなんとか説明しようとする。瞬間《しゅんかん》、俺の脳内に様々な思い出がフラッシュバックした。

生まれつき絡まれやすくて、必死で抗《あらが》っていたらいつの間にか喧嘩《けんか》に明け暮れるだけで終わってしまった青春の日々。本当はごく普通《ふつう》に登校したいだけだった、俺のささやかな祈《いの》り。結局叶《かな》えられることなく終わってしまった学生生活。取《と》り戻《もど》せない時間への後悔《こうかい》。社会に出ても結局変わらなかった闘争《とうそう》の日々。絶望。手に取った一冊のなんでもない本。俺の憧《あこが》れの具現。希望。日々強くなるばかりの憧れ。碧陽学園で過ごせたらという、狂《くる》おしいばかりの欲求《よっきゅう》。思いがけないチャンス。

俺は一気に押し寄せる感情をなんとか言葉にしようと、知弦さんの目を見た！　伝われ、この想《おも》い！

「俺は子供の頃《ころ》から喧嘩ばか――」

「だからなに！」

『ひぃ！　ごめんなさい！』

ですよね！　三人、一斉《いっせい》に土下座だった！　怖《こわ》い！　本物の知弦さん、やっぱり怖い！

凄《すげ》ぇ！　なんか嬉しい！　でも怖い！　やっぱ怖い！　威圧感《いあっかん》がパねぇ！

知弦さんが、仁王立ちで俺達を叱《しか》りつける。

「どんな事情があろうと、やっていいことと悪いことがあるでしょう！」

『まったくもって、そのとおりで』

「全く、たまたま私が初期からネットで生徒会の熱狂的《ねっきょう》ファンの中に潜《もぐ》り込んで遊んでいたから良かったものの……」

『……なんて趣味《しゅみ》の悪い……』

「黙らっしゃい！」

『ひぃっ！　すいません！』

「……警察をちらつかせた時の反応いかんによっては本当に突き出しているところだった

けど。まあ心根は腐《くさ》ってないようだから、それは勘弁してあげるわ」

『ほっ』

俺達は胸を撫《な》で下《お》ろした。良かった……警察に捕まらずに済む。っていうか、こうなってくると、逆に高揚《こうよう》してきたぞ！　凄ぇ！　俺今、本物の知弦さんに説教されてんだ！　すっげぇ！　うっひょ、テンション上がってき――

「ん、なに嬉しそうな顔しているの？」

『はい？』

「警察には、突き出さないわよ。ええ、警察には、ね」

『……え』

「だからと言って、なんのおとがめも無しとは、誰も、言ってないわよねぇ？」

『え』

「さあて、まずはなにからして貰《もら》いましょうかねぇ？」

とても現役《げんえき》高校生とは思えない邪悪《じやあく》なオーラを纏《まと》った彼女の微笑みに。

全員の背筋を、大量の冷たい汗が伝った。

＊

「キー君、ちょっといいかしら？」

「はい？　なんですか、知弦さん」

ある日の放課後。執筆《しっぴつ》関係の雑務で知弦さんと二人残業していると、彼女にちょいちょいと手を振《ふ》って呼ばれた。

机を回り込んで背後に行くと、彼女が操作していたノートPCのモニタを指差す。

「なんかさっき、こんな原稿《げんこう》が送られてきたんだけど……」

「原稿？　知弦さんのアドレスに？　俺以外から？」

「ええ。……色々言いたいことはあるのだけれど、まず、読んでくれるかしら」

「はぁ、分かりました」

というわけで、彼女の隣《となり》のいつもは真冬ちゃんが座る席に腰掛《こしか》けて、ザッと原稿を読んでみる。そこに記されていたのは、いつもの生徒会の一存……を模倣《もほう》した、とあるファン達のオフ会の模様だった。意味が分からず読み進めていくと、最後に知弦さん本人が登場、場をおさめて終了《しゅうりょう》というオチだった。そこでようやく得心がいく。

「ああ、なるほど、それで知弦さんがこいつらに原稿書かせて、送らせたんですね」

感心しながらノートPCを返す。

俺はこの物語の更なる真実まで見抜《みぬ》いていた。ヤッらと違《ちが》って知弦さんと付き合いの長い俺は分かる。実際のところは、こいつら、まんまと知弦さんにおびき出されたんだろう。学園への不法侵入《しんにゅう》を誘導《ゆうどう》して、弱みを握《にぎ》り、原稿を書かせる。彼女のやりそうなことだ。実に腹黒い。だが、そこには「執筆が多すぎて俺が最近疲弊《ひへい》しがちだから」という、優《やさ》しい事情もあり。うん、偽物《にせもの》なのに実に生徒会らしい物語。

実際この不法侵入野郎《やろう》達も作中、割と幸せそうだったことを考えると、トータルして実に微笑ましい物語に仕上がっているじゃあないか――

「これ、私じゃないのよ」

「……はい？」

「いえ、だから」

そう言って知弦さんは、原稿をスクロールしてお面の下から本物の彼女が出てくるシーンあたりを指さし、一言。

「これ、私じゃ、ないんだけど」

「…………えーと」

なぜかとてつもなく嫌《いや》な予感で心拍数《しんぱくすう》が上がってきて、額を汗が伝う。知弦さんもまた、ちょっと動揺《どうよう》気味だった。俺は何かに縋《すが》るように考えられる解釈《かいしゃく》を提示する。

「あ、ああ、つまりなんだ、これは完全なる創作で、知弦さんのメールアドレスにイタズラで送られてきたと――」

俺の推理を遮《さえぎ》るように、知弦さんが首を横に振る。

「私のメールアドレスは一部仕事相手しか知らないわ」

「え、でもそれじゃあこれは誰がどうやって……」

「その謎《なぞ》に少し説明がつけられそうなのが、このメール本文なんだけど……」

そう言って再びノートPCの画面をこちらに向ける知弦さん。そこには、こんな文面が記されていた。

知弦さん、指示されてた小説書き上げましたよ！　これでいいでしょうか？　それにしても、やっぱり本物は違うなぁ！　最初の指示が小説執筆なんて、凄《すご》く生徒会してますよ！　あ、そうそう教えて貰ったメールアドレスの［akatizu］って部分、恐《おそ》らく［aka-chizu］の間違《まちが》いですよね？　送信直前に気付いたんで、念のためどっちにも送っておきました！

　さて、次は俺達何をすればいいですか知弦さん！　確か、なんか可愛《かわい》い野良猫《のらねこ》を集めて来て欲しいとか言ってましたっけ？　任せて下さい！　俺達、生徒会のためならなんでもやりますから！

　では、次の仕事の指示待ってます！


『…………』

　二人、汗をだくだく流しつつお互《たが》いの目を見る。

「知弦さん……本当にこれ、参加、して、ないんですよね」

「ええ。もう一つ言えば、さっき気になって生徒会室調べたら、出て来たわ、不法侵入の形跡《けいせき》」

「……つまり、限りなく、これ、事実……と」

「…………」

「…………」

　というわけで。

メールを返信してもなぜかエラーで届かないので、この場で呼びかけさせて頂きます。
偽《にせ》生徒会さん達。貴方《あなた》達が現在盲目的《もうもくてき》に従っているらしい、その人……。
その人、本物の知弦さん、ちゃう！
もう一度言います！
その人、本物の知弦さんじゃないです！　ないんです！　早く逃《に》げてぇー！

2年B組の進級 〜決意の章〜

「二年B組は永遠に不滅です！」

by中目黒善樹

【二年B組の進級～決意の章～】

祐天寺《ゆうてんじ》つばき　編

「善樹《よしき》君、言われてた植物用の栄養剤《えいようざい》、こっち置いておくよ」

「ありがとう、つばきさん」

花壇脇《かだんわき》に荷物を置いて、ふぅと一息つきます。善樹君は霧吹《きりふ》きで水か何かを花に吹きかけながら、私に労《ねぎら》いの言葉をかけてきてくれました。

「結構重かったでしょう」

「ううん、全然。むしろ意外と軽いから、この花壇の大きさに対してこんなものでいいのかなって思ったぐらい」

「その辺はボクもよく分からないんだけど、反町《そりまち》先生はこれでも充分《じゆうぶん》すぎるって。栄養剤って、やりすぎてもいけないらしいよ」

「そういうものなの？　肥料も栄養剤も、あげればあげるほど良さそうなものだけどね」

「ケーキバイキング通いすぎたスイーツ系女子とか想像したらいいと思うよ」

「うん、稀《まれ》に善樹君ってナチュラルドS発言するよね」

「そうかな？」

笑いながら善樹君が立ち上がり、改めて、二人で並んで花壇を——この二か月でかなりサマになった花壇を、しみじみと眺《なが》めます。

「いい感じになってきたね」

「うん、そうだね。つばきさんのお陰《かげ》だよ。ありがとう」

「なに言ってるのよ。善樹君が頑張《がんば》ったからよ」

二か月前の状況《じょうきょう》からは見違《みちが》えるほど綺麗《きれい》に、鮮《あざ》やかになった花壇の前で、二人微笑《ほほえ》みを交《か》わし合います。

二か月。自分でも驚《おどろ》く程《ほど》に早い二か月でした。以前の孤独《こどく》に蝕《むしば》まれていた私にはたかだか十分の休み時間さえ永遠のように長かったというのに。この二か月ときたら、本当にあっという間で。

不思議だなと思う一方で、その理由はとても明白でもあって。

「ふふっ、こうしてやってみると、植物を育てるのって結構面白《おもしろ》いね」

「あ、ボクもそれは思ったよ。初めはちょっと休憩《きゅうけい》場所の景観良くしたいなってぐらいの気持ちだったけど、今やすっかり花の様子を見に来る方が目的になってるし」

「あら、私とのおしゃべりは目的に数えてくれないの？」

「そ、そんなことないよ！　うん、つばきさんと話すのも、凄《すご》く楽しみに来ているよ！」

「ふふっ」

「うー……。つばきさん、なんか最近いじわるになりました」

「ごめんね、善樹君はどうも知れば知るほどいじめたくなる人なものだから」

「……なんかヒドイ」

「褒《ほ》めているつもりなんだけどね」

「うー」

善樹君は可愛《かわい》らしく唸《うな》ると、気恥《きは》ずかしそうに私から顔を背《そむ》けて、もう大してすることもないのに花壇をいじり始めました。

……そういう仕種《しぐさ》が、逆に私の嗜虐心《しぎゃくしん》をくすぐってしまうのだというのに。とはいえ流石《さすが》にここで追い打ちをかけるほど私は鬼畜《きちく》じゃあありません。

私も黙《だま》って彼の隣《となり》にしゃがみこむと、今日もいつものようにぼんやりと花を眺めて過ごすことにしました。

＊

「あ、祐天寺さーん、次移動教室だから急いだ方がいいよー」

花壇から教室に戻《もど》る途中《とちゅう》でクラスメイトの小杉《こすぎ》さんに声をかけられ、私は「あ」と口元に手をやります。

「すっかり忘れてた」

「あはは、相変わらず祐天寺さんはボンヤリしてるねー」

「ごめんね……。教えてくれてありがとう」

「うん、じゃあねー」

軽く手を振《ふ》って別れを告げ、教科書を取りに教室へ急ぎます。

あれから――善樹君と花壇での作業をするようになってから、不思議と、クラスメイトともそこそこ上手《うま》く接することが出来るようになりました。恐《おそ》らくは私の心境の変化が原因でしょう。そもそも私は勝手に……というか、少し過剰《かじょう》に周囲との壁《かべ》を感じていたフシがありますから。善樹君との交流でそれが緩和《かんわ》され、私の態度が軟化《なんか》したおかげで、クラスメイトとも普通《ふつう》に話せるぐらいには状況が改善したということでしょう。

とは言っても、休み時間は基本的に善樹君とばかり過ごしているため、とりわけ仲の良いクラスメイトが出来たわけでもないのですが。今となっては、それも特に気になりませんでした。

「(クラスメイトと普通に話せて、休み時間は善樹君と過ごせて……充分すぎるよね)」

ちょっと大袈裟《おおげさ》な言い方をしてしまえば、今、私は幸せでした。

充足《じゅうそく》している、とでも言《い》い換《か》えればいいでしょうか。勿論《もちろん》多くを望めばキリが無いのですが、入学当初の私の状況を思うと、今の環境《かんきょう》は充分に満ち足りたものです。

「次の授業は……あ、数学Cか」

教室で自分の机から教科書を取り出し、移動先である一年F組へと向かいます。今や友達同士で喋《しゃべ》り合う生徒のひしめく廊下《ろうか》にさえも、居心地《いごこち》の悪さより活気による心地よさを感じるぐらいです。

「(中学とは違《ちが》うけど……こういう何気ない、穏《おだ》やかな日々が続くなら、それも、悪く無いかな)」

そんな、なんだか少し達観した考え方までするようになってしまいました。善樹君と花を育ててばかりいたせいでしょうか。今をときめく女子高生としてどうなのと自分で思わなくもないのですが、こういう自分は結構嫌《きら》いじゃないです。

「(善樹君には感謝してもしきれないな)」

ある意味において自分をどん底から引き上げてくれた彼には、いつかきちんとお礼をしなければいけません。本当は花壇再生のお手伝いがそれに当たる気もするのですが、いかんせん、それはそれで私の楽しみになってしまっているので、今ひとつお礼という感じでもなく。

「（善樹君にお礼……何がいいんだろう）」

Ｆ組に入り、移動教室の際は各自テキトーな席に着く決まりなので、空いていた席に着きながら考えます。

「（でも急にお礼というのも気持ち悪いかな。……あ、花壇再生祝いとか、そういうことにしておくのがいいかも。だったら、二人で今度甘いモノでも食べに……）」

なんだかどんどん楽しい気分になってきてしまいました。お礼をするという話だったのに、いつの間にか思考が「二人で何食べようかなー」という風になってしまっています。

でも楽しいのだから仕方ありません。

私は授業開始までの間、ぼんやりと宙を眺めて善樹君と何処《どこ》に行こうかなと考えていました。――と
「あの……祐天寺さん、だよね？」

「あ、はい？」

隣から唐突《とうとつ》に声をかけられ、少々驚きながら思考を中断して反応します。……見覚えのない女子でした。恐らく他クラスの子でしょう。移動教室は選択《せんたく》授業によって仕分けられ

た生徒達で授業を受けるため、隣に他のクラスの子が居てもなんら不思議はないです。不思議はないのですが……。

「えと……なんでしょうか？」

私が、クラスメイト以外の子に話しかけられるというのは、かなり珍《めずら》しいです。戸惑《とまど》いながら訊《たず》ねると、彼女――おさげの素朴《そぼく》な可愛らしい女子生徒は、なぜか私以上におどおどとした様子で、次の言葉を発してきました。

「あの……その、訊《き》きたいことが、あるんですけど……」

「はい……なんですか？」

聞き返しますも、彼女は依然《いぜん》としてもじもじしたままです。遂《つい》には頬《ほお》まで紅《あか》くなってきてしまいました。

私は全く意味も分からずに、ただただ目をパチクリしていると……授業を担当する先生の特徴《とくちょう》的なサンダルの音が聞こえてきた段になって、唐突に、早口に、彼女はその衝撃《しょうげき》的な質問を繰《く》り出《だ》してきます。

「な、な、中目黒《なかめぐろ》さんとは、お付き合いされているんですかっ⁉」

「はい⁉」

椎名《しいな》深夏《みなつ》 編

「あっれ、おかしいなぁ」

守《まもる》を伴《ともな》って二年B組に駆《か》け込むも、予想に反してそこには誰《だれ》も居なかった。善樹のカバンさえない。あたしに続いて教室に入ってきた守が、どこかホッとした様子を漂《ただよ》わせながら口を開く。

「もう帰ったんじゃねえの、善樹」

「でも、こんなすぐ帰るなら、あたし達と一緒《いっしょ》でも良かったじゃねぇか」

「そりゃそうだけど。なんか用事でもあったんだろ」

「確かに用事があるとは言ってたが……ちょっと電話してみるか」

そう言ってあたしはケータイを取り出すと善樹にかけてみるも、電波状況もしくは電源が〜的アナウンスが虚《むな》しく流れるのみ。守に向かって横に首を振りつつ、ケータイを切る。

「……うーん……」

別にそれほどおかしなことでもないのだが、あたしは何かが引っかかって仕方ない。対照的に、守はなぜか安堵《あんど》した様子だった。

「なに胸を撫《な》で下《お》ろしてんだよ、守」

「え⁉　あ、いや、べ、別に？」

白々しく目を逸《そ》らす守。あたしは彼の肩《かた》をガッと摑《つか》んで正面を向かせると、頬を赤らめる彼の目をしっかりと見つめ——叱咤《しった》した。

「腹を括《くく》れ宇宙《うちゅう》守！　善樹に言うって決めたんだろ、『杉崎《すぎさき》はオレのものだ！』って！」

「一体なんの決断を迫《せま》られてんだよオレは！」

「逃《に》げるな、守！」

「いやそこは逃げさせてくれよ！　やっぱりおかしいだろこれ！　なんでオレが全く向き合うべきじゃない事態にぶつからなきゃいけねぇんだよ！」

「往生際《おうじょうぎわ》が悪いぞ、守」

「理解力が乏《とぼ》しいぞ、深夏！」

「どんなに心苦しいことでも……それを乗《の》り越《こ》えなければいけない時って、あるだろう。病気を治すために苦い薬を飲んだり、辛《つら》い手術を受けるのと同じだ」

「あ、ああ……。……ってやっぱりなんか違うと思う！　オレの置かれている事態は、なんかそれらとは微妙《びみょう》にニュアンス違うと思う！」

「……守。男らしさって、なんだろうな……」

「少なくとも、全く意図しないボーイズラブに身を染めることではないと思う」

「……お前にはガッカリだよ」

「え」

唐突に、守の顔が強張《こわば》る。あたしは「やれやれ」と首を振ると、心底呆《あき》れた様子で帰宅の準備を始めた。

「もういい、お前には失望した。あたしも早く帰らなきゃだし」

「いや、え、ちょ、そういう感じで来られると……」

「じゃあな、守！　また明日《あした》！」

あたしはカバンを肩に掛《か》けると、爽《さわ》やかに手を振ってその場を後に――

「さ、探そうぜ善樹！　ああっ、全力で探してやるぜ！　そう、滅《ほろ》んだ地球を蘇《よみがえ》らせるためにドラゴン○ール集めるのと同じぐらいのテンションでさぁ！」

急に守が乗ってきた。あたしは「ふっ」と全《すべ》て悟《さと》ったと言わんばかりに微笑《ほほえ》むと、彼の肩に今度は優《やさ》しくぽんと手を置く。

「そうさ。それでこそ、守だ！」

「お、おう」

「こうなったらとことん付き合ってやるぜ！　なぁに気にすんな、食事会なんてどうとでもなるさ！　じゃあ行こうぜ、守！　善樹を探しに！」

「あ……ああ！　そ、そうだな！」

なぜか守が一々リアクションに詰《つ》まるのはさておき、こうして、あたし達は善樹の捜索《そうさく》に乗り出したのであった！

祐天寺つばき　編

「え、断っちゃったの？」

「うん。ごめんね」

あっさり頷《うなず》きながら花壇《かだん》の手入れを続ける善樹君に、私は少し驚《おど》きながら再度訊ね直します。

「えと……善樹君、特にお付き合いされている子とか、いないんだよね？」

「いるわけないよ、そんなの」

「それでその……さっき聞いた話だと、特に好きな人がいるというわけでも、ないと」

「うん、そういうのはまだよく分からないかな」

「それ、綱島《つなしま》さんには？」

「え、そのまま言ったけど？　付き合っている人がいるわけでも、特に好きな人がいるわけでもないけど、なんとなくごめんなさいって」

「はぁ。……えと、私が綱島さん紹介《しょうかい》した時、『綱島さんって、いい人だね』ってかなり好感触《こうかんしょく》だった記憶《きおく》があるんだけど……」

「うん」

「うん、って」

無邪気《むじゃき》に何の悪意も無い様子で頷かれてしまったため、妙《みょう》に毒気を抜《ぬ》かれた私は途方《とほう》に暮れてしまいます。

「(私の紹介した子をあっさりフったっていう、そこそこヘビーな話題のハズなのに……意外と軽いなぁ)」

前から多少思っていたことですが、この中目黒善樹君という人物は、幼いのは顔立ちだけじゃないようです。子供——とまで言うのは、多少語弊《ごへい》があるのですが。なんと言うのでしょう、年齢《ねんれい》を重ねるにつれて身につく、良い意味も含《ふく》んだ「黒さ」みたいなのが圧倒《あっとう》的《てき》に少ないと言いますか。例えるなら、本格的清純派アイドル。ブリッ子というわけじゃなく天然で純粋《じゅんすい》なのですけれど、それだけに、たまに見ていて辛いっていう。

「(善樹君自身に、悪気は無いんだろうけど……)」

一生懸命《いっしょうけんめい》花の世話をする彼を見つめながら、はぁと溜息《ためいき》を吐《つ》きます。彼がとてもいい人なのは充分《じゅうぶん》分かるのですが……だからと言って上手《うま》くいくわけじゃないのが人間関係。

「(正直、綱島さんと顔合わせ辛いなぁ……)」

次の選択授業が限りなく憂鬱《ゆううつ》です。彼女と近くの席に座らなければいいのですけど……変にこちらから距離《きょり》取るのもおかしいですし。

「(あぁ、こんなことなら変なお節介《せっかい》をしなければ良かったかも)」

もう一度溜息を吐きます。善樹君が「どうしたの?」と訊ねて来るも、流石《さすが》に「貴方《あなた》のせいです」とも言えず、私はにこりと微笑みを返すだけにしておきました。

……しかしあれは、色々と不可抗力《ふかこうりょく》なのではないでしょうか。選択授業の際に、唐突に善樹君との関係について訊かれ。交際を否定したら、安心した様子の彼女——綱島さんに、わざわざ昼休みに屋上に呼び出されて、訊いてもいないのに事情を説明され。……そんな風にされたら、別に彼女から何か言われたわけでもないのですけれど「紹介しましょうか？」とはなってしまうわけで。

そんなこんなが続いた末の結末が……この、無邪気美少年による残酷《ざんこく》な切《き》り捨《す》て御免《ごめん》。

「♪〜♪〜♪」

「(鼻唄《はなうた》混じりに土いじってる場合じゃないでしょう)」

彼の人間関係への無頓着《むとんちゃく》ぶりに呆れすぎて、なんだか段々彼の保護者のような気分にさえなってきました。……実際、付き合う気が無いから断るというのは、至極《しごく》真っ当な選択のハズではあるのですけれど。

「(もうちょっと断り方もあっただろうに……)」

特に理由無いけど付き合えませんでは、綱島さんもまるで納得いかないでしょう。まあ彼のキャラクターを良く知っている私としては、「ああ、『らしい』なぁ」と思えるのですが。そもそも校内で見かけてそのビジュアルに一目惚《ひとめぼ》れしたと言っていた綱島さんに、そんな納得の仕方は望むべくもないわけで。

「(まあ、じゃあ何が正解だったのかと訊《き》かれても、分からないのだけれど)」

ホント、世の中はままならないなぁと思います。「よく知らないけど、いい人そうだからとりあえず付き合う」なんていう選択をしなかった善樹君はある意味において凄《すご》く誠実で、でもある側面においてはあまりに残酷で。

「(告白、かぁ……)」

なんとなく善樹君を見ながら、ぼんやり考えてしまいます。

「(そんなの……しない方が、いいのかもしれない)」

こういう現実を目《ま》の当たりにしてしまっては、「当たって砕《くだ》けろ」なんてプラス思考にはとてもなれません。どう転んだところで最悪以外の何物でもないような。誰にもメリットのない、非常に愚《おろ》かな行為《こうい》にさえ思えてきます。

「(ゆっくりと、徐々《じょじょ》に、仲良くなっていって。いつか自然とそういうことになっている……そういう関係が、一番良さそうだよね)」

善樹君の横顔を見つめながら、実にぼんや〜りとそんなことを考え——

「(!)」

な、なんか今私、変なこと考えていませんでしたか!? ど、どうして私は自分と善樹君で、そ、そ、そんな未来を想像してしまって——

「? つばきさん、どうかしたの? 顔真っ赤だけど」

「え⁉　あ、い、いえ！　なんでもないよ！　なんでも！」

「そう？……いやでも、やっぱり赤いよ？」

「だ、大丈夫《だいじょうぶ》です！　これは……その……そう、紅生姜《べにしょうが》の異常な食べ過ぎだよ！」

「そっかぁ——って、いやそれは全然大丈夫じゃないよねぇ⁉　そんな行為に走る精神状態が非常にアレだよねぇ⁉　ど、どうして紅生姜なんか食べ過ぎたの⁉」

「つ、ついカッとなって」

「カッとなって⁉」

「遊ぶ金欲《ほ》しさに」

「なんで全体的に犯行動機風なの⁉」

「とにかく大丈夫！　よくあることだから！」

「よくあることなの⁉　それはより一層大丈夫じゃないよねぇ⁉」

「こほん。みかんを食べ過ぎて肌《はだ》が黄色くなること、善樹君もあるでしょう？」

「え……うん、まあ」

「それと同じよ。みかんを食べたら黄色。紅生姜を食べたら紅色。コバルトヤドクガエルを食べたらコバルト色になるのが、人間というものよ」

「最後のだけは違《ちが》う理由で青くなっているんじゃないかな」

「とにかく。私が紅《あか》いことに関しては触《ふ》れないで。善樹君は肌の色で人を差別とかする人なの？」

「ええ⁉　そ、そういう種類の問題なの、これ⁉」

「そんなわけで、私は告白とかしないから！　色々と勘違《かんちが》いしないでよね！」

「なんの話⁉　なんかボク全く話についていけてないんですけど⁉」

そうこうしているうちに、昼休み終了《しゅうりょう》五分前のチャイムが鳴った。私は助かったとばかりに「じゃあ！」と告げると、走るようにその場を去ります。


……。

なぜか、頬《ほお》の紅みは五時間目の授業に入っても中々消えてくれませんでした。

星野巡《ほしのめぐる》　編

告白なんか絶対するもんじゃない。

たった今最低最悪の告白をしてしまった私が言っているんだから、間違《まちが》いない。

杉崎の体に抱《だ》きつきながら、色んな意味で心臓を高鳴らせる。

どっくん、どっくん、どっくん。

…………。

……まあ、あれよね。

……正直なところ。

そりゃ私、今、超涙目《ちようなみだめ》よねっ！

「(ど、どどど、どうすんのよこれ!?　ええ!?)」

告白イベント後の乙女《おとめ》にあるであろう切なさや感慨《かんがい》なんか微塵《みじん》も無い、純然たる混沌《こんとん》状態に、今私の心はあった。

「(と、とりあえず流れで彼の胸に飛び込んで、真っ赤な顔とか涙とか鼻水とか全部誤魔《ごま》化《か》したけど！　なにこれ！　余計引き返せない空気になりつつあるんですけどぉ！)」

もう私、大混乱である。杉崎は杉崎で戸惑《とまど》っているようだけど、ある意味においては私の方がよっぽどパニックよ！　だ、だって、言うつもりとか全然無かったし！　じゃあ何で言っちゃったのかといえば、「売り言葉に買い言葉」としか言いようがないわよ！　もしくは「ついカッとなって」よ！　犯行動機じゃあるまいし！

そもそも今はスキャンダル騒《さわ》ぎやそれの発端《ほったん》となった犯人——写真提供者が誰《だれ》なのかっていう混乱状態であって、とてもこんなことしている場合じゃない上に——

『提供者の名前は「中目黒善樹」です！　もう一度言いますよ？　提供者の名前は「中目黒善樹」です！　具体的にこの人物が誰なのかっていうのは、引き続き調べて追って報告しますね！　ではっ！　うひょっー、なんか楽しくなってきたぞー！』

「（えぇぇぇぇぇぇぇぇぇぇぇええええええええええええええええええええええ!?）」

杉崎に抱きつきながら、スピーカー状態の電話から聞こえてきた衝撃《しょうげき》情報に、私の心は混乱の極《きわ》みに達する！

なにこれ。

ねぇ、なにこれ！　どういう状況《じょうきょう》!?

へるぷみぃ、へるぷみぃ！　わーにんぐ、わーにんぐぅぅ！

「えと……巡、あの、その」

杉崎が、自分も動揺《どうよう》しながらも、なんとか私に声をかけようとしてくれていた。数度「すー……はー……」と深く深呼吸すると、いくぶんか落ち着いたトーンで提案してくる。

「い、色々あるんだけど……い、一旦《いったん》」

「…………」

「一旦、落ち着こう。状況が状況だし。……な？」

「…………そうね」

それは、その通りだ。今の状況は私的にも不本意以外の何物でもない。告白するにしても、こんなドタバタした中で答えを貰《もら》ったりなんか、したくないし。

私は杉崎の胸から顔を離《はな》すと、さっと後ろを向いて涙と鼻水をティッシュで拭《ぬぐ》い、改めて彼に向き直った。……顔の赤みに関しては、もうこの際仕方ない。

「えと……」

杉崎は頰を掻《か》いて気まずそうにしていた。私は私で、うまく視線を合わせられないし、いつものキャラにも簡単に戻《もど》れそうにない。

ちく、たく、と壁掛《かべか》け時計の音だけがしている。しばらくそうした後、ようやく杉崎が口を開いてくれた。

「お前の気持ちに関しては――」

「！」

いきなりそこに触れてくるとは思ってなかったため、びくんと身を震《ふる》わせる。しかし杉崎はそんな私の反応を見て取ると、すぐに「いや」と続けてきた。

「大丈夫だ。っつうのも変だけど、その……ちょっと、待って貰っていいか？」

「……待つ？」

訊《たず》ね返しながらようやく杉崎の目をちらりと見る。彼は――意外にも私と同じぐらい顔を赤くしてくれていた。その反応が少しだけ嬉《うれ》しい。

杉崎は何かを誤魔化すように頭を強く掻きながら、言葉を続けてくる。

「その、なんつうか……正直、俺にとっては晴天《せいてん》の霹靂《へきれき》でさ。今、脊髄《せきずい》反射的に答えを返せることじゃないっていうのは、とりあえず、分かって欲しい」

「……うん」

「あ、いや、だからってお前が嫌《きら》いとか、好きじゃないとかじゃないからな!?　そこ勘違いすんなよ!?　その……なんて言ったら……」

「……ふぅ。大丈夫、分かっているわよ」

なんだか杉崎までテンパってしまっているものだから、相対的に私の方は少し落ち着いてきた。腰《こし》に手を当てて、少しの呆《あき》れも含《ふく》ませた笑みを彼に向ける。

杉崎はホッとした様子で、話を続けてきた。

「そ、そか。……えと……だから、その件に関しては、ちょっとだけ、俺に考える時間を与《あた》えて欲しい」

「ええ、分かってるわよ。私だって勢いで言っちゃったけど、今すぐ答えを貰いたいというわけじゃないし。というか、こんな状況で答え貰ってもなんかイヤだし」

「だ、だよな。えと……でも、その、安心してくれ。あんまり待たせすぎないようにはする。とりあえず……」

そう言って、杉崎は電話の方を見た。私も同じようにそちらを見る。……善樹。

「……まずは、こっちの件を片付けてからに、したいと思うんだが」

「賛成」

私は手を上げて、喜んでそれに応じた。

*

「それにしても、一体どういうことなんだか」

杉崎が完全に意識を切《き》り替《か》えて私に相談を持ちかけてくる。私も一瞬《いっしゅん》だけ目を瞑《つぶ》ると、仕事モードへの切り替えと同じ要領で、告白の件を一旦忘れて応じた。

「ドタバタした中だったから聞き間違いかとも思ったけど…………違うわよね？」

訊ねると、杉崎はこくりと頷《うなず》く。

「ああ。……中目黒が、俺達のスキャンダル写真――に見えるような写真を、提供した犯人だって」

「電話は……もう切れてるわね。とりあえず、かけ直して確認してみるわ」

「ああ、そうしてくれ」

杉崎と二人きりで喋《しゃべ》っているより、他のことに動いた方が気分が多少なりとも楽なため、私はスピーカー状態をそのままに平井《ひらい》に電話をかけ直した。とはいえそれは個人のケータイではなくて出版社の番号のため、面倒《めんどう》ながらも受付に再び取り次ぎをお願いする。しかし――

『すいません、平井は今席を外しておりまして……』

「はぁ⁉」

さっきの今でどうして席を外すのよ――って、そういえばなんか変なテンションで張り切ってたわね。早速《さっそく》何か調べに行ってしまったのかしら。……まったく、いらんところでやる気を出して！　まあいいわ。

私は「分かりました、お手数おかけしました」とだけ告げると直《す》ぐに今度は彼のケータイに電話を――かけようとして、はたと止まった。

「ん？　どうした巡？」

不思議そうに首を傾《かし》げる杉崎に、私はケータイを机に置きつつ応じる。

「……彼のケータイ番号なんか、私、知らないわよ」

というわけで事務所に電話して調べて貰うもうまくいかず、結局私達は早々に行《ゆ》き詰《づ》まってしまった。……やることが無くなると、さっきの告白の件も相俟《あいま》って、再び室内に気まずい空気が流れる。

しかしそこは毎日会議をしているだけある杉崎、すぐに代案で場を繋《つな》いでくれた。

「えと……じゃあ、直接中目黒に電話してみようぜ！」

「ああ……なるほど、それもそうね」

ちょっとデリケートな問題だけについ外堀《そとぼり》から埋《う》めようとしていたけど、考えてみたらまず一番最初に事実確認をすべきなのが下僕《げぼく》だった。

私はすぐに下僕の番号を呼び出すと、通話ボタンを押し――

『お客様のおかけになった電話は、現在電波の入らない――』

「…………」「…………」

通話を切る。再び室内に訪れる静寂《せいじゃく》。……気まずい。非常に気まずい。しかしそこはやはり杉崎、額に汗《あせ》を掻きながらも次の提案をしてきてくれた。

「そ、そうだ！　中目黒は確か学校に残ってたよな！　守あたりに電話して、直接会いに行って貰おうぜ！」

「え？　でもあれから大分経《た》っているわよ。もう学校には居ないと思うけど」

「だったらだったで、直接家に行って貰ってもいいしさ！　な！……な!?」

「え……ええ」

なんか杉崎が必死だ。そんなに告白の一件から話題を逸《そ》らしたいのだろうか。まあそれに関しては私も同意なので、無駄《むだ》に思いながらも守に電話をかける。数回のコール音の後、今度は流石《さすが》に繋がった。ホッとしながら、私は守に用件を告げる。

「ああ、守？　あんたちょっとさ、学校戻って――」

『姉貴!?　丁度良かった！　今オレ深夏と祐天寺と一緒《いっしょ》に逃《に》げてっから善樹を連れて――うわぁ!?　ちょ、しつこっ！　っておいおいおい、だから応戦は駄目《だめ》だって深夏――』

ガシャッ、ブチッ、ツー、ツー、と不吉《ふきつ》な音がスピーカーから漏《も》れる。

「…………」「…………」

無言だった。私も杉崎も、完全なる無言だった。しかし、さっきの沈黙《ちんもく》とは違《ちが》う。

なぜなら。

その時私達の心は、完全に一つだったからよ！

『（なんか状況が余計にこんがらかったぁ――――――――⁉）』

まさか更《さら》に混迷が深まるとは予想だにしなかったわ！　杉崎が変なテンションで叫《さけ》ぶ。

「え、なに、どういうこと⁉　中目黒がなんだって⁉　っつうかあいつ誰に追われてんの⁉　深夏も一緒《いっしょ》なの⁉　それ以前にユーテンジって誰――」

「知らないわよ！　私に訊《き》かれても！」と、とにかくもう一度電話を……」

とかけ直してみるも……さっきの不吉な音から大体予想はついていたけど、案の定繋がらない。

「……壊《こわ》れたよな、確実に。守らしいっちゃらしいけど…………どういう状況？」

「だから私に訊かれても分かんないって。えと……次、どうする？」

「どうするって言われてもな……」

お互《たが》い相手に縋《すが》るも、当然どうなるわけもなく、もう何度目か分からない沈黙が場を満たす。……な、なんか、気まずい状況を解決しようとすればするほど泥沼《どろぬま》にはまっていっている気がするんだけど……。

「そ、そうだ！」

私の不安をよそに、杉崎は再び提案。

「深夏のケータイにかけようぜ！　一緒にいるんだろ、あいつ！」

「あ、それもそうね」

まあ応戦がどうこう言ってたのは気になるものの、私はダメもとで電話をかけてみる。

意外にも今度は繋がった。が——

『んだよ巡、こっち今——ああっ、もう、腹立つ！　殴《なぐ》りたい！　もう殴っていいだろあんな馬鹿《ばか》共！　なあ、つばき！　一緒に殴ろうぜ……っておい、ごめんごめん、そんな涙目《なみだめ》になるなよ。分かった、分かったって、殴らない、殴らない。……っつうわけでもうかけてくんな！　んな暇《ひま》あったら善樹連れて来い！　頼《たの》むな！　じゃ！』

ダメだった。確かにダメもととは言ったけど、あまりにダメすぎる。

　というか余計にこんがらかった。

「下僕を探すために電話をかけたら、逆に下僕を連れて行くことになった……」

　な、なにを言っているか分からないと思うけど、私も何を頼まれてるのか分からなかったわ。頭がどうにかなりそうよ。すれ違いとか電波状況《じようきよう》とかチャチな問題じゃ断じてない。もっと恐《おそ》ろしいものの片鱗《へんりん》を味わったわ……。

「じょ、状況整理！」

　杉崎が半ばやけくそ気味に叫ぶ。私が頷くだけで応じると、彼は続けた。

「まず巡のスキャンダルがすっぱぬかれた。直後巡に告白された。それはそれとして中目黒が写真提供の犯人だった。中目黒に連絡《れんらく》がとれないから守に連絡したら、深夏とユーンジと一緒に逃げてた。改めて深夏に電話したら、なぜか俺達があっちに中目黒を連れて行くことになった。……ＯＫ？」

『…………』

　なに一つＯＫじゃない。

　とりあえず私達は、それから三分ほど、お互い完全なる無言で呆《ほう》けていたのであった。

祐天寺つばき　編

初めて違和感《いわかん》を覚えたのは、休み時間に珍《めずら》しく小杉さんに声をかけられた時でした。

「あ、ねぇねぇ、祐天寺さんー」

「はい？」

教室で背後の席から声をかけられて振《ふ》り向《む》くと、そこにはいつものように彼女を始めとした仲良し女子グループが四人ほどで集まっていました。私は席の関係上すぐ傍《そば》にいるのでたまに小杉さん個人とは言葉を交《か》わしますが、だからといって、その一団に属しているというわけでもなく。正に「ただのクラスメイト」。少なくとも、休み時間に他の子も交《まじ》えて和気藹々《わきあいあい》と話す間柄《あいだがら》ではありません。

ですから私は一体何事だろうと少し身構えてしまったものの、小杉さん自身は極《きわ》めて自然に、いつものテンションのままで訊《たず》ねてきました。

「祐天寺さんってさ。ホントにD組の中目黒とかっていう男子と付き合ってるの？」

「へ？」

なんだかデジャビュを感じます。一瞬動揺《いっしゅんどうよう》したものの、小杉さんは本当に世間話の延長みたいな態度で訊いてきているため、私は「いや」と普通《ふつう》に否定しました。

「えっと、付き合ってはないよ？　確かに休み時間は一緒に居るけど、それもちょっとした部活みたいなものだし……」

「そうなんだ。あ、なんか前もそう聞いたよね。そだったそだった」

「はぁ……」

以前の綱島さんと違って、小杉さんのそれは本当に深く興味がある反応ではありません。

……ではなぜわざわざ？　気になった私は、少し訊ね返してみました。

「えと、どうして急にそんなことを？」

私の表情が硬《かた》かったせいか、小杉さんは「あ、ごめんね」と一言謝ってくれた後、「えーと……」と何か思い出すような仕種《しぐさ》を見せます。

「……うん、なんか、誰《だれ》かからそんな話を聞いた覚えがあって。うろ覚えなんだけど、祐天寺さん見てたらハッと思い出して、ちょっと訊いてみただけなんだ」

「誰かから……」

「うん。ごめんね、誰からかはちょっと思い出せないんだけど……あ、もしかしたら、直接じゃなくて、人が話しているのが聞こえたとか、そういうのだったかも」

「はぁ……」

正直そっちの方が余計に妙《みょう》な話ではあります。私と善樹君なんて、こう言ってはなんですが、友達少ない地味地味二人組もいいところですから。たとえ付き合っていたところで、わざわざ噂《うわさ》になるようなことも……。……まあ、絶対無いとは言い切れないですが。実際小杉さんが聞いているわけですし。

「ごめん、なんかまずかった？」

怪訝《けげん》な顔をしてしまっていたせいでしょうか。小杉さんのみならず、周りの子達も変な空気になってしまっています、私は慌《あわ》てて取《と》り繕《つくろ》いました。

「あ、全然！　寝耳《ねみみ》に水だったからびっくりしちゃっただけだよ。自分のことながら不思議だなーと思ってただけだから、全然気にしないで」

「そう？」

「うん」

私は微笑《ほほえ》むと、次の授業の準備をするフリをして小杉さんとの会話を切り上げました。

「（……私と善樹君に噂、ねぇ……）」

確かに毎日二人っきりで過ごしていればそういう風に見られてもおかしくないですが……綱島さんの例もありますし……。

「（でも善樹君のことを好きとかそういう人ならいざ知らず、小杉さんまでそんなことを言い出すっていうのは……)」

私達は、良くも悪くもそこまで人の話題に上るようなタイプじゃないハズなのですが。

少しだけ不思議に感じながらも、その日の段階では、わざわざそれ以上深く考えること

もありませんでした。

＊

違和感が顕著《けんちょ》になったのは、それから三日後のことです。

「……だって」「……うそ、あんな……」「おとなしい顔して……」「……から」

「……」

登校時から、露骨《ろこつ》に嫌《いや》な視線を感じます。言われていること自体はハッキリしないので

すが、少なくとも尊敬や賞賛のような感情に根ざした言葉ではないことは明白です。

「(やだなぁ……なんなんだろう)」

まるで入学当初に戻《もど》ったかのような気持ち悪さが体にまとわりつきます。廊下《ろうか》を足早に

歩き、逃げ込むように教室に入りますが……。

『……』

「(まあ……そうだよね)」

案の定とでもいいましょうか、当然のように私が現われた途端《とたん》教室の空気がピリッとします。流石にこの狭《せま》い空間では皆《みな》さん密談のようなことはされませんでしたが、それでも、時折こちらを窺《うかが》う視線や場を満たす空気は、とてもいつもの状態ではありません。

「(以前の私だったら気にしすぎも多分にあっただろうけど……これは……)」

いくらなんでも被害妄想《ひがいもうそう》のレベルを超《こ》えています。あまりに環境《かんきょう》が異様すぎて、むしろ逆に自分でも客観的に状況を捉《とら》えられてしまうぐらいです。

「(ここまで来ると、最早《もはや》フィクションじみてて悲しくもないなぁ……)」

環境の変化が大きすぎて、幸か不幸か心が全然ついてきていません。

私は極めて自然な動作で自分の席に着くと、教室の空気など何も気にしていない風を装《よそお》って、鞄《かばん》から机に教科書を移し替《か》え始めました。

「(もう、なんだかなぁ……)」

気付かれないように嘆息《たんそく》します。

私も馬鹿じゃありませんので、三日前の小杉さんの話も含《ふく》めて「自分に関する悪い噂」あたりが流布《るふ》しているんだろうな、ということぐらいまでは察せます。昨日の段階で既《すで》に多少の視線は感じていましたものの、今日になってそれが爆発的《ばくはつてき》に広まった件に関しても、「放課後から夜にかけてメールなんかが出回ったんだろうなぁ」とも思います。

しかし解《げ》せないのは、「なぜ私なのか」ということです。特にこれといって目立つことをした覚えもないですし。……まさか私の芸術的創作手芸が認められた、なんてことも絶対無いでしょう。

ぼんやりと原因を考えていると、いつの間にか登校してきていた小杉さんに背後の席からツンツンと背を突《つつ》かれました。周囲を窺うようにして彼女が小声で話しかけてきます。

「祐天寺さん、ホントに中目黒とかって子とはなんでもないんだよね？」

「？　えと、またその話？　前も言ったけど、付き合ってたりはしないよ？　いい友達だとは思うけど……」

「だよね……。……だとしたら、っていうか、だとしなくてもだけど、祐天寺さん、ちょっとまずいことになってるよ」

「まずいこと……ですか？」

ぽかんとする私に、小杉さんは一層顔を寄せ、そして、周囲に聞こえないよう気を使って下さいながら、小声で、しかしハッキリと状況を伝えて下さいました。

「あなたと中目黒って子が校舎裏で密会しているって噂が凄《すご》く広まってるんだよ」

「？　まあ事実と言えば事実だし」

その程度のことなら前からちょくちょくありまして、その度《たび》に「部活みたいなもの」という説明で納得して貰《もら》っていたのですが……。

私がピンと来てない様子なのを見てとると、小杉さんは、少しだけ思い切った様子で告げられます。

「だからその……ちょっと口に出せないような尾《お》ひれが沢山《たくさん》ついた状態で、よ」

「……ああ」

聞いてみればとてもありがちな展開で、同時にしょーもない話でした。

私は小杉さんに礼を言うと、勝手に納得し、後で善樹君にもちょっと注意を促《うなが》さないとなーなんて、すっかり何かが解決した気になってしまったのです。

………………。

後に考えれば。

その時点で、事態の全《すべ》ては取り返しのつかない方向へと転がり始めてしまっていたというのに。

宇宙守　編

誤解っつうのは、出来るだけ早い段階で取り除くべきだ。たとえそれが、どんなに些細《ささい》なことであっても。

厄介《やっかい》なことだが、人が一度「真実」と思い込んだことを覆《くつがえ》すのは、容易なことじゃあない。特にそれが人間関係に纏《まつ》わるものだった場合、その難易度たるや最高クラスと言って間違《まちが》いないだろう。知識的な誤解を解くのとはワケが違う。

例えば、イルカを魚類だと思い込んでいるヤツに、それが実はほ乳類なんだと納得させるのは極めて簡単だ。よほど疑り深い人間でもない限り、図鑑《ずかん》なり教科書なりテレビなりネットなりを用いれば一発で信用して貰えるだろう。

しかし、こと人間関係に関する誤解は厄介だ。特に好きだの嫌《きら》いだのという個人の感情に根ざした誤解に関しては、言葉でいくら取り繕い、そして頭で理解を得られても、本質的な部分で解決に至れないことがままある。

それはまるで、たとえ罪を償《つぐな》っても前科者にまとわりつくしがらみにも似た悲劇で。

あー、つまり、何が言いたいかというと——

「だからさっ、オレが本当に好きなのは杉崎じゃなくてな――」

「分かってる分かってる。そうだよな、うん。お前は別に鍵《けん》が好きじゃない。好きじゃないさ。気持ちの整理がつくまで、まだ今はそういうことにしておこうぜ」

「…………」


こういうことだ。誤解は出来るだけ早く解かねばいけないというオレの理論、ご理解頂けただろうか。ご理解頂けたなら、深く心に刻みつけて欲しい。致命的《ちめいてき》な誤解が発生してからでは、なにもかもが遅《おそ》いのだということを。

「しっかし、ケータイが繋《つな》がらない状況《じようきよう》で、どうやって善樹を探したものやら……」

廊下を玄関《げんかん》に向かって歩きながら深夏が考え込む。……正直いやな話の流れだなぁと思っていると、案の定――

「お、そうだ、守、超能力《ちようのうりよく》使ってくれよ」

はい来ました、困った時の超能力頼《だの》み！　もう色んな意味でやる気が湧《わ》かねぇもいいとこだが、うまく断る言葉も無い。むしろごねる方が面倒《めんどう》なので、オレは仕方なしに千里眼ライクな能力を用いてみることにした。

「……ん～……ぬぬぬ……」

足を止め、眼を閉じ、念じてみる。善樹の居場所、善樹の居場所……。

直後、脳内に閃光《せんこう》の如《ごと》くイメージ！　これはっ！　この場所は！

「分かった！　善樹の居場所は……」

「居場所は？」

「まずイタリアでは、ありません！」

「なぜガキ使のきき○○選手権的消去法！　しかも範囲《はんい》がザックリ！」

「…………はいはい、分かってきましたよ。……フランスでも、ありません！」

「もういいってその辺の検証！　まず国内に絞《しぼ》れよ！」

「……ぬぬ！　ハッ、この光景は一見したところ……」

「おお、ちゃんと見えてんだったら話が早ぇ」

「大気が、ある！」

「だろうなぁ！　っつうか国際規模から宇宙規模に検索範囲《けんさく》広がってねぇ!?」

「もっとマクロからミクロに……マクロからミクロに……」

「…………」

「ハッ！　善樹の腸内に乳酸菌《にゅうさんきん》が！　コイツ、きっとピ○クル飲んだぜピル○ル！」

「なんか逆に凄《すげ》ぇなお前の能力レベル！　でも全然バッジ持ってない段階で捕《つか》まえた高レベルポケ○ンの方がまだコントロール効くわ！」

「待ってくれ深夏。ちょっとピントが合ってないだけなんだ。惜《お》しいんだ。これは言わば投じたポ○モンボールが三回揺《ゆ》れて捕獲《ほかく》失敗ぐらいの、惜しさなんだ」

「そうかぁ？　今あたしはお前から、むしろマス○ーボールさえ外しかねない程《ほど》の規格外ダメオーラをヒシヒシと感じているぞ」

「ぐぐ……もう少し視点を引いて……こっちを……こう……」

「なんか超能力使うのも大変なんだな」

刹那《せつな》！　オレの脳内に、遂《つい》に善樹の立ち姿が！　キタ！

「見えた！」

「おお！」

「一面、夕焼け色の綺麗《きれい》な空だぜ……」

「カメラアングル！」

深夏は「もういい」とだけ言うと、再びスタスタと廊下を歩き出してしまった。オレはしょんぼりとしながら、彼女の後をとぼとぼとついていく。

「オレ……才能無いのかな……」

「いや、有り余り過ぎていると言った方が正解に近いとあたしは思う」

「成程、漫画《まんが》で言うところの、潜在《せんざい》能力が高いが技術が未熟な主人公タイプってことか。……深夏、お前こういう男、好きじゃなかった？」

「いやお前のそれは、力にのまれて自滅《じめつ》するラスボス側のパーソナリティに近いと思う。つまり、完全にあたしの敵だな」

「あ、そう」

もう一段階しょんぼりして歩く。

そうして玄関が近付いてきたところで、唐突《とうとつ》に、妙《みょう》にキンキンした声に引き止められた。

「あーら、そこにいらっしゃいますのは、生徒会副会長の椎名深夏ではありませんか！」

「げ」

深夏の表情が引きつる。何事かと思って俯《うつむ》いた顔を上げると、そこに居たのは、三年の藤堂《とうどう》リリシア先輩《せんぱい》だった。オレも思わず溜息《ためいき》を吐《つ》く。……生徒会ほどではないが、実はオレもこの先輩にはそこそこ困らされているのだ。主に超能力に対する取材方面で。

彼女は深夏の次にオレへと視線を移すと、「あら」と更《さら》に顔を輝《かがや》かせる。

「そちらにいらっしゃるのは、愛と哀《かな》しみのエスパーマンじゃありませんか」

「驚《おど》く程ジャストフィットな愛称《あいしょう》なんですが、色んな意味でやめて下さい」

「しかし生徒会と超能力者が一緒《いっしょ》に行動……ハッ！　大事件の予か――」

「普通《ふつう》にクラスメイトだ」

深夏からバッサリと言い切られオレが若干《じゃっかん》傷つく中、藤堂先輩が「ああ」と相槌《あいづち》を打つ。

「そうでしたわね。ところでお二人から何か特ダネの匂《にお》いがいたしますが」

「そりゃ守と鍵の熱愛の件に関してだろ」

なんか深夏がサラリと酷《ひど》い情報を校内新聞に提供していた！　オレはすぐにでも抗議《こうぎ》しようと――

「あ、そうなんですの。……あまり興味湧きませんわね。地味で」

「え、えー」

なんかそれはそれでショックだった！　なにこの不思議な気持ち！

深夏はどうも藤堂先輩がかなり苦手らしく、少し苛立《いらだ》たしげに頭を掻《か》くと、「じゃあ藤堂先輩……」と早々に話を切り上げた。先輩の方も興味あるネタが望めない以上はあまり時間を割《さ》く気がないのか、「ええ、それでは」とすぐに応じる。

「どうも」

オレもぺこりと一礼だけすると、深夏に続いてその場を去ろう——として、「あ、そうだ」とちょっとした質問を思いつき、なんの気なしに訊《たず》ねてみた。

「先輩、うちのクラスの善樹……中目黒善樹がどこに居るかとか……分かりませんよね？」

ダメモトで訊ねてみる。深夏もちらっと振《ふ》り向《む》く中、藤堂先輩は足を止めると、「中目黒善樹ですか？」と訊ね直し、そして——

ペラペラと何かの手帳を捲《めく》ると、その二秒後には答えを返してきた。

「あ、中目黒善樹に関しては、今から二分前の時点で、ここから徒歩十五分程の『ゆうやけ公園』前にての目撃《もくげき》情報がありますわよ」

『(新聞部の情報網《じょうほうもう》怖ぇえええええええええええええええええええええええええ！)』

「なんだかよくわかりませんが、それではごきげんよう」

『………』

オレ達はさも当然のように一生徒のリアルタイムな居場所を告げて去って行く新聞部部長を少し震《ふる》えながら見送り。

一分ほどたっぷり怯《おび》えた後、彼女の情報通り、公園へと向かうことにした。

祐天寺つばき　編

「善樹……君?」

「………」

花壇《かだん》をぼんやりと見守る善樹君に声をかけてみるも、彼にはまるで聞こえていない様子。そのままジッと動かず、ただただ花を見つめています。……それは最早《もはや》以前のような「愛《め》でる」という行為《こうい》ではありません。

「(やっぱり……噂《うわさ》がこたえているんだろうなぁ)」

彼がこうなっている原因は、思い当たりすぎて逆に分からないという有様です。現状を考えればうまく慰《なぐさ》める言葉もなく、重苦しい空気を紛《まぎ》らわすように、私は水やり作業の方に没頭《ぼっとう》しました。

そもそも、きっかけは些細《ささい》なことだったのです。よく一緒に居る私と善樹君に、当然のように付き合っているという噂が流れ。少し発展して、校舎裏での不健全な密会の噂。この時点で私は善樹君に一応状況を伝え、あまり勘違《かんちが》いされないように気をつけましょうと二人で約束するも、そうは言ってもじゃあ急に花壇に来るのをやめるとかそういう話にはなるわけもなく。

私個人としては、クラスメイト等の直接話すキッカケがある人達から、折に触《ふ》れて「そんなこと全然ないよ」と地道に誤解を解いてはおり。それが功を奏したのか、それともまたまなのか、結果として私に対する奇異《きい》の目は徐々《じょじょ》に緩和《かんわ》されていっているのですが。

善樹君に関しては、そもそも普段《ふだん》から少しクラスメイトと距離《きょり》があったようで、そういった弁解の場も殆《ほとん》どなく。

そうして私と善樹君で変にパワーバランスが崩《くず》れてしまったせいか、最初は「二人で密会している」だったのが、「中目黒善樹が女を連れ込んでいる」になり、果ては「とっかえひっかえ毒牙《どくが》にかけているらしい」だの「脅《おど》して口封《くちふう》じまでしているらしい」だのという、最早最初のちょっとした色恋沙汰《いろこいざた》とはかけ離《はな》れた噂に変貌《へんぼう》してしまう始末。

ここまでくると、私が「善樹君はそんな人じゃないよ」と弁解したところでむしろ逆効果で。

「あの子必死で中目黒君かばってたよ」「やだ、やっぱり脅されているっていうのは本当に……」「可哀想《かわいそう》に、つばきさん」「大人しい顔して酷いヤツだね、中目黒っての」

なんていう、負のスパイラルもいいところの状態に陥《おちい》ってしまっているというのが、あの些細な噂発生から一か月も経《た》ってない頃《ころ》の私達でして。

『………』

噂が噂だけに、そんな事実は無いと認知している私達でさえ、ここ最近凄《すご》く気まずいです。噂で言えば彼と私は加害者と被害者《ひがいしゃ》。この前なんか、遂には善樹君、私に「なんかごめんね……」と謝り出してしまいました。その歪《ゆが》んだ状況《じょうきょう》に、私は私で言いしれぬ気持ち悪さを感じてしまい、結局お互《たが》いにぎくしゃくしたまま。

「………あの」

一心不乱に如雨露《じょうろ》で水を撒《ま》いていると、最近では珍《めずら》しく彼の方から声がかかりました。少しびくんと反応してしまいながらそちらを見ると、善樹君は花壇の方を指差して、なんだか困ったような表情を浮《う》かべています。

「水、やりすぎなんじゃ……」

「あ……」

慌《あわ》てて如雨露を傾《かたむ》けるのをやめます。見れば、確かに土が湿《しめ》りすぎていました。普通に周りが見えていれば、とてもやらない失敗です。

如雨露を一旦《いったん》花壇の煉瓦《れんが》の上に置いてぼんやりしてしまっていると、久しぶりに善樹君が少しだけ笑ってくれました。

「ははっ、つばきさんらしくないね」

その笑顔になぜか私は妙な胸の苦しさを感じつつも、少しだけ安心して微笑《ほほえ》み返します。

「私は、元々結構ドジなんだよ？　しっかり者っぽく見られるけど」

「うん、そうだね。初めて会った時も、なんか変なこと口走ってたし」

「う……そういえば、そうだね」

その時のことを思い出して、二人で少しだけ笑います。そしてつい、心の中だけでとどめておくべきだった言葉が口をついて出てしまいました。

「あの頃《ころ》は、楽しかったな……」

「……っ」

「あ」

言ってすぐに、自分の無神経さに気がつきました。それは、逆に言えば「今は楽しくない」と言っているのと同じで。

自分の失言に戸惑《とまど》っていると、善樹君の方が、先に力のない笑みと一緒に口を開いてくれました。

「そうだね。ボクもそう思うよ」

「善樹君……」

「……ごめんね」

善樹君がぎゅうと膝《ひざ》を抱《かか》え込みます。その光景に私はなんだか腹が立って、隣《となり》でそっぽを向きながら、キツイ口調で返しました。

「なんで謝るの？」

「……ボクの、せいだから」

「なにが、善樹君のせいなの？」

「…………」

「意味もなく、謝らないでよ。そっちの方が、なんか……不快」

「…………ごめん」

「…………」

どうしようもなく、クサクサした気分でした。どうして何も悪く無い私達がこんな目に遭《あ》わなきゃと思うと余計にみじめで、何に怒《おこ》ったらいいのか分からなくて、結局善樹君は私に謝り、私は善樹君に苛立ちをぶつけ。それで更にお互い沈《しず》んでの、繰《く》り返《かえ》しで。

再び二人の間に重たい沈黙《ちんもく》が流れ、まるで何かから逃《に》げるように花壇を見つめます。

「(……ここの花って、こんなに、色薄《うす》かったかな……)」

曇天《どんてん》のせいか、花壇の花は汚《よご》れたプラスチック製品の様に見えました。

＊

善樹君より先に花壇から離れた私は、玄関《げんかん》で靴《くつ》を上履《うわば》きに履き替《か》えながら周囲を窺《うかが》っていました。

「(今の時間生徒は……うん。少ない方ね。今のうちにっと)」

きょろきょろと、まるで空き巣の如《ごと》く人目を気にしながら校舎に入る私。……なんだか凄く情けなくてみじめな気分です。そもそもこうして善樹君と時間をあけて別々に教室に戻《もど》らないといけない時点で何かおかしいのですが。

「……あれ、ほら」

少ないとは言え数人は居た生徒の一人が、私を見て友達と下卑《げび》た表情を浮かべます。

……まあそりゃ、私はたった今校舎裏で善樹君に弄《もてあそ》ばれてきた憐《あわ》れな女子生徒ですものね。私だって当事者じゃなければ、そんな顔で見てしまうかもしれないです。

「(誰《だれ》が悪いんだろうな、こういうのって)」

私達の精神を一番追い込んでいるのが、この歪《いびつ》に正義と悪が入り交じった状況です。例えば噂を信じて善樹君を酷《ひど》い男扱《あつか》いしている人達。確かに私や善樹君から見れば嫌《いや》な生徒なのですけれど、よくよく考えてみれば、人間性的には「不埒《ふらち》な男に怒《いか》りを覚えている人」なわけで、むしろ立派な正義感の持ち主とも言えて。

世の中、本気で「げへへ、明日《あした》はどんな悪事をはたらいてやろうかな」なんて思っている悪人はそういません。うちの学校もそうです。私達から見れば彼らは加害者のようでさえあるのに、彼らからしたらむしろ自分は正しい反応をしていると思っているわけで。

「(そういう意味じゃ、じゃあ一番悪いのって、最初――)」

「あの、祐天寺さん!」

「?」

考え事をしながら歩いていると、唐突《とうとつ》に背後から声をかけられました。振り返ると、そこには妙《みょう》に見覚えのある女子生徒が居ます。でもクラスメイトではないですし……。

私の表情を敏感《びんかん》に読み取ったのか、彼女はすぐに告げてきます。

「つ、綱島です！　選択《せんたく》授業一緒《いっしょ》の」

「あ、あー……」

名前を聞いて思い出しました。言われてみれば印象に残っています、確か以前、善樹君に好意を持っていたため、私が彼に紹介《しょうかい》してあげた……。しかしあれから選択授業で話した覚えがありません。なんでだろうと少し考えると、更《さら》に思い出しました。そうです。例の告白の結果が微妙《びみょう》な終わり方をしてしまったので、私からは話しかけづらくて、距離をとってしまっていたのでした。

色々なことを思い出して黙《だま》り込んでしまっていると、綱島さんはなぜかぎゅっと唇《くちびる》を噛《か》み、少しだけ俯《うつむ》いた後に、何かを決意した様子で私の目を見てきました。

「ちょっと、話があるんです」

「それで、話って？」

綱島さんが場所を移動したいと言うので、仕方なく近くにあった生徒会室（うちでは基本使われていません）に入り、彼女と向き合います。しかし休み時間も少ないのに彼女が中々話し始めないため仕方なくこちらから話を促《うなが》すと、彼女はようやく決心したのか、なぜか苦しそうに、喉《のど》の奥から声を絞《しぼ》り出《だ》すようにして告げてきました。

「その……。……う、噂を広めたのは、私なんです。ごめんなさい！」

「…………」

……不思議なことに。思いっきり頭を下げながら謝罪してくれている彼女に対して、なんの感想も湧《わ》いてきませんでした。強《し》いて言うなら、「残念」、でしょうか。ただ自分が何を「残念」と思ったのかが判然としないため、それに対して戸惑っていると、私の反応を勘違《かんちが》いしたのか、綱島さんは更に謝り続けてきました。

「わ、私、善樹君にフラれたのがショックで……。な、なのにその、祐天寺さんは変わらず善樹君と楽しそうで……だから……あの……」

「ああ、それは私に少し腹立つよね」

「ご、ごめんなさい！」

特に責めたつもりではなかったのですが、彼女は泣きそうになりながら謝ってくれます。それを見る度《たび》に……私の中に余計広がる「残念」の感情。なんでしょう、これは。

「そ、その、私、だから、自分の諦《あきら》めのためにも、その、友達に言っちゃったんです。善樹君と祐天寺さんが、付き合っているみたいだって。そ、そうしたら、その……」

「うん、大丈夫《だいじょうぶ》、分かってるよ。思っていた以上の噂《うわさ》になっちゃったんだよね？」

「ごめんなさい！」

「ううん、いいよ。むしろこっちこそごめんね。綱島さんの気持ち考えたら、善樹君と楽しそうにしていた私の方が、確かに無神経なことしていたって思う。ごめんね」

「そ、そんなことは……」

「ううん、私も少し、卑怯《ひきょう》だったから。綱島さんとはまた違《ちが》うけど、私も、その、善樹君のことは好きだからさ。ちょっとフェアじゃないよね、こういうの。私だけ変わらず楽しそうで、綱島さんは辛《つら》いままで。ごめんね？」

「そんなことは……」

遂《つい》にはぽろぽろと泣き始めてしまった綱島さんの肩《かた》に手を置き、私は微笑みます。

「だから、全然気にしないで。えーと、うん、トントン、だよ」

「トントン？」

「うん、そう。綱島さんのしたことと、私のしたこと。トントン」

「そ、そんな。だって祐天寺さん……ううん、善樹君だって、今凄く――」

「それはもう、綱島さんのせいじゃないでしょ？　それに、善樹君だって貴女《あなた》に無配慮《はいりょ》な断り方したんだし、それはそれで、トントン。ね？」

私は彼女に柔《やわ》らかく微笑みかけます。綱島さんはしばらく泣いたままでしたが、少しして袖《そで》で目元を拭《ぬぐ》うと、次の瞬間《しゅんかん》にはニッコリと、笑顔を見せて下さいました。……やっぱり可愛《かわい》い人です。善樹君は、凄くもったいないことをしたと思います。

「ありがとう、祐天寺さん。……あ、もう休み時間終わっちゃうね。ごめんなさい、わざわざ」

「ううん。あ、変な噂になったらアレだから、綱島さん、先に出て」

「え？　そんな、私はそんなの——」

「ううん、そうなったらほら、善樹君も困ることになるかもしれないし」

少しずるい言い方をしてしまいました。綱島さんは「そういうことなら……」と申し訳なさそうにしながらも、扉《とびら》に手をかけます。そして去り際《ぎわ》、もう一度だけこちらを振《ふ》り向《む》いて、はにかんだような笑顔を見せてくれました。

「ごめんなさい、祐天寺さん。そして……ありがとうございました」

その、笑顔に。私はなにが「残念」だったのかようやく思い至りながら、こちらもまた笑顔で「じゃあね」と返しました。

戸がぴしゃりと閉まり、殆《ほとん》ど使われていない生徒会室を静寂《せいじゃく》が包みます。

私は中央にあった長机に腰《こし》を預けると、ふぅと息を吐《は》いて、天井《てんじょう》を見上げました。

なにかが込み上げてきて、少しだけ視界が滲《にじ》みます。

「……これじゃあ、もう、本当に誰を恨《うら》むことも出来ないよ……。…………残念」

行き場の無い想《おも》いを無理矢理飲み込んで、私は、その一分後に生徒会室を出ました。

宇宙守　編

「残念だ……」

「ん？　何がだ？」

深夏の疑問には応じず、溜息《ためいき》だけで返す。学校から公園までは徒歩で約十五分。その間、何度も誤解を解こうと試みたものの、結果は惨敗《ざんぱい》だった。

「(思い込んだら一直線タイプにも程《ほど》があるだろう……)」

彼女がこういう性格なのは百も承知だが、それにしたって想定外の意固地さだ。頭はいい方のはずなんだが、どうして恋愛絡《れんあいがら》みについてはここまで頭が硬《かた》いのやら……。

「そういえば、鍵のやつ、ちゃんとマネージャーやれてっかなぁ」

「………」

そして二言目にはこれ。「そういえば、鍵のやつ」。それを聞く度にオレは怒《いか》りのような感情を覚え、抗議《こうぎ》してやろうとするも、切なそうに空を眺《なが》めて杉崎に想いを馳《は》せる深夏を見てしまうとそんな気力も萎《な》え、結果、やり場の無い気持ちがぶすぶすと燻《くすぶ》る。

「(ったく、誰が悪いんだろうなぁ、こういうの)」

頭を乱暴に掻《か》きむしる。

んなこと考えても仕方ねぇってのは分かってるんだが、どうしても考えちまう。いつまでも気持ちを察してくれない深夏か？　そもそもこんな鈍感女《どんかん》を好きになったオレか？　普段軟派《ふだんなんぱ》なクセにやるときゃやる杉崎か？　そんな杉崎を一年掛《か》けてまで射止められないアネキか？……いや分かってる、誰も悪くなんかねぇんだ。でも、だったら、そこからどうして怒りや哀《かな》しみみたいな負の感情が生まれちまうんだろうな。

「ままならねぇな……」

「え？　なんだ？　海開き？」

「言ってねぇよ！　お前どんだけ勘違いキャラ確立したら気が済むんだよ！」

「ああ、ドン○コス美味《うま》いよな」

「ここまで会話成立しなかったっけ⁉」

ああ、深夏がどんどんオレの知らない深夏になっていく……。まあ杉崎にデレたとか自分で言い出してからこっち、ずっとこんな感じでもあるんだが。なんつうか……横恋慕《よこれんぼ》で言うわけじゃねーんだが、あんまり良い状態じゃないように思う。

「なああ、鍵はさ、結構マネージャーとか向いてそうじゃね？」

「ああ……そうかもな」

「だよなっ！」

……なんなんだろうな、この違和感《いわかん》。深夏が杉崎を好きだっつうなら、それはそれでいい。いや良くねぇけど！　百歩譲《ひゃっぽゆず》って！　でも今のこれはなんか……少し、らしくねぇ。

「デレた」っていう言葉だけが先行しているみたいな。むしろ、前より杉崎のことをちゃんと見てやってねぇ感じがするっつうか……。

「(って、なんでオレがアイツの肩持つような考え方してんだか)」

ぶるぶると頭を振って、妙な思考の追究を取りやめる。気付けば、公園まではあと三百メートルぐらいのところまで——

「きゃあ!?」

『?』

突如《とつじょ》、小さな悲鳴のようなものが聞こえて、オレと深夏は足をぴたりと止める。どこからの声かと周囲を窺《うかが》っていると、今度はドスの利《き》いた「どこ行く気だよ、おい」という声。どうやら少し先の路地から聞こえているらしい。オレ達は一瞬《いっしゅん》だけ目を合わせると、特にお互《たが》い確認をとることもなく、そちらの路地の方へと歩を進めていた。

と——そこに居たのは、オレ達と同年代ぐらいと思しき、数人の男女。うち一人の女の子が手提《てさ》げバッグを胸の前に抱《だ》いて怯《おび》えるようにし、それを他の六、七人の男女が取り囲むようなカタチだ。……まあ、第一印象で言えば、

「(揉《も》め事《ごと》か?)」

「(っぽいな)」

深夏と小声で交《か》わす。あちらはまだこちらに気付いていない……というか、気にもしていない様子だ。詳《くわ》しい状況《じょうきょう》が全然分からないが、かといってオレも深夏もこのまま無視し

て公園に行く気にもならず、二人、その脇《わき》をゆっくりと通り過ぎるようにして、様子を窺ってみる。

一人の少女を取り囲む数人が、怒鳴《どな》るように、一方的に言葉を浴びせていた。

「お前、どういうつもりだよ!」

「そうよ! なんでわざわざあんな野郎《やろう》のとこに……」

「行くにしたって、一人ってのはねぇだろ! 何考えてんだよ!」

「……やっぱ調教されてるって本当だったのかしら。なんか気持ち悪っ」

「マジかよ。おいおい、どんだけだよアイツ。そこの公園にいんのか? 丁度いい、俺達で一回お仕置きしてきてやろうか」

「や、やめてよ! なんでそんな!」

怯えた女の子が、少し涙目《なみだめ》で訴《うった》えている。……相変わらず事情が分からないが、しかし、オレも深夏も、目配せで疎通《そつう》した意思は同じようだった。

『(見過ごせない)』

どんな事情があるにせよ、見ていて気分のいいやりとりじゃないのは確かだ。果ては「お仕置き」なんていう暴力的な表現まで出ている。それになにより……杉崎みたいなことを言えば、あんな風に女の子を怯えさせてしまうような状況が気に食わない。

「あんたいい加減目ぇ覚ましなさいよ！　ホント、イライラすんのよ、そういうの！」

「なあ、俺達はお前のためを思って、言ってやってるんだぞ？」

「そんな……頼《たの》んでない……私は自分で……」

「ああ？　おいおい、んだその言い方。こっちは善意で提案してやってんだろうが。そういう、悪者扱《あつか》いみたいなのすげぇ気分悪ぃんだけど」

「自分の浅はかな行動棚《たな》に上げてさ……やっぱあんたも相当気持ち悪いよ」

「……お願いだから、もう、構わないでよ……」

怯えながら主張する女の子。しかし、それを取り囲む集団の方も勝手にヒートアップし始めてしまったようで、その中の一人の男子が遂に彼女の肩を強く摑《つか》む！

「ああ⁉　お前自分の立場分かってんのかよ！　ちっ、ああ、もう、腹立つ！　決めた！　公園行くぞ公園！　元はと言えば全部あいつが悪いんだからな！」

「ちょっと、ねぇ、お願いだからやめ――」

「っせぇよ！　お前黙《だま》ってろよ！」

そう言って、遂に男が怯える女子を軽く突《つ》き飛《と》ばす！　体勢を崩《くず》した彼女は、その場に倒《たお》れ込みそうになり――

素早く駆《か》けこんだ深夏の手で、抱きとめられた。

「──え？」

「……んだよ、お前ら」

深夏の出現に戸惑《とまど》う集団の中に、続いてそろっとオレも割り込んではみるものの……さてこれからどうしたものかと考え、とりあえず、下から話しかけてみる。

「すいません。事情は分かりませんが、ちょっと公共の場でやりすぎなんじゃないかなぁって」

「はぁ？　なに、関係無いでしょ。ちょっと出しゃばらないでくれる？」

集団のうちの一人が言ってくる。まあ当然の反応だ。……オレも今まで何回かこういう手合いを相手にした経験があるが、ハッキリ言って、凄《すご》く面倒《めんどう》だ。「無関係」というのは確かに全くもってその通りで、身内の小競《こぜ》り合いに他人が介入《かいにゅう》してくるほどウザいことが無いのも百も承知だ。つまり、喋《しゃべ》りの上では分が悪い。かといって急に暴力というのもあり得ない。……正解が全く見当たらないっつうのが、正直なところだ。

「いや、関係無いっちゃ無いんだけどさ。見ていて気分悪いっつうかさ」

「じゃあ見んなよ」

ごもっとも。

「でもここ、公共の場だし」

「……分かった、移動するわ。すいませんね、お目汚《よご》しして」

一人の女が吐き捨《す》てるように言う。やべぇ、若干《じやつかん》頭回るぞこいつ。そう言われたら、こっちもどうしようもなく――

「イジメは悪い！　悪い事は正す！　以上！」

『…………え』

――ならなかった。深夏が突如としてアホみたいにシンプルな主張をして、場の全員を呆然《ぼうぜん》とさせる。その間に、怯える女子の肩《かた》を抱くようにして集団の円陣《えんじん》からサッサと出て、その場を離《はな》れ――

「ちょ、ちょっと待ちなさいよ！　あんた何の権利があって――」

「生徒会副会長だ！」

「え」

自信満々に胸を張って答える深夏に、全員が一瞬《いっしゅん》怯《ひる》む。が――

「……い、いや、だからなんなんだよ！　っつうかどこの生徒会だよ！」

ごもっとも。

しかし深夏も頑《がん》として譲《ゆず》らない。

「んな立場とかは関係無ぇ！」

「ええ⁉　あんたさっき自分から立場名乗って――」

「おい、知ってるか」

「な……なにをよ」

再び威圧感《いあつかん》を放つ深夏に、全員が怯む。彼女は……満を持して、大きく告げた！

「すいませんで済んだら、警察は要《い》らないんだぞ！」

『…………』

「…………」

場の全員が、ごくりと息を呑《の》む。そして数秒の後……オレも含《ふく》んだ全員が、叫《さけ》んだ。

『なんの話⁉』

とりあえずなんとなく語感で気圧《けお》されてしまったが、よく考えれば全く状況に当てはまらない言葉だった。話の通じない深夏、恐《おそ》るべし……。そうこうしている間にも、深夏と少女は大分集団から離れている。それにハッと気付いた一人の男が「お、おい！」と声を上げると同時に、深夏がオレに叫んだ！

「逃《に》げるぞ、守！」

「ええ⁉」

いやいや、そういうのは事前に教えておけよ！　なんでオレまで戸惑わせたんだよ！

——とは思うものの、まあ深夏なら……というか、うちの生徒会ならこんな感じの行動を取るだろうなと思っていたため、他の集団メンバーより一歩早く駆けだす。

「ま、待て！」

続いて、オレの背後から駆けてくる集団。な、なんかオレ達の介入によって、当初よりヤバイテンションになっている気がするんだが……。

そんなことを思いながら二人の横に並ぶ。普段《ふだん》なら深夏の足はオレより大分速いはずだが、今はこの女の子に合わせているせいで、イマイチ速度が出ていなかった。まずいなと思っていると、深夏が彼女に声をかける。

「おい、お前、名前は？」

「え……あの……えと……」

深夏の顔を見て、次にオレを見て、何かおどおどと戸惑っている様子の少女。まあ気持ちは分かるが……。

彼女はしばし目をキョロキョロさせると、自信なさげにぽつりと口にした。

「ゆ、祐天寺です……。祐《たすく》に、天の寺で……。祐天寺つばき」

「うっしゃ、つばき！　ちょっと我慢《がまん》しろよ！」

「え？……って、きゃ、きゃあ!?」

「お、おい深夏！」

次の瞬間《しゅんかん》には、深夏は祐天寺さんをひょいっとお姫《ひめ》様抱っこしていた。可哀想《かわいそう》なことに彼女は短めのスカートだったので、太股《ふともも》あたりの肌色《はだいろ》具合が大変なことに……。

「きゃあ、きゃあ、きゃあああああ!?」

祐天寺さん、なんかもう色んな意味で顔を赤くしてしまっているし。

『待てやコラぁ！』

背後の方々も、当初の話が若干通じそうだった頃《ころ》が懐《なつ》かしいぐらい、すっかりボルテージ上がりきってしまっているし。

……………。

オレ、そもそも今日、なにしようとしてたんだっけ。ああ、そうだ、善樹にＢＬ告白を

……いや違《ちが》う、深夏に告白をしようと……。

「ちょ、あの、お、降ろしてくだ——」

「しっかり掴《つか》まってろよつばき！……軽く音速超《こ》えるからな」

「ええ⁉」

「いや、それオレも置いてかれるからやめてくれ」

「んだよ、だらしねぇな守。仕方ねぇ、人の限界多少超えたぐらいにしとくか」

「なんでそれにオレがついていけると思ったのかが分からねぇ！」

「え、だってお前 超能力者《ちょうのうりょくしゃ》だし」

「ええええ⁉」

なんか祐天寺さんがオレにまでドン引いている。

「（……なんだこれ）」

いよいよもってワケ分からなくなってきたオレの告白の行方《ゆくえ》に、オレ自身正直どうでもよくなり始める。

……そんな、涙も滲《にじ》む春の夕暮れ時だった。

祐天寺つばき　編

いつになったら、私にも春が来るのでしょうか。

通学路で、例年より大分遅《おそ》く開花した桜を見つめながらそんなことを思います。

「あ、おはよう！」

「おはよう！　ねえねえ、部活どうすることにした？　私はバドミントン部いいと思うんだけど」

「男子の方レベル高いもんねぇ」

少し前方できゃっきゃと盛り上がる新入生の女子達を見ながら、「若いなぁ」なんて不思議な感想まで抱《いだ》いてしまいます。

「（あと二年、か……）」

気付けば卒業までの年月まで数えてしまう始末。


つまりは、どん底です。

信じられないことに、一年生の間に噂《うわさ》が鎮火《ちんか》することは、終《つい》ぞありませんでした。むしろより勢いを増していると言っていいです。しかもその火ときたら――

「おはよう、祐天寺さん」

「あ、おはよう綱島さん」

背後から笑顔で私に声をかけてきてくれたのは、今年から一緒《いっしょ》のクラスになった綱島さんでした。私や善樹君は本当に彼女を恨《うら》んだりなどしてないのですけれど、やはり引け目があるらしく、噂がエスカレートすればするほど、逆に彼女は積極的に私達を気遣《きづか》ってくれるようになっていました。……状況《じょうきょう》が状況だけに凄く微妙《びみょう》な関係ではあるのですけれど、私の方は勝手に、今や彼女をかけがえのない友人だと思っています。

「桜、綺麗《きれい》だね」

「そうだね」

眩《まぶ》しいくらいの笑顔で、相変わらずどこか気を遣った当たり障《さわ》りの無い話題を振《ふ》ってきてくれる彼女の様子に、なんだかほっこりしてしまいます。

そうして一言二言軽い挨拶《あいさつ》を交《か》わすと、周囲の様子を窺《うかが》ってから、綱島さんは本題を切り出してきました。

「……中目黒君のこと、一年生にまで伝わりだしたみたい。酷《ひど》い先輩《せんぱい》が居るって」

「……そう。私のことは？」

「その、なんていったらいいか……それは、全然」

「……そう」

聞いての通りです。

噂の火は、最早《もはや》完全に中目黒善樹を中心として、燃え盛《さか》っていました。

私はといえば、今やその火に当てられた被害者《ひがいしゃ》のような立場です。いよいよもって私は「数いる被害者女生徒」の一人という扱《あつか》いです。それはそれで辛《つら》いものもあるのですが、善樹君に比べれば微々《びび》たるものです。

綱島さんは、俯《うつむ》いてもう何度聞いたか分からない言葉を口にしました。

「ごめんなさい……」

「だから、そういうのはいいって。ほら、もう今の噂なんて完全に綱島さんのそれとは乖《かい》離《り》してるでしょ。そこまで責任なんかないんだって」

「でも……。……中目黒君には、なんて言ったらいいか……」

あれから、綱島さんは何か思う所があるのか、一度だけ直接謝罪して以降、私を通してしか善樹君とは接触《せっしょく》していません。

「善樹君こそ、綱島さんにはなんの恨みもないって言ってるよ。……まあ、私も最近あまり会えてないけど」

「……やっぱり、噂に気を遣って？」

「ん……まあね」

一応、花が育たない冬の間も「居場所」としてお互《たが》い花壇《かだん》を使うことはあったのですが、それも、あまり二人一緒に行わないようになっていました。二年になった今となっては、私は、花壇に行くこと自体少なくなっています。

……本当は、善樹君と喋《しゃべ》りたいですが。それをすると、余計に善樹君に負担がかかってしまいます。「ここは我慢。そのうち落ち着いたら」なんてことを思って数か月、事態は何一ついい方向に進んでいません。……そういう意味では、さっきはどん底と言いましたが、それも違って、まだまだ変わらず転落中と言った方がいいかも知れません。……ある意味、それより悪くなることのない「どん底」よりタチが悪いです。

無意識に悲しそうな顔をしてしまったせいか、綱島さんが努めて明るく声をかけてきてくれます。

「今日は、久々に花壇に行ってみたらどうかな？　開き直りみたいになっちゃうけど……どちらにせよ噂が湧《わ》いてしまうんなら、せめてしたいことぐらい、した方がいいよ」

「綱島さん……。……うん、そうだね。ちょっと、行ってみようかな」

「それがいいよ」

笑いかけてくれる彼女に私も微笑《ほほえ》みを返し、少しだけ軽くなった気分を胸に、私達は遅《おそ》咲《ざ》きの桜咲く通学路を抜《ぬ》けていきました。

＊

「よ……し、き君？」

昼休みに向かった花壇にて、私は思わず手にしていた園芸道具を落としてしまいました。こちらを見た善樹君が、にこっと笑います。

「あ、つばきさん。久しぶりだね」

「久しぶり……じゃないでしょ！　ど、どうしたのよ、その顔！」

私は思わず声を荒《あら》らげてしまいます。だって……彼の顔ときたら、至る所に擦《す》り傷《きず》や切り傷、右目は腫《は》れ、口《くち》の端《はし》の絆創膏《ばんそうこう》からは血が滲んでいて。何があったかなんて、一目瞭《いちもくりよう》然《ぜん》にも過ぎる有様で。

しかし彼はなんとかその傷とのバランスをとるように、いつもより一層明るい笑みを浮《う》かべました。

「えと……転ん――」

「善樹君！」

「だ、だよね、ごめん」

なぜか謝る善樹君。私が思わず顔に怒《いか》りを顕《あら》わにしてしまっていると、彼は「いや、その、ははは」と意味の分からない薄《うす》ら笑《わら》いを浮かべました。……その笑いが自分でも「気持ち悪い」とすぐに気付いたのか、彼は無理に笑うのをやめると、未《いま》だ何も植えてない様子の……再び荒《あ》れ始めている花壇を見つめながら、喋り出します。

「なんかね……学校の近所に居た野良の子犬、殺したんだって。ボク」

「……は？」

「うん……なんか、女の子、泣いててさ。その女の子の友達らしい男子二人が、彼女の代わりにボクを『ふざけんな』って殴《なぐ》ってさ。……それは、仕方ないよね」

「……なに、言ってんの？」

「……仕方ないよ……そんなこと、してないけど……仕方ないよね……」

「──ッ」

頭にカーッと血が上ります。でもそれは、今、どこにぶつけていいのか分からなくて……。思わず、善樹君に怒鳴《どな》りつけてしまいます。

「なに言ってんのよ！　やめてよ、そういうの！　いい加減にしてよ！」

「えと……つばきさん？」

戸惑《とまど》った様子の彼に、私は私でワケが分からなくなりながらも、つい支離滅裂《しりめつれつ》な、感情の先行した言葉を投げつけてしまいます。

「なによ、これ！　なんなのよ！　なんで、なんでっ！　私は——私はただ、善樹君と……善樹君とっ」

半ば錯乱《さくらん》気味に喚《わめ》く私に。善樹君は力の無い笑みを向け——そして、意味の分からないことを言ってきました。

「花さ、植えてあったんだ。沢山《たくさん》。今時期に咲くやつ。つばきさんが来た時に、驚《おどろ》かせたくてさ。昨日見た時なんか、もうすぐにでも咲きそうだった」

「なに……言ってんの？」

言われている意味が全く分かりません。だって今花壇は、ただただ土があるだけで、去年と同じぐらい荒れてしまって——。

「…………」

……思わず、息を呑《の》んでしまいます。……なに、これ。……なんで……そんな……。

……こんなの、もう私が思っていたレベルじゃ全然……善樹君は……ずっと……。

何も……最早何も言えないでいる私に。善樹君は力なく笑い。そしてなぜか、花壇を優《やさ》しげに見つめます。それから私を、花壇に向けたの以上に優しい目で見つめると、今まで見た中で一番の笑顔で、その言葉を告げてきました。

「転校、しようと思ってるんだ」

「――え？」

なに？　なに言ってるの？　え？　ちょっと、ナニヲイッテルノカワカラナ――

「ごめんね、つばきさん。ボクは、ここから、逃《に》げるよ。みっともなく、最低なことばかりしていった男子生徒として、さ」

椎名深夏　編

逃げるヤツは最低だ。何事にだって正面から立ち向かいさえすれば、たとえ負けたって胸を張って明日《あした》を迎《むか》えられる。

そう、あたしは思う。なにより一番辛いのは、自分を誇《ほこ》れなくなった時だから。

——とは思いつつも、あたしは今、思いっきり逃げていた。

「撒《ま》いた……か？」

「みたい……です、けど。……あの、そろそろ……」

「おぅ、悪かったな急に」

お姫《ひめ》様抱っこのままだったつばきを降ろしながら、多少乱れてしまった息を整える。少しして、守がぜぇぜぇ言いながら追いついてきた。

「オ、オレにまで、フェイント入れんなよ……」

「すまんすまん、お前なら超能力《ちょうのうりょく》でなんとかなるかと」

「ならねぇよ！」

とは言うものの、なんだかんだでちゃんと着いてくるんだから、面白《おもしろ》いヤツだ。

ふと、「鍵だったらフェイントにも騙《だま》されず着いてきていた気がするな」と想像してしまう。……最近のあたしはいつだってこうだ。何かにつけて「鍵だったら」「そういえば鍵は」。自分でも若干《じゃっかん》やりすぎだとは分かっているんだけど、どうにもアイツが頭に居座ってしまって仕方ない。

住宅街の狭《せま》い路地裏で、塀《へい》に背を預けて休息をとっていると、つばきがおずおずと口を開いた。

「あ、あの、ありがとうございました」

あたし達二人に頭を下げる彼女。あたしと守は顔を見合わせ、代表して守が返した。

「いや、なんつうか、ごめんな、大事《おおごと》にしちまって。こいつが先走るから……」

あたしを睨《にら》む守に、「なんだよ」と睨み返していると、つばきが焦《あせ》った様子で「いえ！」と首を横に振る。

「そんなことないです！　凄《すご》く助かりました！　あのままだったら、善樹君も——あ、私の友人も危なかったですし」

『？』

今、なんだか妙《みょう》に聞き覚えのある名前を聞いた気がする。守もそうだったのか、二人で思わず押《お》し黙《だま》っていると、つばきが「どうかしましたか？」と訊《たず》ねてきた。

あたしは「いや……」と頭を掻《か》くと、そんな偶然《ぐうぜん》があるのかと疑いながらも、一応、訊ねてみることにする。

「もしかしてつばき、善樹——中目黒善樹の、知り合いか？」

その問いに。彼女は「あ、はい」と拍子抜《ひょうしぬ》けするぐらいあっさり答えた。

「私は、中目黒善樹君の友人です。えと……もしかして、お二人も？」

「あ、ああ」

実にサラリと衝撃《しょうげき》的なことを言うつばきに。あたしと守はどう反応したものか分からず、戸惑いながらも自己紹介《しょうかい》を始めた。

＊

「じゃあ、お二人も善樹君の所に行こうとしてたんですね」

「そうか、善樹はつばきと会うために公園行ったのか」

路地裏で十分ほど立ち話をしてお互《たが》いの状況《じょうきょう》を簡単に報告し合い、同学年で善樹が共通の知り合いだと知ったあたし達はすぐに打ち解けた。まあ、つばきの方はまだ善樹関連のこと以外はですます調になっちまってはいるんだけど。そこら辺は追々、といったところだろう。

守が「それは分かったけどよぉ」と疑問点を口にする。

「つまり祐天寺とさっきの連中は、善樹の前の学校の生徒ってことだろう？」

「はい、その通りです」

「でも善樹の前の学校って、東京じゃなかったか？　なんで揃《そろ》いも揃ってこっちに来てんだよ」

言われてみればそうだ。つばきだけが善樹に会いに来たと言うんだったら分からなくもないが、さっきのアレな連中も一緒《いっしょ》というのは妙だ。なにせ平日だしなぁ。

色々と不思議に思っていると、つばきはこれまた割とあっさり答えてきた。

「えっと、今日も含《ふく》めてここ四日ほど、開校記念日入れて連休なんです。それでクラスの生徒が何人かでこっちに旅行しようって言い出して、私は全然興味無かったんですけど、聞けば善樹君の学校の近くに泊《と》まるみたいでしたし、人数いると大分安いみたいでしたから、じゃあいい機会だし来ようかなって。着いたら自由行動でもいいって言われてましたし……」

なるほど、そうして、善樹と連絡《れんらく》をとり、今日公園で会う予定だったと。

色々得心はいったものの、しかし、そろそろ本題を訊ねなければいけない。あたしは単刀直入に訊《き》いた。

「それで、なんで揉《も》めてたんだ？」

「それは……」

案の定、つばきの表情が曇《くも》る。……善樹が以前の学校でいじめられていたということは聞いているため、なんとなくの事情ぐらいは察せなくもないが……。

「私が善樹君に会うっていうのは……その……周りにバレると、微妙《びみょう》なことで……」

「微妙？　何がだ？」

「えっと、なんて言ったらいいんでしょうね……。どこから説明したものか難しいですけど、ざっくり言いますとね」

そう前置いて、つばきは自分と善樹を取り巻く状況を説明してくれた。正直完全に理解出来たとは言い難《がた》いが、聞いていてムカムカする話だというのは充分《じゅうぶん》伝わってきた。

あたしのイライラに配慮《はいりょ》したのか、守が話を引き取る。

「なるほど、あいつらも一応は正義感みたいなもんで動いているっつうわけか。クラスメイトの祐天寺が、DV元カレに会いに行くようなもんだからな。あの怒り気味なテンションで咎《とが》めるのも、分からないじゃねぇな」

「完っ全に勘違《かんちが》いだけどなっ！」

あたしが吐《は》き捨《す》てるように言うと、守が頬《ほお》をひきつらせて「そ、そうだな」と応じる。

……くそっ、腹立つ！　なんであの善樹を見て悪いヤツだと思えるんだ！　目が節穴にも程《ほど》があるだろ！　ああっ、もう！

「……やっぱ蹴散《けち》らしてくる！」

「まてまてまてまて」

鼻息荒《あら》く腕《うで》まくりをするあたしを、守が止める。続いてつばきも「や、やめて下さいよ」と訴《うった》えてきた。守ぐらいなら振《ふ》り切れるが、つばきに止められれば仕方ない。

「凄く微妙な状況なんです、私と善樹君。反撃《はんげき》なんかしたら……それこそ取り返しのつかないことになります」

「そうは言うがなっ、つばきっ！　逃げてるだけじゃ——」

「逃げることで、変わることだってあります！」

「…………」

「……変わることも、あるんです……」

なぜか目を伏《ふ》せてしまったつばきに、あたし達はそれ以上何も言えず、押し黙る。しばしてから、あたしは「ふぅ」と息を吐いて切《き》り替《か》えた。

「あー、とにかくだ。逃げることの是非《ぜひ》はともかく、今、このままじゃ埒《らち》が明かねぇっつうのは事実だろう」

「それは、そうですね」

「だよな。善樹だってまだ公園で待ってるんだろうし——」

そう守が言ったところで、あたし達三人、ハッとしてお互いの顔を見る。一番早く動いたのはつばきで、ケータイで連絡をとろうとするが……。

「駄目《だめ》です、繋《つな》がりません」

「だろうな。さっきあたし達がかけても繋がらなかったし。これはもう、電波状況とかじゃなくて電源自体切れてんのかもしんないな」

「これ、やべぇんじゃね？　オレ達を捕《つか》まえられないと判断したら、あいつら、オレ達追いかけるのやめて善樹の方行っちまうんじゃ……」

「………」

思わず押し黙る。……かぁーっ、なんかモヤモヤする状況だな！　こういうの、性に合わねぇんだよ！　こうなったら——

「くそっ、あいつらどこ行ったんだ！」

『！』

すぐ傍《そば》から、つばきのクラスメイト達の声が聞こえてくる。守とつばきは緊張《きんちょう》で体を強《こわ》張《ば》らせていたが——あたしはと言えば「ナイスタイミング！」という思いで完全ににやけてしまっていた。いち早くそれに気付いた守があたしを制止しようとするも、もう遅《おそ》い。

次の瞬間《しゅんかん》、あたしは路地裏を飛び出し、声の聞こえた方向に向かって大きく手を振っていた！

「おーい！　こっちだぞぉー！」

お、見たとこちゃんと全員まとまってるじゃねぇか。こいつぁ都合いいぜ。

『⁉』

「し、椎名さん⁉」

つばきが戸惑《とまど》った表情をこちらに向けて来るも、あたしは構わず更《さら》に集団を挑発《ちょうはつ》すると、つばきを路地から引っ張り出し、その手を引いて思いっきり集団から丸見えの大通りを駆《か》け始めた！

「ま、待て！　おい、祐天寺を返せぇー！」

慌《あわ》てて集団が追いかけてくる。あたしがつばきの手を引いて走っていると、ひぃひぃ言いながら守が横に並んだ。

「だ、だからオレまで驚《おどろ》かせてどうすんだよ！」

「悪ぃ悪ぃ。でも、いい手だと思うぜ」

「まあ、確かにこれで善樹の方に行っちまうことはねぇけどな」

「あ、なるほど」

気付いていなかったのか、つばきが納得の表情を見せる。そんなわけで、あたしの見事な名案により、あたし達は集団を適度に引きつけながら逃《に》げることに——

「でも椎名さん。これ、どうやって善樹君と合流するんですか？」

「…………」

…………。…………やべぇ。

「おい、深夏、お前後々のこと全然考えて──」

「け、鍵だ鍵！」

「はぁ？」

「鍵あたりに善樹を公園から連れ出させて、どっかで合流すりゃあいいんだって！」

「……オレが言うのもなんだが、お前、困った時はとりあえず杉崎に頼《たよ》りすぎじゃ──」

「いいから、とにかく電話でも──」

そう言いかけた時。突如《とつじょ》、守の方からケータイの着メロ。それと同時に、背後からは集団の罵詈雑言《ばりぞうごん》が響《ひび》いてきた。

「おい、祐天寺返せよ！」

「そうよ！　こっちはつばきのためを思って動いてるんだから！」

「…………」

あたしは顔を伏せて黙り込む。つばきが「し、椎名さん？」と声をかけてくるも、無視し……ゴゴゴゴと、怒《いか》りを募《つの》らせる。隣《となり》では、守が電話に出ていた。

「姉貴⁉　丁度良かった！　今オレ深夏と祐天寺と一緒に逃げてっから善樹を連れて

「——」

そのタイミングで、背後から更にかかる声。

「悪いのは中目黒っつぅ馬鹿《ばか》なんだよ！　アイツ殴《なぐ》って、祐天寺の目を覚まさせてやる！」

……ぷつん。

あたしは自分で立てた作戦も無視して振り返ると、ぽきぽきと拳《こぶし》を鳴らした。

中目黒善樹　編

困難に正面から立ち向かうことなんて、あの頃《ころ》のボクには出来なかった。

「……綺麗《きれい》な夕焼けだなぁ」

公園のブランコをゆるくこぎながら、朱《あか》く染まる空を見つめ、つばきさんと過ごした昔のことを思い出す。……ここの学園に来た時から、ボクはすっかりあの海陰《かいいん》高校での日々に楽しかったことなんて何も無かったと、全部ひとまとめにしてカギをかけてしまっていたけれど。

でも、そんなことはないよね。つばきさんと過ごしたあの日々、あの花壇《かだん》を再生していたひとときは、本当に楽しかったもの。

「……それにしても、遅いなぁ」

待ち合わせの時間から、さっき確認した時点で既《すで》に二〇分が過ぎている。つばきさんは、多少ドジではあるけれど、中身は凄《すご》く真面目《まじめ》だからこんなに遅《おく》れて一報も無いというのはちょっと妙《みょう》だなぁ。

もう一度連絡が来てないか確認しがてら時間も見ようとケータイを開くと、ボクはそこで初めて電池が切れていることに気がついた。

「あ、まずい……」

昨日から懐《なつ》かしい彼女のメールを何度も見返してしまっていたせいかな。思ったよりも早く電池が切れてしまっていた。うーん、待ち合わせは間違《まちが》いなくここだから、待っていればいいと思うけど……でも、連絡とれないのはまずいよね……。

「……よし！」

ボクはブランコに少し勢いをつけてから飛び出すように降りると、近くのコンビニまで充電器《じゅうでんき》を調達しに行くことにした。ちょっと出費が痛いけど、この際仕方ないよね。久々につばきさんと会うんだから、この程度、気にしてらんないよ。

「――――！」

公園を出ると、なんだか少し先の路地が騒《さわ》がしかった。なんだろうと思ってそちらの方に歩いて行く。

「……？」

覗《のぞ》くと、そこでは結構な大人数がドタドタとどこかに走り去っていく様子が見えた。後ろ姿に見覚えが、あるようなないような……。

「……ま、碧陽《へきよう》学園の近くだもんね」

この学園の周りではドタバタ劇なんて日常茶飯事なので、特に気にすることもなく、逆方面のコンビニの方へ行くことにする。早く電池を調達して、公園に戻《もど》らないと。

「（つばきさん、待たせるわけにはいかないもんね）」

久しぶりに会うから、ということもあるけれど。

——彼女には今日、大事な話が、あるから。

「…………」

緊張で汗《あせ》ばむ手で、ぎゅうとケータイを握《にぎ》り込む。

……一年弱前、ボクが逃げ出した海陰高校。ボクが弱かったというのは、まず大前提だけど。みっともない言い訳を少しするなら、あのままボクが居たら、あそこにあったボクの数少ない大事なものさえ全部壊《こわ》れてしまうと思って。全《すべ》ての悪の源たるボクさえ消えれば、多少なりとも、あの高校の何かが変わるんじゃないかと、思って。

そうして下した、あの決断。

逃げるという、最低の、選択《せんたく》。

……この学校に来て。杉崎君と出会って。初めて肯定《こうてい》して貰《もら》えたことだったけれど。

でも……本当にそれが正しかったのかは、誰《だれ》にも——いや、正確に言えば、つばきさんにしか、語れない、ことだから。

だから……今日彼女の口から直接話を聞いて、その上でボクは……。

「……っと、あぶないあぶない」

考え事のしすぎでコンビニを通り過ぎてしまいそうになった。

ボクは意識を切り替えると、改めてケータイの充電器コーナーへと足を向けた。

祐天寺つばき編

善樹君の転校はあっという間でした。

当然のように送別会なんか行われるわけもなく、また私は私できちんとお別れする気分にはどうしてもなれず。

結果、学園から善樹君は、驚く程あっさりとフェードアウトしていて。

ある日……ただ情報として聞いていただけの「彼が学園を去った日」のお昼にふと花壇に向かってみました。

当然のようにそこに善樹君はいません。

善樹君は、いるわけないんです。

「(……あれ、なんだろう、見送りもしなかったクセに……)」

なぜだか視界が滲《にじ》みます。花壇に彼がいないことなんて、これまでだってありましたし。

今も、彼が学校を休んでいるだけだって、そう思えば、それで済むはずなのに。

別に、彼が死んだというわけでも、ないのに。

「――ッ」

わけのわからない感情が、心の奥底からとめどなく溢《あふ》れ出てきてとても耐《た》えられません。

ついにはその場にしゃがみ込んでしまうと、私は膝《ひざ》を抱《かか》えて嗚咽《おえつ》を漏《も》らしました。

「(……ひとり、だ……)」

今や私は、クラスメイトと、友人とまではいかないけれど、ちゃんと喋《しゃべ》れます。

綱島さんっていう、とても親切にしてくれる親友だって、出来ました。

なのに。

なのに。


「(なんだか……今日から急に寒いんだよ……善樹君……)」

私はそのまま、自分でも情緒《じょうちょ》不安定だと分かりながらも、その場でぶるぶると震《ふる》えながら涙《なみだ》を流し続けました。

＊

彼が学校を去って、一か月が過ぎました。

中目黒善樹という人間に関する噂《うわさ》は、未《いま》だに海陰高校に根強く残っています。彼が転校した今、それは良くも悪くも「伝説」のように扱《あつか》われ始め。生々しい鮮度《せんど》こそ無くなりましたが、彼の所業はより一層誇張《こちょう》されたものへと変化もしていました。

そして、だからこそ――

私への風当たりも、より一層強くなっていたのです。

「ほら、あれ、例の……」

「…………」

登校時。

自分のクラスの生徒達以外、私とすれ違《ちが》う度《たび》にほぼ毎回、こんな反応をします。

その目はしかし、以前善樹君に向けられていた、蔑《さげす》むようなものではありません。

心底、同情されている。そんな、視線です。

「(もうやめてよ!)」

心の中で叫《さけ》びながらも、それを表には出さず廊下《ろうか》を歩きます。……以前は相手を睨《にら》み付けたりもしてしまっていたのですが、無闇《むやみ》にそんなことをしたところで、状況《じょうきょう》は悪化こそすれど、なくなったりは絶対にしないことに気付いてからは、ただただ、「気にしていない」風を装《よそお》うことに決めました。

「あれでしょ、中目黒って人に一番——」

どんな酷《ひど》い言葉も、自らシャットアウトしてしまえばいいんですから。

ほら、ネットとかだってそうじゃないですか。スルースキルって言うんでしたっけ。自分が不快に思う発言にいちいち嚙《か》みついていたら、むしろ自分の方の身が持たないんですよ。いくら正論だったとしても、反発活動なんて、大概《たいがい》割に合わなくて。

それでも自分を曲げない人はカッコイイと思うけど、私のようなか弱い人間が日々をつつがなく生きていくためには、そんな綺麗事なんて、なんの役にも立たなくて。

だから。

だから、私は現在、この高校では「とても可哀想《かわいそう》な人」です。

中目黒善樹という、とんでもなく極悪《ごくあく》非道な生徒に弄《もてあそ》ばれた、憐《あわ》れな被害者《ひがいしゃ》です。

……彼の凶悪《きょうあく》なエピソードが追加される度に、私の被害も増えます。

高校の皆《みんな》が、私に同情して下さいます。

クラスの皆は「露骨《ろこつ》に優《やさ》しくしたりせず普通《ふつう》に友人として付き合おう」という、一段階進んだ——ある意味更《さら》に余計なお世話の善意で、友人の仮面をかぶって接してくれます。

時に、噂を真に受けているらしい担任教師さえも、私に面談を持ちかけ。

唯一《ゆいいつ》、本当の親友と呼べる綱島さんはと言えば。

こんな私の状況をこそ同情して、献身《けんしん》的に接してくれます。

つまり。


今や、海陰高校の全存在が。

私を、憐れみの目で、見るのです。


「(……ねぇ、もう、ダメだよ、善樹君……)」

自分の被害妄想《もうそう》も加わっているのは自覚しながらも、全ての生徒がこちらを見てヒソヒソと喋っているようにさえ思える廊下を、激情を必死に押し殺しながら歩きます。

自分の教室まで。自分の、席まで。早く、辿《たど》り着《つ》いて……。

そうして壊れそうな心で、教室のドアを開けると。


『おはよう、祐天寺さん！』


一様に同じ笑顔を貼り付けた、、、、、、、、、、、、クラスメイト達が、私に微笑《ほほえ》みかけてくれます。

私は。

だから、私は。

粉々に砕《くだ》けてしまった心を必死で覆《おお》い隠《かく》すように、自らもまた、仮面をつけるのです。


「おはよう、みんな！」

…………。

……ねぇ、善樹君。

キミが逃《に》げたことで、確かに、この学校は、変わったと思うよ。

杉崎鍵　編

『そうそう、そんな感じ。っつうわけでしばらくこっちであの集団引きつけておっから、その間に公園行って善樹回収してほしいんだよ』

「なるほどねぇ。分かった、大体了解《りょうかい》だ」

俺は守からの状況説明を聞き、車の後部座席シートに深く背を預けた。隣《となり》では巡が「あたしに代われ」的なジェスチャーをしているが、無視して話を続ける。

「いやしかし、守の説明は分かりやすくて助かるわ」

『いやいや杉崎、こういう時のお前の《まともさ》も得難《えがた》いもんだぜ。飲み込み早いし、マジな時は茶化さないし、やたらと声を張らないし』

そこでお互《たが》い、俺からすれば巡、守にしたら深夏を、残念なものを見る目で見つめる。

……改めて連絡《れんらく》をとって、最初は巡と深夏で喋っていたのだが、これが本当にどうしようもなく進展しないため、すぐに俺と守が電話を代わったのだ。

「むぅ……」

とりあえず事務所に戻《もど》るための車中にて、巡はムスッとした様子を見せると、自分のケータイを取り出し、さっきから中々繋《つな》がらない平井さんに連絡を試みていた。

オレはそんな彼女を横目に、「で」と守と話を続ける。

「こっちのトラブルの話なんだが……」

『ああ、スキャンダルだっけ。善樹がリークしたって……本当なのか？』

「それはこっちこそ知りたいんだが……ま、普通に考えりゃ――」

『ニセモンだろうな』

なんの躊躇《ためら》いもなく断定する守の言葉に、思わず微笑んでしまう。俺が黙《だま》ってしまっていると守が『んだよ？』と不機嫌《ふきげん》そうに声をかけてきた。

「いや、別になんでもねぇよ」

『そうか？……っと、ああ、なんか深夏もぎゃあぎゃあ騒《さわ》いでるわ。わ、わかった、わかったから落ち着けって、な？』

なんだかあっちでは深夏のボルテージが上がっているようだ。友達のこととは言え、普段《ふだん》はもう少し冷静なはずなんだが……彼女らを追いかけて来ているとかいう集団に、よっぽど腹が立っているのだろうか。

『すまねぇ。んでなんだっけ？』

守の電話の後ろでは、騒ぐ深夏と彼女を宥《なだ》める女性の声が聞こえてきている。

刹那《せつな》、俺の脳裏《のうり》に電撃《でんげき》が走り、思わず大声を上げてしまった！

「ああ、そうだ！　俺としたことが！　重要な事聞き忘れてた！」

俺の声に巡がびくんと反応する中、守が息を呑《の》んで訊《たず》ねてくる。

『ど、どうした？　まさかお前、スキャンダル情報の犯人に何か心当たりでも――』

「祐天寺さんは、美人なのか⁉　なあ⁉　美少女キャラなのか⁉　状況的に、俺のヒロインとしての参戦は見込めそうか――」

『そうそう、さっき祐天寺にも善樹を装ったスキャンダル情報提供について意見求めてみたんだけどさ』

実に普通にスルーされた。なんか巡にも足に蹴《け》り入れられたし。……宇宙姉弟《きょうだい》、冷たすぎるぜ……。

『流石《さすが》によく分からねぇってさ。まあ、この件とそっちの件は無関係かもな』

「……あの中目黒が、偶然《ぐうぜん》、二つの厄介事《やっかいごと》の中心になるか？」

流石に茶化す気にもなれず訊ねる。守は『まぁ……』と自信なさげに答えてきた。

『善樹自身は控《ひか》えめなヤツだけど、トラブルに巻き込まれやすいヤツでもあるからなぁ。お前やオレみたいなのとまた違って、自業自得以外の要因で苦労する、薄幸《はっこう》気味の特性っつうか……』

「それはそうだが……」

それでも違和感《いわかん》が残る。同じ日の同じタイミングで、どっちのトラブルの中心にもいたりするか？　関連性ある方が、自然じゃないか？

『……え？』

守が唐突《とうとつ》に不思議な声を出す。どうやら、電話の向こうで祐天寺さんと喋《しゃべ》っているようだ。しばらく何事かやりとりを交《か》わすと、『なるほどな』という言葉の後に、再び電話口に出た。

『海陰高校のヤツの可能性高ぇかもしんねぇ』

「どういうことだ？　なんでそいつらが俺と巡の写真を？」

『いや……その、胸くそ悪い話で申し訳ねーんだけどさ』

「別にお前が謝る話じゃないだろう」

相変わらず変なところで気の弱いヤツだ。少し間を置いた後、守は話し出した。

『なんか……善樹の転校以降も、ネタにされてたみてぇだ、善樹。クラスのヤツら、酷い時は綱島とかっていう善樹と割合親しいヤツのケータイ使って、勝手にメール連絡とって、碧陽の写真送らせたり……とか』

「……守。元クラスメイトのヤツらちゃんと引きつけておけよ。そいつらに、ちょっと直接用事出来た」

『あー、もう、だから、なんでお前も深夏も友達のことになると沸点《ふってん》低ぇんだよ』

「うるさい」

『祐天寺さんの後々のことも考えろよ』

「…………。……すまん」

一旦《いったん》、電話から顔を離して、大きく深呼吸する。隣でそれを見ていた巡は、しかし何も訊《き》かないで自分の作業の方に戻ってくれた。

『まあ、とにかくだ。そんなわけで、お前達の写真が善樹から綱島って子を経由して流出した可能性は、高いみたいだな』

「それで、中目黒名義で雑誌に写真投稿《とうこう》かよ。……最早偽善《ぎぜん》的正義でさえ無ぇだろそれ」

『まあとにかく善樹は悪くねぇってこった』

「当たり前だ」

『おっと、やべ、追いつかれそうだ。じゃあな。あ、そうだオレのケータイは落として今壊《こわ》れちまってるから、連絡なら深夏のケータイにな！　んじゃ！』

「おう、了解だ」

電話が切れる。俺が目眩《めまい》しそうな程《ほど》の怒《いか》りを押し殺すと、ちゃんとそのタイミングを見計らって、巡が説明を求めてきた。彼女にざっくりと状況《じょうきょう》を伝えると、彼女は俺と違《ちが》って極《きわ》めて冷静に笑顔で——さっきまで飲んでいたコーヒーのスチール缶をぐしゃぐしゃに握《にぎ》り潰《つぶ》し、ドスの利いた声で運転手に告げた。

「予定変更《へんこう》。例の出版社に向かって。確かこの辺に支社あったわよね」

「え？　いや、あの、社長が一旦戻《もど》れと——」

「ほぅ？」

「すいません、すぐに出版社に向かいます」

直後、車はすぐに車線変更し道を曲がった。……社長命令より優先なんだ、巡命令……。

俺は大人がクラスメイトの女子に顎《あご》で使われている現状をあまり見ないようにしつつ、巡に訊ねた。

「支社なんか行ってどうすんだ？　平井さん、そこに居るわけじゃないだろう？」

「まあそうね。でも……」

「でも？」

　俺の問いに、巡がにっこりと笑って答える。

「支社の一番偉《えら》いヤツ捕《つか》まえて本社脅《おど》せば、平井なんてすぐ連絡とれるどころか、中目黒善樹名義で写真送ってきた馬鹿《ばか》の個人情報ぐらい引き出せそうじゃない」

「…………」

　……とりあえず緊急《きんきゅう》事態だから、と、俺は自分の中の倫理《りんり》観《かん》とツッコミ心を全力で抑《おさ》え込んだ。

＊

「ああ、平井？　あたしよあたし、星野巡。……ケータイの番号？　貴女《あなた》の上司のおじさまが快く教えてくれたわよ、ええ」

　あれから約十五分後。俺達は再び車に乗り込み、事務所に向かい――は当然のようにせず、今度は善樹を探すために車を走らせていた。……運転手さん、ホントすんません。

巡が、先程手に入れた平井さんのケータイ番号に電話をしている。

…………。

え、ここに至る空白の十五分の経緯？　おいおい、小説って、なんでもかんでもキッチリ描写《びょうしゃ》すると思ったら大間違《おおまちが》いだぜ。俺のトイレシーンとかいつもあるか？

つまり、だ。


世の中、とてもじゃないけど公表したくない出来事って、あると思います。


そ、そんなわけで！　とにかく！　俺達は平井さんのケータイ番号を手に入れた！　更《さら》に言えば、リーク犯人の詳《くわ》しい個人情報が平井さんに渡《わた》るよう、圧力もかけた！（詳しい調査に多少時間が必要）！　更に更に、例の記事についても誤認情報と認め、謝罪文を発表させることまで約束させた！

つまり、ほぼ解決！

圧倒的《あっとうてき》なごり押しで大体解決！

ただ、手段は訊くな　絶対訊くな!!

「それで、情報降りてきたはずだけど。……ええ、そう。アドレスとか電話番号とかから、個人特定出来たでしょ。……まだ？　早くやりなさいよ！　分かったら連絡しなさい！」

巡が「ふぅー」と息を吐《は》きながら電話を切る。

「別に平井さんを怒鳴《どな》りつけんでも……」

「なに言ってんのよ。結局こっちで全部お膳立《ぜんだ》てしたんだから、最後の詰《つ》めぐらいは全力で取り組んで貰《もら》ってバチは当たらないでしょ」

「まあ、そうと言えなくもないけど……」

相変わらず仕事方面だと自分にも他人にも厳しいヤツだ。……まあ、そういうトコ、凄《すご》く尊敬してんだけど……。

「ん？　なによ？」

「え、いや、べ、別に」

思わず巡の顔をジッと見てしまっていた自分に気付いて、慌《あわ》てて視線を逸《そ》らす。幸い、中目黒を探すという目的があったため、唐突に窓の外を見ても特に不審《ふしん》には思われなかったようだ。

「（こいつ……俺のことが……好き……）」

……やべぇ、なんか俺、今凄く顔熱い。なんだこれ。真冬ちゃんの告白とか、深夏のデレ発言とか、そういうのともなんか違う。不意打ちすぎるっつうか。今は変状況が落ち着いてしまったせいで、頭の中で「巡」が占《し》める割合が大きくなって、どうしようもなくソワソワしちまう。

「…………」

ちらっと彼女の方を窺《うかが》う。相変わらずムスッとした様子でケータイを握りながら、外の景色を眺《なが》めていた。……なんか普《ふ》通《つう》だ。

「？　どうしたのよ、杉崎。下《げ》僕《ぼく》見付けた？」

「え？　い、いや、全然。ま、ま、まだ公園までちょっとあるし」

「……？　ならいいけど……どうかしたの？」

「な、なにが？　お、俺はいつもの杉崎さんデスヨー。きょ、今日も絶好調であります！」

「いやそんなケ○ロ軍曹《ぐんそう》的キャラだったこと過去一度も無いでしょうアンタ」

「ま、まあ気にすんな。ちょっと……俺の中で抑え切れない獣《けもの》が暴れているだけさ」

「そ、そう。突発性《とっぱつせい》の中二病ってあるのね……」

そんな不自然なやりとりをしていると、巡のケータイが鳴った。俺がホッと胸を撫《な》で下《お》ろす中、彼女が電話に出る。相手は平井さんのようだ。となれば、用件は一つ。

「やっと分かったみたいね、犯人。それで、私は誰《だれ》を重点的に殴《なぐ》ればいいのかしら？」

椎名深夏 編

「犯人は、この中にいる！」

何度目かのプッツンを起こしたあたしは、守やつばきの制止も聞かず振《ふ》り返《かえ》って、集団に叫《さけ》んでいた。あたしの形相にざわっとし、立ち止まった彼らに、あたしは更に続ける。

「つまり、全員殴っちまえば解決！」

『なんて発想だ！』

集団に動揺《どうよう》が走る中、つばきが一際《ひときわ》必死にあたしを押しとどめながら声を上げた。

「椎名さん！　やめて下さいって！」

「しかしつばき！　あの中に犯人が！」

「うちの学校の生徒かもしれませんが、彼らの中に居る確証は無いでしょう！」

「…………」

「分かってくれましたか？」

「つまりなんだ……とりあえず、まず、一旦、全員殴ろうか」

「どうして⁉　ねぇ守さん、一緒《いっしょ》に止めて下さいよ！」

つばきが守に助けを求める。あたしが見つめると、守はなぜか照れた様子で頭をぽりぽりと掻《か》いて、呟《つぶや》いた。


「まあ……オレ基本、深夏のやりたいことは、やらしてやりてぇからよ……」


「なに急に『おぎ○はぎ』的な優《やさ》しさ出してきてるんですか⁉」

つばきが絶望的な顔をしていた。……流石《さすが》のあたしもそんな彼女の前で暴れるのは躊躇《ためら》われ、仕方なく逃亡《とうぼう》に集中することにする。

「おいっ、待てよつばきぃ！」「いい加減にしなさいよね！」

……しかし、あたしのフラストレーションも察して欲しい。逃《に》げ続ける間中、あっちは言いたい放題だ。しかも逃げれば逃げるほど、「逃げてる方が悪い」という空気が加速し、あちらの言葉もどんどん調子に乗りだしているわけで。

友達の悪口言われて、言い訳もせず黙《だま》って逃げるなんて、あたしは耐《た》えられない。いや、というより、耐えたく、ない。たとえ暴れて解決するようなことじゃなくたって、先を考えたら逃げるのが正解だとしたって……それ以前の根っこの部分が、納得いかない。

逃げながら、つばきに声をかける。

「なぁ、お前と善樹の微妙《びみよう》な状況ってヤツはさ。こうやって、未《いま》だに腫《は》れ物《もの》に触《さわ》るようにしてまで保つべきものなのか？」

「…………」

つばきは何も答えない。あたしは、自分がお節介《せつかい》なことを言っていると分かりつつも、言わずにはいられなかった。

「感情にまかせて関係性をぶち壊《こわ》すのって、そんなに、悪いことかな？」

「……っ。…………。悪いことですよ。……浅はかな行動は、悪いこと、です」

「？　つばき？」

思っていた以上につばきが辛《つら》そうにしてしまっていたため、少し動揺してしまう。助けを求めるように守を見やると、彼は彼でなぜか遠い目をしていた。

「……関係性変えようとして、それがいい方向に転ぶかなんて、わからねぇもんな……」

「守？」

「あ、いや、別になんでもねぇよ。……っと、ダラダラしてっと追いつかれるぞ！」

言われて後ろを見れば、確かに大分近付かれていたため、思考を中断して逃亡に集中する。しかし……。

「っ、はぁ……」

つばきがもう辛そうだ。あたしが抱《かか》えて走るっつうのも、ゴミゴミした街の中じゃ限界あるしな……。あたしが暴れたいっつうのは抜《ぬ》きにしても、そろそろ逃走《とうそう》劇は限界かもしれない。そう、思った時だった。

「おい、深夏、祐天寺、あれ！　姉貴のとこの車だ！」

守が前方からやってくる車を指差す。見れば、確かに放課後見かけたあの車だった。フロントガラスから見える助手席には、なんと善樹も居る。どうやらうまく回収出来たらしい。これでこっちのもんだ。

あちらもあたし達に気付いたようで、車が減速して歩道に寄せてくる……が。

「おいこら、待てっ！」

背後からの声がかなり近い。タイミング的にも定員的にも全員乗り込んでいる暇《ひま》はなさそうだ。後部座席のドアが開いたところで、つばきの背を押して入り口にやり、奥に見えた鍵と巡に声をかける！

「つばきだけ乗せて出せ！　広場で！」

言いながら半ば無理矢理気味に彼女を後部座席に押し込むと、鍵と巡もすぐあたしの言いたいことを察知してくれたようで、即座《そくざ》にドアを閉めて発車する。

「祐天寺⁉︎」

追ってきた集団が謎《なぞ》の車の登場に愕然《がくぜん》としている。その隙《すき》に、あたしと守は一瞬《いっしゅん》頷《うなず》きあい、つばきに遠慮《えんりょ》しない全速力でその場を離《はな》れたのだった。

＊

十分後、あたしたちは「時計広場」で合流していた。街中にはいくつか広場と名のつく場所があるが、あたしたち碧陽学園生徒がただ広場と言えば、学校に近いここだ。これなら、あの集団に「広場」という単語を聞かれていても、狙《ねら》い撃《う》ちですぐに発見されたりはしないだろう。……広い街ではないから、いつかは見つかってしまうだろうが。

あたしたちより先に着いていた巡達は近場の駐車場《ちゅうしゃじょう》に車と運転手さんを置いてきたよう

で、先に四人だけで広場に居た。……あたし達が割とすぐに追いついたってこともあるが、なぜだか四人で会話が弾《はず》んでいたという形跡《けいせき》もなく、むしろ妙《みょう》に重苦しい空気が場を満たしている。

一見した分には、つばきが完全に俯《うつむ》いてしまっているのが大きな原因のようだ。

「えと……おう！　良かったな、善樹、祐天寺さん！　無事に会えて！」

守が場の空気を変えようとしたのか、明るめに声をかける。すると、善樹は「うん」と微笑《ほほえ》んだものの、つばきの方は依然《いぜん》として俯いたままだった。

鍵と巡の方を見る。……どうも、彼らの雰囲気《ふんいき》もおかしかった。特に、いつもの鍵なら、女の子であるつばき相手に率先して空気を良くしようと喋《しゃべ》っているはずなんだが……今は、らしくない、神妙《しんみょう》な顔つきで黙っている。それは巡にも言えることで。

「どうか、したか？」

結局、直接的に訊《たず》ねてみる。デリカシーにかけるのかもしれねーが、このままでいても埒《らち》が明かねぇし、集団だってまだ追いかけて来ているわけだしな。

一番最初に沈黙《ちんもく》を破ったのは、巡だった。あたしの問いかけをきっかけに、何かを決心した様子で「ふぅ」と息を吐《は》くと、ようやく喋り出す。

「まあ、こういうことは先にハッキリさせておいた方がいいわよね」

「？　なんだ？　どうした巡、そんな改まって」

未だに話の方向性が分からない。しかしそれはどうやらあたしと守だけのようで、鍵も、善樹も、つばきも、巡の言葉を半ば予想済みみたいに、ただじっと待っていた。

あたしと守が目を見合わせて、ぽけーっとしてしまう中。

巡が、その言葉を、嘆息《たんそく》混じりに、告げる。

「私と杉崎のスキャンダルを中目黒善樹名義で送ったの、貴女《あなた》よね。祐天寺つばきさん」

祐天寺つばき　編

「っつうわけで、参加希望者手ぇーあーげろ！」

帰りのHR直後。先生が出ていったのを見計らって、お調子者の男子が教壇《きょうだん》の前で呼びかけを行っていました。

私は特にそれに構うこともなく、淡々《たんたん》と鞄《かばん》に教科書を詰《つ》め、帰り支度《じたく》をします。

「つばきは、当然行かないんだよね？」

隣《となり》の席に居た歩美《あゆみ》……綱島歩美が、自らも帰り支度をしながら訊ねてきます。私はこくりと頷《うなず》くだけでそれに返しました。

「まあ、そうだよね。でもつばき……」

歩美はそう言うと、自分の席を立ち、私のすぐ傍《そば》まで身を寄せて小声で続けてきました。

「このクラス旅行で行く場所……中目黒君の転校した、碧陽学園の傍みたいだけど」

「だから？」

私は感情の伴《ともな》わない瞳《ひとみ》で、歩美を見つめます。彼女は一瞬《いっしゅん》だけ押し黙り、そして「そうだよね」とだけ告げると「帰ろっか」と私を促《うなが》しました。

「おーい、お前等不参加かぁ？」

教室から出ようとした私達に、男子の大きな声がかかります。歩美は一瞬だけびくっと肩《かた》を震《ふる》わせていました。なぜなら彼は、以前冗談《じょうだん》半分に歩美のケータイを使って善樹君と勝手に連絡《れんらく》をとったりした、少し……いえ、かなりデリカシーにかける男子ですから。

仕方ないので、私が代わりに答えます。

「私達、ちょっと、その日用事あるから」

私が声を発した途端《とたん》、クラスに妙な緊張感《きんちょうかん》が走ります。流石に会話がぴたりと止まる、みたいな分かりやすいことは無くなりましたが……それはただ単に、彼らが「慣れた」だけの話。私の妙な立ち位置は、今も全く変わることなどありません。

その証拠《しょうこ》に、今まで元気に声を張り上げていたお調子者の彼でさえ、少し声のトーンを抑《おさ》えて私に返してきます。

「お、おう、なら仕方ないよな」

「じゃあ」

「じゃ、じゃあな、祐天寺、綱島！」

彼の声を背後に、私と歩美は教室を後にしました。

廊下《ろうか》をしばし歩いて教室から離れたところで、歩美がおずおずと私に声をかけてきます。

「ごめんね、つばき……」

「何が？」

「何がって……その……」

「……私、理由無く謝られるのって、大嫌《だいきら》いなの。歩美知ってるでしょ？」

「だ、だよね。ごめん……」

思わず嘆息してしまいますが、歩美は何も悪くありません。私は話題を変えることにしました。

「善樹君の行った学校なんて、よく覚えてたわね、歩美」

「あ、うん、メールがあったから……。あ、私にっていうか、私なんだけど、そうじゃなくて、クラスメイトが勝手にした方の――」

「分かってるから」

テンパっている歩美を宥《なだ》めます。そもそも彼女は善樹君があっちに行く直前に彼にメールアドレスを訊《き》いたみたいなんですが、なぜかそれに関して私に引け目を感じているらしく。……本当は少し険悪になってしまっていた私と善樹君の仲を取り持つためにそうしてくれたんだってことぐらい、私にも分かっているというのに。

私は話を進めます。

「確か善樹君、歩美のメールじゃないって気付かずに、沢山近況報告《たくさんきんきょうほうこく》送ってきてたのよね。時に写真まで付けて。……相変わらずお人好しっていうか、ノーテンキっていうか」

「うん……あ、つばきも、写真見る？」

ケータイを取り出しながら歩美が訊ねて来るも、私はすぐに顔を逸《そ》らしました。

「いやよ、そんな。趣味《しゅみ》悪い」

あのクラスメイト達が彼を笑いものにするために、歩美を装《よそお》って善樹君から引き出したものなんて……頼《たの》まれても見たくありません。私の気持ちを察したのか、歩美はそっとケータイをしまいます。

「それに、善樹君のメール内容が本当かどうかなんて、分からないじゃない。私だったら、あっちでどんな酷《ひど》い境遇《きょうぐう》に陥《おちい》ってたって、結局は『沢山《たくさん》友達が出来て楽しく暮らしているよ』って送ると思うよ」

「それは……そうかもしれないね」

実際、あの善樹君が騙《だま》されているとはいえこんなに積極的に自分は楽しく生きていると綱島さんに近況を送ってくれたのは、十中八九、彼女を通して私を安心させてくれるためだと思います。

更《さら》に彼のあの引っ込み思案な性格と「転校生」という特性を考えれば、現状が彼の自己申告ほど明るい生活環境《かんきょう》だとは、到底《とうてい》考えられないわけでして。

そう思ってしまうと、なんだか余計に彼のメールを直接見るなんて出来ません。クラスメイト達は基本私の前で彼の話をすることはありませんが、それでも多少聞こえてしまう噂《うわさ》によれば、なにやらアイドルと一緒《いっしょ》の写真まで送られてきていたとか。

聞くだけでも、なんだか、痛々しくてジッとしていられない話です。そうして、そこまでして「明るい日常」を強調する彼の現状は、やはり推《お》して知るべし、で。

少なくともこの学校の生徒達が大体そう解釈《かいしゃく》している現状を考えると、まあ私は直接文面や写真を見ていないけど、そういう、ことなんでしょう。唯一《ゆいいつ》歩美だけは彼の幸せを信じているみたいですが、まあ彼女の背景を考えれば……ね。「そう考えたい」だけなんだろうなっていうのも、分かっちゃうわけで。

「……彼も転校先で頑張《がんば》っているんだから。私も、泣き言なんか言ってられないよね」

「つばき……」

「そんな心配そうな顔しないの、歩美。私は大丈夫《だいじょうぶ》だよ。ほら、別にいじめられているわけじゃないもの。もしかしたら、今は善樹君の方がずっと辛《つら》い環境かも」

「うん……」

いけない、そんなつもりはなかったのに、なぜか歩美を落ち込ませてしまいました。というますか、ここ一年、歩美は常に私と善樹君のことを気にしすぎてしまっています。どうにかしたいとは思うのですが、こればっかりは私一人がどんなに言葉を積み重ねようとも——

「……あ」

「ん？　どうしたの？　つばき」

私は首を傾《かし》げる親友の目を見つめます。……思いついてしまいました。私としては少しだけキツいですが、でも、一年に亘《わた》って私を支え続けてくれているこの親友に報《むく》いる、一番良い方法を。

私は一度、大きく深呼吸し。そうして、意を決して、彼女に提案してみました。

「やっぱり、一緒に会いに行ってみようか、善樹君に」

＊

『本当にごめんね、つばき……こほっ……』

電話口から聞こえてくる本当に調子の悪そうな謝罪に、私はむしろこちらの方が申し訳無い気分で一杯《いっぱい》になりつつ、答えます。

「いいっていいって！　むしろこっちこそごめんね、こんな時に私だけ旅行なんて……」

善樹君に直接会って歩美のモヤモヤを解消できればと参加したクラス旅行でしたが、当日になってみれば歩美は風邪《かぜ》をこじらせてダウン。私だけがこちらに来るハメになってしまっていました。

……まあ、正直予兆はあったのです。彼に直接会うのを提案したあの時から、歩美のテンションは躁鬱《そううつ》を行ったりきたりになっていましたから。こうなってみると、当日に体調を崩《くず》すのは至極《しごく》当然の結果だったかもしれないと、私は反省していました。どうして、こんな簡単な予測も出来なかったのだろうかと。

黙《だま》り込んでしまった私に、病床《びょうしょう》の歩美が苦しそうにしながらも笑います。

『じゃあ……色々含《ふく》めて、トントン、っていうことで。ね、つばき』

その、どこかで聞いた言葉に。私は思わず笑ってしまいながら、答えます。

「そうだね。トントン。……ふふっ」

『あ、久々に聞いたな、つばきの笑い声。やっぱり中目黒君に会えるの、嬉《うれ》しい？』

「うん……まあ、色々複雑ではあるけど。嬉しいと言えば、嬉しいのかな、やっぱり。彼の頑張っているとこ、この目で見られたら、明日《あした》から、また私も頑張れそうかなって」

『そっか。あ、でも直接会うのは明後日《あさって》だっけ？　すぐ会えばいいのに。長距離《ちょうきょり》旅するわけじゃなく、その街拠点《きょてん》に観光するんでしょ？　だったら……』

「うん、そうなんだけど。……ちょっと、先にこっそり見てみたいなって、彼の学校生活。ほら、私が見に行くって言ったら、私に心配かけまいとしそうだからさ、善樹君」

『ああ……なるほど』

「今日は休日だけど、卒業式の準備とか大掃除《おおそうじ》？　みたいなので登校するらしいんだ」

『だったら、私服でもいつもより怪《あや》しまれな……けほっ』

「大丈夫？　ごめんね、長々話して」

『ううん、全然』

「えと、じゃあ、善樹君の奮闘《ふんとう》の様子見たらまた報告するよ。楽しみにしてて、歩美」

『うん、ありがとう、つばき。じゃあ、楽しんで来てね！』

通話を切り、さて、と仕切り直します。

クラス旅行なので、本来は今日と明明後日《しあさって》（最終日）は集団観光だったのですけれど、ワガママを言って、ホテルに荷物を預けた後は私だけ単独行動をとらせて貰《もら》いました。裏を返せば、誰《だれ》かに出くわす心配もなく善樹君の様子を見て来られるというわけです。

「えっと、碧陽学園に行くにはっと……」

私はホテルのロビーを出ると、ケータイで事前に調べておいた碧陽学園へのルートデータを呼び出しました。

＊

「ここ、だよね？」

ホテルを出てバスに乗り、「碧陽学園前」と名の着いた停留所で降りると、少し先に校舎が見えました。普段《ふだん》自分の通う以外の学校に行く機会なんて無いため、妙《みょう》にそわそわしてしまいます。

「(よく考えたら、善樹君見られる確率も高くはないし……)」

一応、二年B組に在籍《ざいせき》しているという前情報こそあるものの、卒業式の準備や掃除《そうじ》目的というならば、教室に大人しく居る可能性も低いです。

「(まあ、最悪、学校の様子だけ見られればいいかな)」

気持ちを新たに校門まで歩きます。幸いなことに、登校してきているのは制服姿の生徒ばかりではありませんでした。部活のためのジャージ、ユニフォームは勿論《もちろん》、数人ですが私服の同年代も見かけます。うちの学校では考えられないことですが、そういうところはあまり規則で固められてないタイプの校風なのかもしれません。

「(私立だしね……)」

なんとなくで納得しながら、他の生徒に紛《まぎ》れて校門を潜《くぐ》り、玄関《げんかん》の方へ向かってみます。道すがら、登校中の生徒の様子や校庭で活動する運動部の様子を眺《なが》めます。

「(なんか……うちと大分違《ちが》う?)」

何が、と言われるとハッキリは答えられないのですが。妙に騒々《そうぞう》しいといいますか。健《すこ》やかとか、真面目《まじめ》っていうのともちょっと違って、なにか……緩《ゆる》いとか、温《ぬる》いとか、そんな感じでしょうか? 荒《あ》れていたりは全然しないのですが、かといってカッチリもしておらず、ただ「普通《ふつう》」というには活気があるような……。

「(変な学校。……田舎《いなか》だからかな?)」

そうは考えてみますが、私の出身中学もそこそこ田舎だったのにこんな感じではなかったことを考えると、今ひとつピンときません。ただ一つ言えることがあるとするなら……。

「(なんだろう……楽だな、ここ)」

その、一言でした。部外者生徒が学校に不法侵入《しんにゅう》しているのですから、本当ならもっと緊張感《きんちょうかん》あっていいはずなのですが、なぜか、私は不思議と落ち着いていました。

「(なんにせよ、探索《たんさく》は楽そうね)」

玄関に入り、鞄《かばん》に用意していた上履《うわば》きに履き替《か》え、外履きはネームプレートの無い靴《くつ》箱に放り込んでおきます。

校舎内は校舎内で、五月蠅《うるさ》すぎないほどの柔《やわ》らかい喧噪《けんそう》に包まれていました。

「(ふぅ……拍子抜《ひょうしぬ》けするなぁ)」

ここに来るに当たって私は、昔の自分がそうしていたみたいに、人目を忍《しの》んでこそこそ活動する気満々だったのですが。なんでしょう、この自宅みたいなリラックス空間は。

とにもかくにも、善樹君を捜《さが》さないといけません。

「(善樹君……か)」

緊張感が抜けると、今度は「ここに善樹君がいるんだ……」という感慨《かんがい》が湧《わ》いてきました。……私が海陰高校で善樹君の居ない辛い一年を過ごしている間、彼は、ここで、転校して一人で、過ごしていたわけで……。

「(頑張ってたんだろうなぁ、善樹君)」

誰も知り合いの居ない、出身でさえない遠い地での一年。さぞかし苦労したことでしょう。だというのに、恐《おそ》らく本来は登校しなくてもいいような、休日のこんなボランティア的な活動にまで参加するなんて……彼は、相変わらず、私の知る、変わらない善樹君なのかもしれません。

「(善樹君……)」

さっきまではそうでもなかったのに、ドキドキと、はやる気持ちが抑《おさ》えられなくなってきました。校内の見取り図で二年B組の位置を確認し、廊下《ろうか》を足早に歩きます。

彼は、私との再会を喜んでくれるでしょうか。

ううん、きっと喜んでくれることでしょう。私達には結局、本当に苦労をわかり合えるのは、お互《たが》いしかいないのですから。

私は歩美のおかげで、辛い一年も乗《の》り越《こ》えられたけど。彼には、それもなくて。

だから……きっと、きっと、私に……私にだけ、また、あの眩《まぶ》しい笑顔を見せてくれて。

「(やっぱり、今会おう。変にもったいつけないで。早く、会おう)」

彼の驚《おどろ》き、喜んでくれる姿を想像すると、胸が高鳴ります。

……本当は、辛かったんです。

意地を張って彼とまともに連絡《れんらく》もとらず、あの歪《ゆが》んだ学校で過ごす一年は、本当は、凄《すご》く凄く、辛くて、辛くて。

でもそれに耐《た》えて頑張《がんば》る私は、決して、間違《まちが》ってないって、思いたくて。

たとえ善樹君が逃《に》げてしまっても。

それでも、一人でだって、頑張っていたら、何かが、摑《つか》めると思って。

必死で。

この一年、ただ、必死で。

頑張って、頑張って、頑張って。

耐えて、耐えて、耐えて。

そうしたら。

こうして、善樹君と再会出来るっていう、素晴らしい日が、来てくれて。

善樹君。

善樹君。

善樹君！

「……会える……会えるんだ……」

視界が滲《にじ》みます。やっと分かりました。私は、この日のために、頑張ったんです。新天地で辛い日々を生き抜いている善樹君と、同じ立場で、胸を張って、相変わらず唯《ゆい》一《いっ》無二の同志として、再会出来る日を信じて。

だから。

だからっ！

「（ここだっ）」

走るように廊下を駆《か》け抜け、ようやく見付けた二年B組を、開いていたドアから覗《のぞ》き込みます！

そこに、見えた光景は——


「おい、中目黒、はしゃぎすぎだぞ！　ちょ、やめろって」

「あははははっ！　ダメだよ！　最初に花ぶつけてきたのは、杉崎君でしょ！」

「こら下僕《げぼく》！　こっちにまで紙花飛ばすんじゃないわよ！」

「って、姉貴まで応戦すんなよ！　っつうかてめぇら、折角作った卒業式用の花で遊ぶんじゃねぇ——ぶふぉっ!?」

「ははは っ、守にダイレクトアタックだぜぇー！　とりゃー！」

「ちょ、深夏さん、箱ごとは流石《さすが》に——」

「うっせ、おりゃりゃりゃりゃ、善樹も喰《く》らえー！」

「わー!?　ちょ、や、やめてよぉ、あは、あははははは！」

——眩《まばゆ》い光の中で、集団の中心になって幸せそうに笑う、善樹君の、姿で。

「…………」

…………

…………。

その時。

私の中で、大事ななにかが、パチンと、弾《はじ》けた。

中目黒善樹　編

「私だって、わかんない！　何が理由なんて……そんなの、言葉じゃ……言葉じゃ、説明なんかっ、出来ませんっ！」

『………』

つばきさんが、半ば支離滅裂《しりめつれつ》ながらも今までの経緯《けいい》を感情のままに喚《わめ》きちらす。それを、ここ数分、ボクらは、ただただ呆然《ぼうぜん》と聞いているしか、出来なくて。

彼女の、「言葉に出来ない気持ち」というものに、ただ、圧倒《あっとう》されるしか、なくて。

「わかってます！　八つ当たりだって！　申し訳無いって、思っています！　通《とお》り魔《ま》みたいなことしてるって！　なんの罪もない善樹君のクラスメイトのスキャンダルを売るなんて、どうかしてるって、分かってます！　間違っているのは、悪いのは、どう考えたって、私です！　私一人です！　だけど……だけどっ！」

「つばきさん……もう、いい、から」

まるで自分で自分を傷付けようとするかのように感情を吐露《とろ》し続ける彼女を見ているのが辛くて、思わず声をかけてしまいます。しかしつばきさんは、ボクを思いっきり睨《にら》み付け、更《さら》に剣幕《けんまく》を強めてきた。

「何がいいのよっ！　何が！」

「それは……」

「善樹君は……善樹君はいっつもそう！　貴方《あなた》は優《やさ》しいよ？　優しいけど、それは凄く薄《うす》っぺらいんだよ！　言葉に、なんの重みも責任も無い！」

「……ごめん」

「謝らないでよ！　何を謝っているのよ！　今悪いのは、どう考えたって私でしょう！　なんで、私なんかに謝ってるのよ！」

「………ごめん」

「っ！　この――」

つばきさんがボクに掴みかかろうとするのを、深夏さんが咄嗟《とっさ》に背後から抱《だ》きとめて制止します。

「おい、ちょっと、落ち着けよつばき」

「落ち着く？　落ち着いて、何になるんですかっ！　落ち着いて、冷静に、あの学校でじっと一年耐えた私が、一体何を得られたって言うんですかっ！」

「それは……で、でも、今は一旦《いったん》抑《おさ》えて――」

「椎名さんっ、貴女さっき私に訊《たず》ねてましたよねぇ!? 感情に任せて関係性をぶち壊《こわ》すことは、悪い事なのかって！ どうです!? これが答えですよ！ 感情に任せて動いた結果が、これですよ！」

「っ！ あたしは……そんなつもりじゃ……」

動揺《どうよう》した深夏さんが力を緩めた隙《すき》に、つばきさんがボクに迫《せま》り、シャツの胸元を乱暴に掴む。慌《あわ》てて皆《みんな》が彼女を取り押さえようと動きかけたけど、ボクはそれを「待って！」と制止した。

つばきさんに、ボクはされるがままに揺《ゆ》さぶられる。

「善樹君は悪くないよ……何も悪くない、あの頃《ころ》も、今だって、何一つ、悪いことなんかしてないよ。謝るべきことなんて、なに一つないのよ」

「…………」

「ううん、違《ちが》う。噂《うわさ》を流した歩美も、噂を信じただけの生徒も、耐えられなくて逃げた善樹君も、碧陽で貴方を温かく受け入れた人達も！ 誰《だれ》一人、悪くない。悪くないの！ 悪く……ない」

「……つばきさん」

シャツを摑んで揺すっていたつばきさんの力は段々弱くなり、最後にはボクの胸に体重を預けるような格好になる。ボクはただただされるがままで、それを受け入れた。

「でも……だったら、私は、どうして、こんなに苦しいの？　私はただ……ただ、善樹君と一緒《いっしょ》に居たかった……それだけ、だったのにっ！」

「…………」

「私だけ、どうして、こんな……こんな……」

「…………」

遂《つい》には嗚咽《おえつ》を漏《も》らすだけになってしまったつばきさんに、場に集まっていた誰も、声をかけられない。

詳《くわ》しく事情が分かっていないであろう巡さんや杉崎君さえ、今や彼女のやりきれない感情の渦《うず》に飲み込まれて、言葉を失ってしまっていた。

……いや、違う。

今喋《しゃべ》るべき人間は、この場に、たった一人しか、いないから。

ボクしか、いないから。

「つばきさん」

ボクは彼女をゆっくりと離《はな》し、正面から向き合うと――もう一度だけ、頭を下げた。

「ごめん」

「っ、貴方は何度っ――」

「つばきさんの様子がおかしかったことは、綱島さんから聞いて、知っていたから」

「――え？」

戸惑《とまど》うつばきさんは勿論《もちろん》、杉崎君達にも、改めて謝罪する。

「だから、ごめんなさい。綱島さんは、つばきさんにボクの写真を転送するよう言われた時点で、様子がおかしいと思ってボクに電話してくれてたんだ。だから……こういう風になる前に止められなかったのは、ボクの責任でも、あるから」

ボクの謝罪に、今までずっと黙《だま》って見守ってくれていた巡さんが「はんっ」と不機嫌《ふきげん》そうに口を開いた。

「別に下僕がそこまで責任持つことなんてないわよ。自分で言っている通り、悪いのはその祐天寺ってヤツでしょ」

言いながら、巡さんは彼女にツカツカと歩み寄る。そうして、つばきさんの前で仁王立ちになって、語り出した。

「世の中には、取り返しのつかない言動や行動って、あるのよ。普段《ふだん》なら理性で抑《おさ》えておけるものが、色んな事情が重なって混乱して、ついタガが外れた行為《こうい》に走ってしまった末に、激しく後悔《こうかい》することなんて……誰にだって、あるのよ」

「巡……お前……」

杉崎君が何かハッとした様子で彼女を見る。事情はよく分からないけど……だけど、今の巡さんの言葉には、不思議な説得力があって。

本当ならボクはつばきさんを庇《かば》おうと思っていたのだけれど、なんとなく、今は巡さんに任せようと、そう、思った。

俯《うつむ》いたままのつばきさんに、巡さんが続ける。

「でもね、それでもやっぱり、その行動の責任は、どうしたって自分にあるのよ。情状酌量《しやくりよう》の余地っていうのは、あるのかもしれない。それでも、何もかもゼロには、ならないわ。だって、もう、行動は起こしてしまったんだから」

「……そう、その通り、です」

そこで、つばきさんは顔を上げ、巡さんを見て、すぐにまた視線を逸《そ》らす。

「だから……もう、取り返しなんて――」

「謝りなさい」

「――はい？」

唐突《とうとつ》な巡さんの要求に、つばきさんがぽかんとする。周りのボク達はと言えば……あまりに巡さんらしい言葉に、不思議と頬《ほお》が緩《ゆる》んでしまっていた。

「だから、謝りなさいよ、私に、全力で」

「えと……ご、ごめんなさい」

「声が小さい！」

「ご、ごめんなさい！」

「誠意が足りない！」

「本当に、すいませんでしたっ！」

「よしっ！」

そう告げると、巡さんは満足げに元の位置に戻《もど》っていく。

「…………へ」

つばきさんはしばしぽかんとした後、何か納得いかない様子で、「いえ、あ、あの！」と巡さんの背に声をかけた。

「なによ」

「いえ、なによ、じゃなくてですね。私は、無関係なスキャンダルで、貴女達の関係性を壊してしまおうとしたわけで――」

「え、まだその話？」

「え、いつ終わったんですかこの話⁉」

「貴女が謝った時点で終わったでしょ？　ねえ杉崎」

そう話を振《ふ》られた杉崎君もまた、普通《ふつう》に「ああ、そりゃそうだ」とつばきさんに返す。

「まあ善樹とのうんたらかんたらは、これから好きに話し合ってくれたらいいが。スキャンダルの件に関しては、これにて一件落着だろ」

「で、でも、私のせいで色々大事《おおごと》に……もう取り返しが……」

「別に取り返しつけろなんて言ってないでしょ、私は」

「え？」

そう言って、巡さんはなぜか少し赤らめた頬をぽりぽりと掻《か》く。

「取り返しのつかないことなんか、私だってついさっきしたわよ。……で、でも、そうなったらもう、前に進むしかないじゃない！　無かったことに出来ないんだったら、せめてそれから出来ることで補うしかないじゃないの。……それが悪い事だった場合は、自分で元通りに出来ないんだったら、まずは謝るのが道理でしょ。で、あんたは謝った。私はそれを受けた。……どう考えたって、一旦《いったん》は解決じゃない」

「……で、でも、全然償《つぐな》いが足りて……」

「あ、大丈夫《だいじょうぶ》、その辺は追々、貴女が一生私の下僕として働くことで返して貰《もら》うから」

「え」

「ま、まあそれはさておき」

つばきさんが固まってしまったので、話が変な方向に行く前にボクが引き取る。

「さっき車の中で二人にも聞いたけど、スキャンダルの件は、まあなんとかなりそうらしいし。そもそも、こうやって誤解解けている時点で、結果としてボク達の関係性は全然壊れなかったわけで、つばきさんが思いつめているほどは、深刻な事態じゃないはずだよ」

「でも……それで無かったことには……」

「うん、ならないね」

「…………」

「ボクが逃《に》げたことで、つばきさんが過ごすことになってしまった、辛《つら》い一年と同じで」

「……善樹君」

つばきさんが胸の前で拳《こぶし》をぎゅうと握《にぎ》り込み、少し俯いて、唇《くちびる》を噛《か》む。……スキャンダルの件に関して後悔と反省はあっても、それと、ボクに対する感情は別問題だ。彼女の境《きょう》遇《ぐう》を思えば……ボクは、恨《うら》まれて、当然で。

つばきさんとボクの様子を見ていた守君が、彼らしい、優しいフォローを入れてくれる。

「え、と、祐天寺？　善樹は善樹なりにすげぇ頑張《がんば》ってて、今オレ達がコイツの友達になっているのだって、校風がいいとか、んな問題じゃなくて、単純に善樹っつう人間をオレ達が心から好きになった結果であってだな……」

「そんなの……分かってます。分かってる、けどっ！　分かってる、からこそっ！」

そこで、つばきさんは再び瞳《ひとみ》から一筋の涙《なみだ》を流す。

「私の一年は、全部、間違《まちが》ってたってことなんですよね⁉　椎名さんの言う『関係性をぶち壊す』とか、星野さんの言う『前に進む』とかっ！　そういうのが、正解で！　善樹君の行った『学校から逃げる』もそう！　それこそが、正解で！　私の……私の『耐《た》える』っていう選択《せんたく》は……あんなに辛かったのに……あんなに頑張ったのに……ただの、なんにも得られない、停滞《ていたい》したたっ、間違いでっ！」

そのつばきさんの言葉に。守君は、少し考えたあと……意外な言葉を、返した。

「かも、しんねぇな」

「ほらっ！」

今回も優しくフォローしてくれるのかなとばかり思っていたボクは驚《おどろ》いた表情で彼を見

る。守君は、ボクに軽く頷《うなず》いて、話を続けた。

「オレもさ、ある関係性を動かすのが、ずっと怖《こわ》くてさ。辛い状況《じょうきょう》があっても、何も言わねぇで、タイミング計ってたんだけどよ……ハハッ、気付いたら、完全に逃《のが》しちまってた」

すぐに、それは深夏さんのことだと気付いた。杉崎君と深夏さんは守君が何を言っているのかよく分かってないみたいだけど……それが分かるボクと巡さんは、彼の痛々しい表情が、とても、辛くて。

それでも、守君は、笑みを絶やさずに続ける。

「でもオレさ、祐天寺と違うことが一つあってさ」

「……なんですか」

つばきさんの問いに。一拍《いっぱく》置いて、守君が、澄《す》み切った笑顔で答える。

「楽しかったんだ、ただ立ち止まっていただけの、期間もさ。充分《じゅうぶん》に」

「……それは、良かったですね。でも私は……」

「綱島さんだっけ？　その親友が出来たことも、祐天寺にとって、間違いの一括《ひとくく》りでいいのか？」

「……詭弁《きべん》です、そんなの」

「だな。でも何か悪いのか、詭弁が。そんなに自分の人生否定することが、大事か？」

「…………」

「オレのも、確かに逃げさ。自分の勇気の無さの、言い訳さ。でもやっぱ……うん、楽しかったよ、この停滞期間も。悪く無かったと、思う。面白ぇこと、沢山《たくさん》あった。……祐天寺の一年はさ。そりゃ、悲しい一年だったかもだけどさ。そこで得たものって、本当に、なんもねぇのかな。姉貴の言うことに便乗するみてぇだけどさ。もし何か後悔してんだったら、それは、次に活かせばいいじゃねぇか」

「次なんて……」

「なんせ、幸いなことに、オレ達まだ二年、だしなっ！」

「まだ二年……ですか」

そこで、つばきさんが自嘲《じちょう》気味に笑う。しばらく笑い、最後に空を見上げると、泣きそうな顔で彼女は呟《つぶや》いた。

「そう、まだ二年、ですね。……私はあと一年、あそこで、過ごしていくんですね……」

『…………』

再び、沈黙《ちんもく》が重くのしかかる。

最初に口を開いたのは――杉崎君だった。

「それは、祐天寺さん次第《しだい》じゃねえの？」

「…………」

「なあ善樹？」

何かを言いたげな様子で、ボクに話を振ってくれる杉崎君。ボクは彼に頷き返し、そして、彼女に声をかけた。

「つばきさん。ボク、ずっと考えてたことがあって。綱島さんからつばきさんの話を聞いた時に、急遽《きゅうきょ》予定を前倒《まえだお》しして今日話そうと思ってたんだけど――」

そう、いよいよ本題を切り出した時だった。

「居た！　祐天寺ー！」

唐突に、広場に声が響《ひび》き渡《わた》る。驚いて見ると、そこには、どこか見覚えのある集団が来ていた。……海陰の生徒、か。

「やっべ、どうする⁉」

守君が慌《あわ》て、深夏さんの顔を見る。深夏さんは即座《そくざ》に、つばきさんの手を摑《つか》んだ。

「一旦《いったんに》逃げるぞ、つばき！」

「……もういいです」

「え？」

深夏さんが手を引いても動かないつばきさん。驚く碧陽の面々に、つばきさんは、力の無い微笑《びしょう》を向けた。

「善樹君に言いたいことは、全部言いました。巡さんに謝罪も出来ました。……これ以上、彼らから私が逃げる理由は、ありません。……あ、でも、善樹君は逃げて。あの様子だと流石《さすが》にもう何するか――」

そう、つばきさんが言いかけた時だった。

ボクは杉崎君の目を見て頷き、ザッと集団の方へと足を向ける。

「え、ちょ、なにして――」

慌てる、つばきさんを始めとしたメンバー。しかしそれらを杉崎君が止める。

「善樹、言いたいこと、言ってやれ！」

ぐっと親指を立てて笑いかけてくれる杉崎君。……やっぱり、凄《すご》いな、杉崎君は。普段《ふだん》はボクから逃げ回ってばかりなのに、こういう時は、誰《だれ》よりボクの意図を理解してくれていて。誰より……ボクの先を、歩いてくれていて。

でも。

もう、彼の後ろを歩いているだけじゃ、ダメだと、思うから。

後ろじゃなくて、横に。ううん、いつかは、その先をも歩きたいと、思うから。

だから。

ボクは。

「お前っ、中目黒か⁉」「あ、アンタのせいでつばきはねぇ！」

酷《ひど》い剣幕《けんまく》でつっかかってくる海陰高校の生徒七人に、一瞬《いっしゅん》怯《ひる》みそうになりつつも。

ボクは。

胸を張って、告げることにした。

「つばきさんの、クラスメイトの皆《みな》さん――」

「おう、言ったれ中目黒！」

杉崎君がボクを思いっきり後押ししてくれている。他の皆《みんな》は彼が何を言っているのか分からない様子だけど、ボクにはしっかり伝わっているよ、杉崎君の意志。

そうだよね。杉崎君は、そういう人さ。何もかも、他校の生徒さえも、自分の手で守ってやろうって、そういう考えが出来る。つまり次に出てくる言葉は——

「祐天寺つばきは来年から碧陽に転入させるって、言って——」

そういう、考え方。実に彼らしい。つばきさんも、驚きで彼の方を振《ふ》り返《かえ》る。

だけどね。

ごめんね、杉崎君。ボクの考え方は、そうじゃ、なかったんだ。

ボクは。

目の前の、海陰高校の生徒達に。

深々と、頭を下げる。

「来年から海陰高校で一緒《いっしょ》に学ばせて頂きます、中目黒善樹と言います！　これから、またよろしくお願い致《いた》します！」

＊

逃げることが必ずしも悪いことだなんて、今でも思っていない。

正面から戦うことこそ正解だと、男らしさみたいなものに目覚めたわけでもない。

ただ。

いつの頃《ころ》からか。


ボクは、海陰に戻《もど》りたいと、思うようになっていた。


「なに……言ってんだ、お前」

目の前の元同級生達が啞然《あぜん》としている。ボクは、あくまで笑顔のままで、先を続ける。

「そのまんまだよ。もう手続きは殆《ほとん》ど終わっていて、具体的には春休み明けの新学期から、正式に海陰に戻ることになっているんだ。だから、また、よろしく！」

なんの裏もない笑顔で、彼らに握手《あくしゅ》を求めて手を差し出す。しかし、それが握《にぎ》り返されることはない。戸惑《とまど》いの表情を向けられるばかりで、握手どころかむしろ後退までされてしまって。……まあ、当然だよね。

ボクは落ち込むことなく、一旦手を引きながらも、笑顔は保ち続けた。

しかし、今度は背後の……碧陽の皆から、戸惑いの声が上がる。

「おい……中目黒？」「な、なに言い出してんのよ、下僕《げぼく》」「あたし、なんか聞《き》き間違《まちが》えたか？」「善樹！　どういうことだよ⁉」

一斉《いっせい》にガヤガヤと喋《しゃべ》り出す、相変わらず「らしい」皆を、苦笑《くしょう》しながら振り返る。皆が少し怒《おこ》ったような様子でこちらに近付いてくる中……ただ一人、呆然《ぼうぜん》とした表情でボクを見つめる女子が居た。

「なんで……なんでよ、善樹君」

その、誰よりもか細く、しかし誰よりも場に響いた声に、二年B組の皆は勿論《もちろん》、海陰の生徒達の視線も吸い寄せられる。

皆が注目する中、彼女——つばきさんは、ゆっくりとボクに近付いてきながら、問いかけてきた。

「なに、言ってるのよ。ねえ。嘘《うそ》……なんでしょ？」

「え、嘘じゃないよ。っていうか、こんな嘘つく理由が無いよ」

キョトンとするボク。瞬間《しゅんかん》、つばきさんは思いきり地を蹴《け》り、まるで体当たりするかのようにボクに向かってきて、再び胸元を掴んできた。

「嘘よ！　嘘って言いなさいよ！　どうせまた、薄《うす》っぺらい言葉なんでしょう！　私を憐《あわ》れんで、その場の空気でテキトーなこと言っているだけなんでしょう！　ねえ！」

「……うん、そうだね。今までのボクを考えたら、そういう風に思われて、当然だと思う」

「ほらっ！」

「だからこれ、持って来たよ。学校の書類は難しかったから、実家に荷物引き上げるための、引《ひ》っ越《こ》し業者への依頼書《いらいしょ》。春休み中で混み合いそうだから、ちょっと前に予約してあったんだ」

ポケットから取り出した紙をつばきさんはひったくるように確認し、「うそ……」と体から力が抜《ぬ》けたように腕《うで》をダラリと垂らす。その手から、巡さんが更《さら》に「ちょっと見せなさい！」と用紙を奪《うば》い取り、二年B組の皆で競うようにして内容を確認。その間、海陰の生徒達はただただ呆然としていた。

ボクは改めて、つばきさんに向き直る。

「本当に戻るよ、ボクは。海陰に」

「なんで……そんな……」

つばきさんは怒《いか》りとも悲しみともとれる複雑な顔で、ボクを睨《にら》み付けてくる。

「私に、同情して？　私を、助けるため？……あの杉崎とかっていう人が言ってた『碧陽に来い』と同じ――ううん、もっと偽善《ぎぜん》的な理由で、私のために――」

「ううん、つばきさんには悪いけど、そういう理由は、半分も無いかな」

「じゃあ……じゃあ、一体なんで……」

つばきさんのその言葉に、碧陽の皆も、追従してきた。

「そうだぜ、善樹！　オレは全然納得いかねぇ！」

「アンタ、勝手なこと言ってるんじゃないわよ！　私がそんなの許すとでも⁉」

「宇宙姉弟《きょうだい》の言う通りだぜ！　だったらあたしも、鍵が言っていた『つばきを碧陽に呼ぶ』っつう選択肢《せんたくし》の方に賛成だ！　絶対そっちの方がいいだろ！」

姉弟と深夏さんが、心から怒りを顕《あら》わにしてくれている。……不謹慎《ふきんしん》だけど、ありがたいなって、思った。ボクが転校するってことに……こんなに、真剣《しんけん》になってくれるなんて。

ああ、碧陽に来られて、本当に良かった。

そして……最後に、杉崎君が、他の三人より落ち着いたトーンで……だからこそ、凄みを感じさせる雰囲気《ふんいき》を伴《ともな》って、ボクに、問いかけてきた。

「どういう、つもりだよ。おい中目黒――いや、善樹」

彼の、普段のおちゃらけた態度からは考えられないほどドスの利いた声に、彼を知る二年B組のメンバーのみならず、つばきさんや海陰の生徒まで圧倒《あっとう》される。

ああ……やっぱり凄いな、杉崎君は。他人のことでこそ本気になれるって……漫画《まんが》やアニメの中でしかありえないような善意を、本当に心の核《かく》に持っていて。だからこそ、ボクは……皆は、彼のことが大好きで。最後の最後で、誰も、彼にはかないそうになくて。

でも。

ボクにも、譲《ゆず》れないものは、あるから。

ボクは、正面から、杉崎君の目を、しっかりと見つめた。

「ボクは、心から帰りたいと思っているだけだよ。海陰に」

「ざけんなっ！」

広場全体に響《ひび》き渡《わた》るような怒号《どごう》に、その場の全員が何も言えなくなる。……数か月前からしっかり決意を固めていたはずのボクさえ、後ずさりしそうになる。

だけど、退《ひ》くわけには、いかない。

ボクらが気圧《けお》されている間に、杉崎君は更に続けてきた。

「戻ってなんになるよ！　無理に立ち向かって、なんになるよ！　ああっ、カッコイイな その選択！　痺《しび》れるぜ！　だけど俺は認めねぇ！　いくらカッコよくたって、ダチが自分から苦境に飛び込んでいくのを、はいそうですかと見送れるわけねぇだろうが！」

「杉崎君……ありがとうね」

「んな言葉が聞きたいわけじゃねえ！　分かってんだろう、善樹！　いつか俺はお前の前で宣言しただろう！『二年B組の一存で、お前は、今日から俺達のかけがえのない仲間だっ！』って！　もうお前はうちの、碧陽の、二年B組の……俺達のもんなんだよ！　誰がっ！　誰がそんな、お前の価値も分かんねぇバカどもに渡すもんかっ！」

「でもね、杉崎君――」

「うっさい！　祐天寺さんの言う通りだ！　お前のその優《やさ》しさは美徳でもあるが、やりすぎなんだよ！　祐天寺さんの件が気になるなら、彼女もうちに転校させりゃあいい！　美少女は大歓迎《だいかんげい》だ！　俺が全部まとめて責任もって面倒《めんどう》見てやる！」

「杉崎君。つばきさんにも都合ってものがあると思うけど」

「転校なんかほいほい出来ねぇか？　ああ、そうだろうな！　だからこそ、それを押し通したお前は凄ぇんだよ！　だからこそ、そこまでしたお前は幸せを摑《つか》んだんだよ！　言っちゃなんだが、祐天寺さんの件でお前にある責任なんて一割がいいとこだ！　残りは八割自己責任、一割運ってとこだろうが！　諸事情とやらで転校出来ねえっつうんなら、そっから先はもう祐天寺さんが自分でなんとかすべき話だろう！　違《ちが》うか⁉」

杉崎君の厳しい言葉に。しかし、つばきさんが「そうよ……」と力なく呟《つぶや》く。

「もう、いいよ、善樹君。……ごめんね、私、分かったから。善樹君が、本気だってこと、充分《じゆうぶん》伝わってきたから」

そこまで言って、つばきさんは目に涙《なみだ》を溜《た》めて——しかし、微笑を浮《う》かべて、ボクを見つめてきた。

「そもそも善樹君が何も悪くないことだって……私が辛《つら》いのは、私の責任だって、分かっていたから。……ん、もう、大丈夫《だいじようぶ》だからさ。なんか今日のことでスッキリしたし、私は、これからの一年も頑張《がんば》って——」

「二人とも、いい加減にしてよ」

『⁉』

ボクの静かな――しかし苛立《いらだ》ちを含《ふく》ませた言葉に、二人が詰《つ》まる。

ボクは彼らが黙《だま》ったのを確認して、一度深呼吸してから続けた。

「さっきから聞いていればさ。ボクを優しい優しいって、優しさしか行動基準にない聖人君子みたいにさ。さっきも言ったけど、つばきさんのために、なんて理由は半分も無いよ。変な話、つばきさんが入れ違いに転校したって、ボクは、変わらず海陰に戻るよ」

「じゃあ……一体何が理由で」

杉崎君の問いに。ボクは、もう一度、同じ答えを返す。

「ボクが、帰りたいから、だよ。心から」

「だから嘘つく――」

「嘘じゃない！」

「っ！」

今までに殆《ほとん》ど出したことのない大声で、怒鳴《どな》りつける。

ボクは、瞳《ひとみ》に決意を滾《たぎ》らせて、杉崎君を見返した。

「嘘じゃない。嘘じゃないよ、杉崎君」

「…………」

「杉崎君はさ、ボクを、ちょっと甘く見過ぎだよ。いや……うん、それは、今までのボク

を正確に捉《とら》えているから、間違《まちが》いじゃあないんだけど、さ」

「そんなことは……」

「……ボクはね、杉崎君。碧陽の皆《みんな》が大好きだよ」

言いながら、巡さん、守君、深夏さんを見る。……皆、本当に、いい人達。ボクの、心から大事な、人達。

「だったら余計……」

意味が分からないといった風の杉崎君に、ボクは話を続ける。

「皆さ、凄《すご》く輝《かがや》いていて。碧陽自体凄くいい校風だと思うけど、中でも、杉崎君達の輝きは、一際《ひときわ》明るくてさ。そこに仲間に加えて貰《もら》えたボクは、本当に幸せな一年を送らせて貰ったと、思う」

「……そうよ」

突然《とつぜん》に、つばきさんが声をあげる。そうして、今までとは違った、優しい怒りを含んだ睨みを、ボクに向けて来た。

「あんな、陽だまりみたいな、羨《うらや》ましい……凄く羨ましい場所を、友達を、捨てる必要なんてない。……壊《こわ》そうとした私が言うことじゃないけど……でも、だからこそ！」

「捨てないよ。離《はな》れたからって、友達じゃなくなるわけじゃない」

「そういう詭弁《きべん》を私に使わないで！」

「……ん、そうだね。離れて、失われるものも、あるよね。ごめん。……だけどね、ボクは、碧陽を捨てて、海陰に戻《もど》るんじゃ、ないよ」

「どういうことだよ」

杉崎君が、ボクに答えを求めてくる。ボクは……それに、胸を張って、答えた。

「ボクは海陰で、皆と同じ輝きを、手に入れてきたいんだ」

「…………」

ボクの言葉に、杉崎君はまだ納得いってない様子だ。しかし、意外なところから援護射撃《えんごしゃげき》が来る。

「……うん、私は分かるわよ、下僕。その、アンタの気持ち」

「巡さん？」

ツカツカと、前に出てきた巡さんが、ボクの肩《かた》にぽんと手を置く。

「後ろ、追いかけたいんじゃない。横とか、場合によっては、前を歩きたいのよね？」

「……うん」

「そっか。……だったら、同志の私は、応援《おうえん》しないわけには、いかないわね」

「お、おい、巡？」

急にボク側についた巡さんに、杉崎君は戸惑《とまど》いを隠《かく》せない様子だった。

更《さら》には、守君までボクの側にやってくる。

「停滞《ていたい》していた期間も、悪く、なかったよな？」

「勿論《もちろん》。凄く楽しかったよ！」

「でも、前に進みたく、なったんだな？　たとえそれが、分の悪い戦いでも」

「うん。守君と同じように、ね」

「……そか。だったら、オレも応援しねぇわけにはいかねぇな！　男として！」

「ちょ、なに言ってんだ、守まで……」

宇宙姉弟《きょうだい》の変わり身に、取り残されたように杉崎君と深夏さんが呆然《ぼうぜん》としている。

……まったく、この二人は——いや、生徒会の人達は本当に……。

ただ、こういう気持ちは説明して伝えられることじゃない。たまたま、宇宙姉弟は同じ志《こころざし》を抱《いだ》いてくれていただけで。現に、つばきさんも海陰の面々もぽかんとしたままだし。

『…………』

悔《くや》しそうにしてくれている二人を見つめ……すぐには納得してくれないんだろうなぁ、

とは思いつつも。

いつまでも、ここに立ち止まっては、いられないから。

最後にボクは、とびきりの笑顔で、決意を、告げた。

「ボク、中目黒善樹は、この碧陽学園を皆より少しだけ早く、卒業させて貰います！」

椎名深夏　編

善樹が衝撃《しょうげき》の告白をしてから約十分。現在あたしと守は、帰宅のため街の中を歩いている。そこに会話は一切《いっさい》無い。

……あれからすぐ、善樹の仕切りで広場の集まりは解散となった。友達の覚悟《かくご》を伴《ともな》った転校告白に呆然としてしまったあたしたちは勿論、それまでいきりたっていたはずの海陰の生徒さえ、善樹の言葉に素直に従ったぐらいだ。

そもそもは旅行をしに来ただけの集団だ。つばきも戻る以上、引き下がらない理由も無かったんだろう。それに加えて、目の前で行われたつばきや善樹、そして鍵の口論の熱に、元々流れで暴走していたようなところのある集団が、流石《さすが》に冷静になった、という側面も強いだろうが。

あたし達碧陽のメンバーも、言いたいことはまだいくらでもあったが、善樹自身が今日は遅《おそ》いし皆もそれぞれ用事があったはずだと解散を進めてきたので、渋々《しぶしぶ》解散となった。

元々、宇宙姉弟は転校賛成派に回ってたし。鍵は鍵で善樹に言い負かされたカタチになってしまっていたし、あたしも……実は鍵が言ったこと全《すべ》てがそのままあたしの意見でもあったから、これ以上あたしが何か言っても感情論にしかならないことを自覚して、悔しくは思いながらも、その場は引き下がった。

そうして。再び、それぞれが、それぞれの放課後に戻った。

『…………』

守もあたしも、無言で街中を歩く。この十分、色んなことを考えた。考えに、考えに、考えた。考えたけど……。

「あぁー！」

あたしは唐突《とうとつ》に声を上げる。当然のことに驚《おどろ》いた守が目をぱちくりしていた。

「ど、どうした深夏、急に？」

その問いに、あたしは髪《かみ》をくしゃくしゃと搔《か》きむしりながら返した。

「わっかんねぇ！　一杯《いっぱい》考えたけど……やっぱ納得いかねぇ！　なんで転校なんだよ！」

「深夏……」

呆《あき》れたような態度をとる守に——転校賛成派の彼に、あたしは半ば八つ当たりのように訊《たず》ねる。

「善樹が、善樹なりに真剣《しんけん》に考えて出した結論だっつうのは、あたしだって理解したよ！　理解したさ！　だけどっ！　やっぱ感情が追いつかねぇよ！　なんで転校なんだよ！」

「お前だって転校するだろう？」

守に不思議そうに訊《たず》ねられて、あたしは一瞬《いっしゅん》詰まった。そうだ。善樹が転校してもしなくても、どちらにせよあたし達は別れを迎《むか》える。単純にあたし視点で見れば、そこまで悔しがる理由は無ぇ。だけどっ！

「なんか……なんかモヤモヤすんだよ！　そうだ、お前にもさっき言ったよな!?　あたしは来年で居なくなっちまうけど……だからこそ、鍵の周りは賑《にぎ》やかなままでいて欲しいって！　いや鍵に限らねぇよ！　二年B組の皆が、楽しそうにしてて欲しいんだよ、あたしはっ！　そこに自分が居ないからこそ、余計に！」

あたしのその、自分でもよく分からない発言に。守は……あたしが一度も見たことの無い大人びた微笑《びしょう》を、浮《う》かべた。

そして、サラリと、妙《みょう》なことを言ってくる。

「やっぱ、深夏は深夏だな。オレの好きになった女は、確かに、そういうヤツだ」

「——は？　なに言ってんだよ守、こんな時に」

唐突に鍵みたいなこと言い出した守に、あたしは少し苛立《いらだ》ちを見せる。なにもこんな話題の時にふざけないでも……。

しかしそんなあたしの考えに反して、守の表情は変わらず柔和《にゅうわ》で……そして真剣だった。

「……守？」

彼の、その雰囲気《ふんいき》に。あたしは思わず立ち止まり……居住まいを正して、向き直る。彼も立ち止まる中、あたしは、ごくりと唾《つば》を飲んだ後に、聞いた。

「もしかして……本気で、言ってる。のか？」

「ああ、本気に決まってるだろう。っつうか、今日はずっとそう言ってんだけどな」

苦笑《くしょう》する守に、あたしは呆然とする。あたしが……好き？　守が？

「だって、お前、鍵が……」

「それは勘違《かんちが》いだって」

「また、そんな——」

照れ隠しを……と、続けようとして。守の、本当に少しだけ困ったような、はにかんだような表情が目に入ってしまう。それは、さっきまでは見られなかった顔で。それだけに……妙に、本気さが伝わってくる、顔で。

「…………」

あたしは何も言えず、思わず黙《だま》り込んでしまった。そのまま、パクパクと口を動かそうとするも、全く声が出ないという時間が、十秒以上続いてしまう。

最初は、守の告白に対する衝撃が理由で。しかしすぐにそれは、自分が如何《いか》に馬鹿《ばか》な勘違いをしたのかという恥《は》ずかしさに変わり、そして最後に——どれだけあたしがこの友人を傷付けて来たのかという、圧倒的《あっとうてき》な痛みへと、変わり。

あたしのそんな様子に気付いたのか、守が気遣《きづか》った様子で声をかけてきてくれる。

「そんな顔すんなよ深夏。善樹の話の最中も言ったけど、オレはずっと楽しかったぜ？　そりゃ切ないこと、傷つくこと、無かったとは言わねぇけど……それも含《ふく》めて、オレはこの恋《こい》を全肯定《こうてい》してっからな。少なくとも、お前が何か責任感じる必要はねぇよ」

「でも……だって、お前……。いや、その、とにかく、すま——」

「謝んな！」

「っ」

いきなりの怒声《どせい》に、びくりと肩を震《ふる》わす。穏和《おんわ》な守が、本気であたしに怒《いか》りの視線を向けてきていた。あたしは、息を呑《の》んで、黙り込む。

彼は一度深呼吸して落ち着いた様子を見せると、「わりっ」と謝ってから続けてきた。

「フられたりするのは、仕方ねぇけど……オレの恋自体を否定すんのは、流石に勘弁《かんべん》してくれねぇか。そっちの方がキツイ」

「……ごめん。あ、いや、このごめんは――」

「ははっ、分かってるよ」

「ああ……」

「………」

お互《たが》い、無言になってしまう。……何を言っていいのか、分からなかった。善樹のことでただでさえ混乱しているところに、守の告白と、それに伴う自分の愚《おろ》かさの認識で……。

あたしが一杯一杯《いっぱいいっぱい》になっていると、唐突に守が帰路を再び歩き出した。慌《あわ》ててついていく。しばらくして、歩くことで彼と正面から向き合わずに済んで少し落ち着いてきたところで、守がそれを見計らったように、ゆっくりと喋《しゃべ》り出した。

「とりあえず、善樹の一件だけどさ」

「あ、ああ」

守が凄《すご》く気を遣《つか》ってくれているのが分かる。……しっかりしろ、あたし！

覚悟を決めて、活を入れ直し、歩きながら呼吸を整える。

「お前のその気持ちは、すっげぇ分かるし、同時に、感心もする。さっき言ったように、それでこそオレの好きな椎名深夏だって、そう思えるぐらいにはさ」

「……あ、ああ」

会話の中にサラリと好きという単語が入って来て、また動揺《どうよう》してしまう。そして同時に……そうか、あたしも鍵に対して同じようなことをしていたのかと実感した。もしかしたらこいつ、少しわざとやっているのかもしれない。目的は分からないが。

守は、あたしと対照《たいしょう》的に落《お》ち着《つ》き払《はら》った様子で続ける。

「でもさ、善樹の言った通りだよ。オレも、杉崎……そしてお前は、善樹を甘く見過ぎていると思う」

「そんなこと……」

「いや、甘く見ている、という言い方はちょっと悪いかな。なんつうかな……オレや姉貴は善樹を『同志』として見ているけど、お前と杉崎は、『保護対象』みたいに見ているフシあるっつうか。極端《きょくたん》な話、親目線みたいなのちょっと入ってんだよな」

「…………」

否定、出来なかった。だけどそれは――。

「みなまで言うな、みなまで言うな」

守がニヤリと笑ってそんなセリフを使う。あたしは……とてもじゃないけど、笑えなかった。すぐに守が続ける。

「それは、善樹だけに対するものじゃねえよ。うん、でもそこが、お前と杉崎にどうしようもなく共通している点でさ。なんか基本『守る側』の考え方なんだよ。あー、どっちも、ちょっと手のかかる妹がいるからなのかなぁ。そこら辺の分析《ぶんせき》は得意じゃねぇけど」

「…………」

指摘《してき》されて、言われてみればそうかもしれないと思う。自分のことなのに、改めて考えてもみなかった。守る側の考え方……。

「さっきから言っているように、それは全然悪いことじゃねぇよ？　っつうかむしろ、オレがお前に好意を抱いている理由の一つでもあるしな。……また勘違いされかねないこと言うと……悔しいけど、その点において、オレは杉崎を尊敬してるし、敵《かな》わねぇなぁって思うところでも、ある」

「……だったら」

「みなまで言うな、みなまで言うな」

またも笑ってそのセリフを使う守。少しイラッとして注意しようとしたが……彼の表情を覗《のぞ》き見《み》て、すぐにやめた。……あたしの方を見てない時、そんな泣きそうな顔してたのかよ……お前。

「そう、杉崎や深夏の言うことは、何も間違《まちが》っちゃいねぇよ。っつうか善樹自身、嬉《うれ》しかったと思う。友達冥利《みょうり》に尽《つ》きるだろう、あんな熱い引き留めの言葉。……だけどさ、だからこそさ、善樹は、戦うことを選んだんだろうとも、思うぜ」

「戦う……」

呟《つぶや》いて、あたしは俯《うつむ》く。……戦う。あたしの好きな選択《せんたく》だ。逃《に》げる。あたしの嫌《きら》いな選択だ。だけど……善樹が逃げずに戦うと決めたら、あたしはそれに反対したくなる。大事な友人が苦境に立ち向かおうとするのは、どうしても止めたくなる。鍵と同じに。

自分の身勝手な考え方に辟易《へきえき》していると、守があたしに微笑を向けてくれた。

「だから、お前が間違っているとかじゃねぇんだって。善樹が正解とも言ってねぇ。ただ……分かって、やれねぇかな。守られる側のままでいたくねぇって、思っちまう男の子の気概《きがい》、みたいなものをさ」

「…………」

言われて、ふと、真冬《まふゆ》のことを思った。……そうだ。あいつは、あたしが考えるより、ずっとずっと強いヤツで。自分こそが、真冬に守られている部分も、多々あって。だからこそあたしは、余計に真冬を――。

「……そう、か」

突然《とつぜん》何かがしっくりと来てしまって、ぽけっとしてしまう。守は笑って訊ねてきた。

「納得したか？」

その問いに、あたしは、首を横に振《ふ》りつつも……微笑を、浮かべる。

「いや、納得はいかねぇよ。あたしやっぱりあいつの友達だから。だけど……うん、理解は、出来たかな。だから、もう決めたっつうんだったら……うん、応援《おうえん》してやりてぇ」

「そっか。良かった」

ほっとした様子の守に、「サンキュな、守」と感謝を示す。お互いに微笑み合い……ようやく、いつものペースを取《と》り戻《もど》す。

『…………』

そして、沈黙《ちんもく》。しかし今回の沈黙は、同じ沈黙でも、悪くない空気の沈黙だ。お互いが前を向いたままの、沈黙だ。だからあたしは……その間、たっぷりと言葉を考え。そして、約五分後、隣《となり》を歩いたまま、しかし、気持ちは彼にしっかりと向けて、言葉を、紡《つむ》いだ。

「あたしは、鍵が好きだ」

「……ああ」

分かっていた、という様子で動揺もなく返してくる守。あたしは、本当を言えばこれ以上続けたりはしたくなかったが……それでも、守が大事な友達だからこそ、けじめのために、続ける。

「理由は、分からねぇ。アイツエロいし、あたしじゃなくても美少女なら誰《だれ》でも良い軟派《なんぱ》野郎《やろう》だし、あろうことか真冬も毒牙《どくが》にかけようとしているし……」

「まあ、オレから見ても普通《ふつう》に最低な男の部類だわな」

「だろうな。だけど……やっぱ、どうしようもなく、好きなんだわ」

守に対して残酷《ざんこく》だとは分かりつつも、思わずはにかんで笑ってしまう。守は黙って聞いてくれていた。

「あいつと一緒《いっしょ》にいると、すっげぇ楽しい。勿論《もちろん》、友達の皆《みんな》とか、生徒会の皆といる時も楽しいけどさ。あいつと一緒の時は……心が芯《しん》から、ぽっぽしているっつうのかな。ワクワクとか、ドキドキとか……そういうのが、無条件に溢《あふ》れ出てくるんだ。そうして気付いたら、いっつも思ってんだよ。早く会いたいなぁって」

「そっか……」

「だから、理由は、あるっちゃあるし、無いっちゃ無ぇんだ。いや、良い所なら沢山《たくさん》あげられるぜ？　優しいところとか、頼《たよ》れるところとか、努力家なところとか、誰よりも傷つきやすいところとか、人を幸せにすることだけ考えているところとか……。だけど、そういうの、全部後付けみたいなもんでさ。大事な部分は、うまく言葉に出来ねぇ。だから……うまく納得させられなかったら、悪ぃ」

「いや……大丈夫《だいじょうぶ》。言いたいこと、分かる」

守が頷《うなず》く。あたしは、好きな人のことを活き活き語る自分に自分で照れつつも、更《さら》に続ける。

「そういう意味じゃ、守も、善樹も、同性の巡だって、あたしは凄くいいヤツだと思っているさ。そこに優劣《ゆうれつ》なんてねぇよ。皆、鍵と同じぐらい……いやそれ以上にだって、全員、魅力《みりょく》的なヤツだと思う。だけど……こればっかりは、どうしようもねぇ。あたしは、鍵が、好きなんだ。比べるとかじゃなくて。優劣とかじゃなくて。好き、なんだ」

「…………」

「だから、守……」

「ああ……」

守が、こちらを向く。あたしもそれに応《こた》えるため、立ち止まり、しっかり向き合う。

……彼は、あたしが何を言おうとしているのか分かっているだろうに、笑顔だった。だから……だからこそあたしも、精一杯《せいいっぱい》の誠意を振り絞《しぼ》って――友達を深く斬《き》りつける言葉を――涙《なみだ》を堪《こら》えて、思いっきり頭を下げながら、告げる。

「ごめん。守の気持ちには、応えられない。あたしは杉崎鍵が、大好きだから」

「……ああ」

守から返ってきた答えは、それだけだった。悲しみも、怒りもない。むしろ……どこか、喜びさえ思わせるような、そんな、呟きだった。

その雰囲気《ふんいき》にあたしは少しだけ安堵《あんど》し、下げていた頭を上げ――

「――――」

すぐに、目の前の光景に、打ちのめされた。

「う……ぐ、ぅ」

「――――」

そこでは。

守が。

大切な、友達が。

瞳《ひとみ》から大粒《おおつぶ》の涙をボロボロ流し、嗚咽《おえつ》を、漏《も》らしていて。

「…………」

「ぐ、う、ぅ」

必死で声を、涙を止めようと、袖《そで》で涙を拭《ぬぐ》っては、そのまま腕《うで》で口を塞《ふさ》ぐようにする。

とても。

とても、見ていられない、痛々しさで。

だというのに守は、どうにかそれを押し殺そうとしながら、あたしに、語りかけてくる。

「わ……るい、な、深夏……」

「え？」

守は、腕で目を隠《かく》し……どうにか、口元だけ微笑《びしょう》を浮《う》かべて、あたしに告げてきた。

「覚悟《かくご》は、とっくに出来てた、つもりだったんだけどな。はは……わ、わりぃ。なんか、だ、ダメだった。ホント……ごめんな、深夏」

「いや、そんな……」

「き、気にすんな。ホントのホントに、覚悟は、出来てたんだ。っつぅか、お前と杉崎のこと、応援出来るぐらいには、整理も、ちゃんと、ついていたはずでさ。だからこれは……なんでも、ねぇんだ。ただ……ただ……今のオレじゃなくて……ずっとお前を好きだったオレが、泣いちまっているだけで」

「…………」

あたしは、守に、なんて声をかけていいか分からなかった。……今までも、告白されたことなら、あった。それを、断ったことも。だけど……だけど、守に対するそれは、今までとまるで比較《ひかく》にならない、痛みで。

だけどそんなあたしを、守は……自分がこんな状況《じょうきょう》だってのに、気遣《きづか》ってくれて。

「深夏……行って、くれねぇ、かな」

「え……」

「先に、さ。ほら、新しい父親と家族で食事、あるんだろう？」

「だけど……お前」

「行け。……行って、くれ」

「…………」

「オレをさ……思いっきり、泣かせて、くれねぇかな。お前の前じゃ……必死で抑《おさ》えようとして、余計、辛《つら》いから。だから……行って、くれねぇかな」

「…………」

「…………分かった」

「頼《たの》む」

それは、無責任な選択なのだろうか。……そうかもしんねぇ。だけど、今のあたしには……こんな守を見てさえも、全く揺《ゆ》らぐことなく鍵が好きだと言えてしまうあたしには、ここで、彼に出来ることは、もう、何もなくて。

悔《くや》しいけど。

守の友達としてのあたしは、悔しさで、舌を噛《か》みちぎってしまいそうだけれど。

それでも。

「……じゃあな、守。また……学校で」

「ああ……じゃあな、深夏。また、学校で」

最後に目から腕を外し、その充血《じゅうけつ》した目でニコッと笑ってくれた彼に、あたしも精一杯の笑顔を返して、その場を離《はな》れる。

………。

戦うってことは、勝者が出て、敗者が出るってことだ。

なぜだか、今更《いまさら》ながらに、そんな単純なことを思い知る。そして、時に負けることが分かっていても前に進まずにいられないヤツがいて……でもそいつが、どんなにカッコイイかって、ことも。

漫画《まんが》やなんかで、言葉だけでは理解していたはずのことを、今痛烈《つうれつ》に、胸に刻む。

そして……あたしの、鍵を好きだと自覚してからの行動は、どこかで、言葉だけの「恋《こい》」、上《うわ》っ面《つら》に躍《おど》らされていたのかもしれないとも、反省する。

でも……それを分かった上で、やっぱり、この胸には、確固たる気持ちがあって。

「(あたしは……鍵が、好きなんだ。誰を、傷付けても。この気持ちは、変えられねぇ)」

世の中にはそういうモノがあるんだ。正義とか悪とかじゃない。どうしようもなく独善的だと分かりつつも、押し通さずにはいられない気持ちって、あるんだ。

あたしがそうであるように。

守も、また、そうで。

そして動機は少し違《ちが》えど……善樹も、そう。押し通さずには、いられない。

「……ふぅ。まったく」

そして、気付いてしまう。……母さんもまた、そうだ、と。

ふと街を見渡《みわた》せば、すっかり真っ暗だ。食事の約束の時間を大幅《おおはば》に過ぎている。実は真冬や母親から何度も電話が来ていたけど、それどころじゃなかったのが半分——そして、「逃《に》げ」が半分で、あたしは、それを無視していた。

だけど——それじゃ、ダメだ。こんなんじゃ……誰より、守に、顔向けが出来ない。

「……うっし！」

あたしは帰宅のために走り出しながら、ケータイを取り出した。かけなれた番号を呼び出し——そして、決意を持って、喋《しゃべ》り出す。

「真冬？　ごめんごめん、色々あって大幅に遅《おく》れちまって。…………。いやいや、そうじゃねぇって、うん、大丈夫だ、安心しろ。…………うん。だからさ、ちょっと、伝えておいてくれ。遅れちまったけど、ちゃんと、夕食の席には行くからって。な？　母さんと、それから——」

あたしは少しだけ間を置き……そして、勇ましく前に進んだ友人達の顔を胸に、言葉を、続けた。

「父さんに、さ」

…………。

杉崎鍵　編

「え、本当ですか？」

信じられないという面持ちで、高木《たかぎ》社長に訊《たず》ね返す。彼はすっかり緊張《きんちょう》が解けた様子でにこやかな顔を、俺と巡の二人に向けて来た。

「本当だよ、安心しなさい。例のスキャンダル記事は、差《さ》し替《か》えられることになった」

その言葉と表情には、一切《いっさい》の嘘《うそ》が見られない。俺達も社長の言葉を信じ、安堵はしたものの……しかし、事情がよく分からず、すぐには喜べない。案の定、巡が怪訝《けげん》そうな表情で社長を問《と》い詰《つ》めた。

「でも下手したらもう流通一歩手前だったでしょ？　この段階から、あっさり記事差し替えって……なにがどうしてそうなったのよ」

「それは……まあ、いいじゃないか」

妙《みょう》に歯切れが悪い社長に対し、苛立《いらだ》ちを隠しきれない巡が彼の机をバンッと叩《たた》く。

「いいから、洗いざらい吐《は》きなさい」

「は、はい」

凄《すげ》ぇ、こいつ本当に社長より上だよ立場……おおよそクラスメイトとはとても思えない。

とはいえ、今回は俺も気になっているため、特に窘《たしな》めたりしないけど。

社長はハンカチで汗《あせ》をふきふきしながら、困った顔で喋り出した。

「とは言っても、実は私もよく分からないんだよ。基本的には、『上』の方から圧力がかかったっていう話なんだけど……」

「上？　圧力？　なんの話？」

「さあ……。いや、うちはうちで、ちゃんと対処したんだよ？　最終的には平井くんの機転で、過去に放送したキミのドキュメンタリー特番『嬢熱大陸《じょうねつたいりく》』の、本放送では使われてなかったクラスメイト達との日常映像を持ち出したりして、例の抱《だ》き合《あ》っているっていう場面がプロレス技《わざ》かけている流れの一場面だって証明したりして」

「おお、平井さんやるぅ」

俺は思わずひゅうと小さく口笛を吹《ふ》いた。あったあった、嬢熱大陸！　そうか、その手があったかぁと、心から感心する。

しかし、巡はそれでも微妙《びみょう》に納得いかないようだった。

「記事を間違《まちが》いだと証明したところで、そんなすぐ回収して差し替えられるような、フットワーク軽い出版社だったかしら。それに、上とか圧力って件の説明が無いけど？」

「そこが、私にもちゃんと説明して貰《もら》えないところでね。なんとなく伝え聞いた情報を統合すると、我々とは別口で非常に大きな団体からも記事に対する圧力がかかったみたいで、業界でも異例なほどスムーズな回収や差し替えに関しても、実際その団体のバックアップによるところが大きいみたいで……」

「はぁ？　なにそれ、なんで私の記事に、謎《なぞ》の団体から圧力がかかるのよ」

「さあ……でもまあ極《ごく》たまにあるよ、こういうこと。巡君も知ってるだろう？　三流俳優のラブホでの浮気《うわき》写真掲載《けいさい》しようとしたら、はじっこに大物政治家が映っていて……みたいな話」

「それはそうだけど……それは都市伝説みたいなもんでしょ」

「なんにせよ、まあ良かったじゃないか。巡君、これで納得しておこうよ。別に何か我々に被害《ひがい》があったわけでもなし、好奇心《こうきしん》で変に突っついて痛い目みるのも馬鹿《ばか》らしいだろ？この業界、そんなことだらけじゃないか」

「……ま、それもそうね」

最後の社長の言葉に、巡は驚《おどろ》く程《ほど》あっさりと納得した。……ぎょ、業界の人って、なんか凄い大人だな……。これが生徒会だったら、ぜったい突《つ》っついている。調べまくっている。果てはとんでもない大企業《だいきぎょう》の存在を暴いたりして、大人相手に無駄《むだ》に大立ち回りを演じ――うん？　なんか色々引っかかるとこあるぞ？　まあいいや、考えないでおこう。

スキャンダル騒《さわ》ぎが大事にならず収束しそうなことにホッと胸を撫《な》で下《お》ろすと同時に、そういえば今日はマネージャーのバイトをしてたんだと、今更ながらに思い出す。

「えと……それで、なんか色々ゴタゴタしてしまいましたけど、これからどうしたら？　もう時間も時間ッスけど……」

外を見ればもうすっかり陽も落ちている。俺の質問に、社長は「ああ、大丈夫《だいじょうぶ》」とにこやかに応じてくれた。

「今日の仕事は、例のＰＶ撮影《さつえい》と、あと細かな雑誌取材だけだったから。つまり、他の日にずらせるということだ。巡君と杉崎君は、もう帰宅して貰って構わないよ」

「そうなんスか。すいません、なんかマトモにマネージャー業務果たせず……。バイト代とかは結構なんで」

「いやいや、そんなことはないよ。むしろトラブルに巻き込んで済まなかったね。そういう意味でも、バイト代はきちん支払《しはら》わせてほしい。はい、これ」

手渡《てわた》しで紙袋《かみぶくろ》を渡《わた》され、恐縮《きょうしゅく》して一度断るも、巡に隣《となり》から「いいのよ、受け取っておけば。私のギャラで儲《もう》けている事務所なんだから」と身も蓋《ふた》も無いことを言われてしまう。

……そう言われると余計に「クラスメイトに恵《めぐ》んで貰った」感が出て受け取り辛《づら》い気もし

たが……苦笑い気味の社長を見ても、正直俺が素直に受け取った方が皆楽《みんな》そうなので、有り難く受け取っておくことにした。

「じゃあ、行くわよ」

一通りやりとりが終わったところで巡が俺を促《うなが》し、事務所をさっさと出ていく。俺はもう一度だけ社長に挨拶《あいさつ》すると、慌《あわ》てて巡の背を追った。巡がこちらを見ないまま、廊下《ろうか》を歩きつつ言ってくる。

「私は勿論《もちろん》だけど、あんたもうちの車で送るから。一緒《いっしょ》に来なさい」

「ああ、そりゃ有り難い。お言葉に甘えさせて貰うよ」

そんなわけで、二人でさっきまで乗ってきた車に乗り込み、俺は運転手さんに「すいません、よろしくお願いします」と頭を下げる。優《やさ》しそうな中年のおっちゃんは、にこっと笑ってそれに返してくれた。……今日はスキャンダル絡《がら》みとはいえ、半分クラスメイトの問題で色んなところに連れて行って貰っちまったからな……正直、とても頭が上がらない。

俺と巡が乗り込み終わると、車はゆっくりと発進した。

「……はぁぁ」

なんだか一気に安心して、思わず息を吐いてしまう。巡も同様だったようで、俺と殆《ほと》ど同じタイミングで「ふぅぅ」と息を漏《も》らしていた。お互《たが》い顔を見合わせて、思わず笑ってしまう。巡がとても珍《めずら》しい、優しげな笑みを俺に向けてきた。

「今日はお疲《つか》れ様《さま》、杉崎」

「いやいや、巡の方こそ。本当に大変なんだな、アイドル業って」

「今日は流石《さすが》に特別すぎるわよ」

「そりゃまあ、そうか」

「そうよ」

そんな実に「普通《ふつう》」のやりとりをしたきり、お互い、黙《だま》ってしまう。しばし互いの目をジッと見つめて……そして、ふいにハッとして、それぞれ自分の座っている側の窓へと、視線を逸《そ》らした。

「な……中目黒の、ことだけどさ」

「う、うん」

自分でもいくじなしだとは思うが、つい、話題を遠回りしてしまう。

……言うべき事は、もう、俺の中で、とっくに決まっていたというのに。それを、いきなり言えるほどは、大人でもなくて。

俺は、数秒だけ思考を整理して、改めて……窓の外を眺《なが》めたままで、切り出した。

「あいつの、言う通りだったかもしれないと、思ってさ」

「うん？」

巡が訊ね返す。俺は、自分が上手《うま》く喋れてないのに少し動揺《どうよう》しながらも、それでも、なんとかこの気持ちを説明しようと、頑張《がんば》ってみる。

「ほら、『甘く見てる』っていうの。正直、そういうつもりはなかったんだけど……よく考えてみれば、実際、そうだったかもしれないって」

「…………」

俺の話を黙って聞いてくれる巡に、安心して、俺は先を続ける。

「別にさ、悪い意味で中目黒を侮《あなど》ったことなんて、ないんだけどさ。実際、深い深い根っこのところで、俺はあいつを対等じゃなくて……なんか、極端《きょくたん》に言うなら巡の『下僕《げぼく》』っていうのと似た、『弟分』みたいな括《くく》りで、見てたのかもなって」

「……まあ、仕方無いんじゃない？　あいつ自身が、自らそういう『属性』まとっていたわけだし」

しれっと核心《かくしん》をつく巡に、やっぱこいつ凄ぇなと思いつつ、一人頷《うなず》く。

「ああ、中目黒がさ、いっつも俺を慕《した》って、凄く持ち上げてくれるもんだから。そういうつもりは無かったにせよ、結果として、兄貴分と弟分みたいに、思っちまってたところ、あってさ」

「私の下僕扱《あつか》いに比べたら、別にぬるいもんじゃない」

巡らしいぶっきらぼうなフォローに、俺は苦笑《くしょう》しながら答える。

「いや、お前のそれは、表面上だけだろ？　実際お前は、奥底んところで、あいつのことちゃんと『クラスメイト』だと思ってるハズだ」

「…………」

「だけど俺のそれはさ……表面上が『クラスメイト』のクセに、奥底で、あいつを弟分みたいに思っててさ。それって……確かに、甘く見てたってことだよなぁって」

「…………」

巡は、特に相槌《あいづち》も打たない。しかし話しづらい空気ではなく、むしろそれで促されるようにして、俺は、ずっと考えていたことを、述べた。

「でも、実際は、中目黒のヤツ、俺なんかよりずっと先を行ってやがって、さ」

「…………」

俺は、思わず笑ってしまう。

「ははっ、なんだよ、元の学校にもう一度転校って。そんな……そんなとんでもない発想、俺には、無かったよ。なんだよ、あれ。ちくしょう、ふざけやがって」

「…………」

「滅茶苦茶《めちゃくちゃ》、カッコ良かったじゃねえかよ、ちくしょう」

「…………」

「あの時は思わず、感情のままに引き止めちまったし、それ自体に後悔《こうかい》はねぇけどさ。本当は……俺があんなに怒《おこ》ったのは、自分が激しく動揺したからでも、あってさ。自分のずっと先行っていた中目黒の言葉に、ガツンと頭殴《なぐ》られたみたいに感じてさ」

「…………」

「……情けねぇなぁって、思ったんだ。弟分みたいに思っていた中目黒がこんなに凄ぇ決断を下せているっつうのに。俺は……俺はと言えば、普段《ふだん》ハーレムハーレムほざいているくせに、いざクラスメイトの女の子に告白されたら、トラブルを理由に、のらりくらりはぐらかすみたいにして、さ」

「…………」

隣を見ると、巡の肩《かた》がぴくんと動いていた。無言で窓の外を見るその表情は窺《うかが》い知《し》れないが……彼女が緊張《きんちょう》を来《きた》したのは、俺にだって、分かった。

それでも……俺は、続けなければ、いけない。

彼女のために。

俺のために、

……最高にカッコ良かった友達に、恥《は》じない自分で、いるために。

俺は。

深く息を吸って、本題を、切り出した。

「お前の、告白に対する答え、だけどさ」

「……ええ」

巡から、ようやく言葉が返ってくる。しかし、その声は明らかにいつもの気丈《きじょう》なそれではなく、喉《のど》の震《ふる》えが伝わって来るような、そんなか弱い声で。

運転手さんの方をちらりと見る。……正直、所属事務所の関係者さんの前でするような話じゃないのは重々承知だし、本当なら「二人きり」の状態でするべき話なんだろうけど……これでいいと、思った。色々な理由はあるが、なにより一番は、タイミングなんか計らず、出来るだけ早く伝えるべきことだと、思ったからだ。「タイミング」なんて待ってたら……いたずらに、巡を不安にさせる時間が増えるだけで。そんなの、全然重要視すべき問題では、なくて。

だから。

「…………」

運転手さんと、ミラー越《ご》しに目が合った。俺が思わず会釈《えしやく》してしまうと、彼は優しげな視線だけ少し返してくれ、そして、すぐに運転に集中する素振《そぶ》りを見せる。……俺はもう一度だけ運転手さんに頭を下げ、そして――いよいよ、答えを、返した。

「ごめん。今の俺に、その気持ちは、受け入れられない」

「……そっか……」

こちらを見ずに、巡が応じる。しかし……その体は明らかにぶるぶると震え、手はぎゅうっと強く強く、握《にぎ》り込まれている。正直、見ていられない辛さだった。しかし……俺は、窓の外に視線を逃《に》がすことなく、巡の一挙一動全《すべ》てをしっかり目にやきつけながら、言葉を、続ける。

「好きな人が、いてさ」

「…………」

びくんと大きく震える巡。……涙《なみだ》を流して、いるんだろう。そう、分かってしまうものの……それでも俺は、話を、やめるわけにはいかなかった。

「他人にしてみれば、ふざけて聞こえてしまうのは重々承知だけど……俺の好きな人は、一人じゃ、ないんだ。複数の人が、同時に、大事で、さ」

「…………」

「だったらって、思うかも知れない。お前のことも、受け入れればいいじゃないかって。実際、俺は普段から言っているしな、美少女はいくらでも来いって。それも、うん、嘘《うそ》じゃ、ないんだ」

「…………」

「だけど……だからこそ、お前は、特例、でさ」

「……特例？」

久々に返ってきた言葉に、俺は、しっかりと頷く。

「ああ、特例だ。本当に、申し訳無いけど……俺は、お前の事、心から友達だと思っててさ。出逢《であ》い方のせいかな……どうしても、ライバルとか、友達とか、そういう気持ちの方が先行しちまってて。女としてっていう見方が、不思議と、出来ていなくて、さ」

「…………」

「だからこそ、大事で。他の女性が告白してきてくれるのとは、まるで次元の違《ちが》う話で。……お前は、俺にとって大切すぎたんだよ。女性としてのお前より、友達やライバルとしてのお前の存在が、俺の中ででかすぎて……だから、告白して貰《もら》って、すぐに答えを、返せ、なくてさ」

「……そっか」

巡が、この話題以降初めて、妙《みょう》に明るい声を出す。既《すで》に涙は止まったのか、少しだけ袖《そで》で目元を拭《ぬぐ》った後、彼女はしっかりとこちらに振《ふ》り向《む》いた。

笑顔、だった。俺の見てきた中で、一番、悲しい、笑顔だった。

「分かった。あんたは、私を、女として見られない。そういう、ことよね？」

「ああ……」

「……うん、本当は、ずっと、分かってたことよ。あんたが私をどう見ているのかなんて……訊《き》くまでもなく、知っていることで。でもだからって、ひっそり引き下がるようなマネは、出来ない性格でさ」

「……ああ」

「だから、良かったわよ。うん。良かった。ちゃんと、答え、貰えて。これで私も――」

そう言って、巡は、アイドルの仕事で見せていたような、最高の作り笑顔を、俺に、向けてきてくれた。

「あんたを吹《ふ》っ切《き》って、ちゃんと前に進めるわ」

そう、言ってくれた彼女に。

俺は……。

俺は。

「え、吹っ切っちゃうの？」

ぽかんとした顔を、向けてしまう。

すると、巡の方もまた、俺の反応が意外といった様子で、「ふへ？」と気の抜《ぬ》けた声を発した。

俺は、「いや、あの、さ……」とぽりぽりと頭を掻《か》く。……な、なんか急に恥ずかしくなってきた！　とっくに決めていた答えだったのに、巡にそんな風なテンションになられてしまうと、雰囲気《ふんいき》的に余計言いだし辛《づら》いつうか！

「？」

「う……」

くいっと首を傾《かし》げる巡を、思わず、可愛《かわい》いと思ってしまう。……巡って、こんなだったっけな……。

焦《あせ》る、焦る、焦る。

しかし、その自分の気持ちに、俺は余計に、自分の答えが正しいと、確信して。

そして。

——林檎《りんご》の時と同じ……それまで女性として意識してなかった義妹《いもうと》の気持ちを知った、あの時と同じ間違《まちが》いを繰《く》り返《かえ》したりしない、新しい俺の、答えとして。

顔を、真っ赤に染めながらも。

思わず、窓の外に視線をやって、逃げてしまいながらも。

俺は。

ゆっくりと、巡に、手を、さしのべた。

「だ、だから、さ。俺達はその、出逢いの大前提から、ちょっとかけちがっちまったわけで……」

「？　はぁ……。いや、だから、あんたは私をフッて……」

「そうじゃねぇよ！」

「？」

や、やべぇ、どんどん言い辛くなってく！　こ、こうなったら！　さっさと言うしかねぇ！　俺は、顔どころか、耳、そして恐《おそ》らく差し出した手まで真っ赤にしながら、ずっと言おうと思っていた答えを……返した。

「と……友達から、よ、よろしく、お願い、します」

「――え？」

なにを言われているのか分からない、といった様子の巡の声。

俺は……俺はもう、熱で倒《たお》れるんじゃないかというほど体温を上げてしまい、しどろもどろになりながら、続けた。

「だ、だから！　最初の時点から、やり直させて下さいっつってんの！　さ、流石《さすが》にいきなり『お前もハーレムの一員！』みたいな態度とるのは、俺にも無理なので……えと、改めて、今度は……そ、その、女性として意識した上で……えと……なんつうか……また、友達から、始めてくれませんかっ！」

「…………」

答えが、返ってこない。や、やべ、すっげぇ呆《あき》れられているんだろうか。俺の都合いい答えに、心底呆れられてしまったんだろうか！

俺が物凄《ものすご》い不安に駆《か》られながら待つこと、数十秒。

ぎゅっと、俺の差し出した手が、握られる感覚と共に。

すっかりいつもの様子に戻《もど》った声で大笑いしながら、巡が、返してきてくれた。

「あは……あははははっ！　な、なによそれ、あんた！　バッカじゃないの！　バッカじゃないの！　ホント、これじゃあ、どっちが告白したんだか、分からないじゃないっ！　あはっ、あはははははっ！」

「う、うっせぇ！　それで、その、答えは——」

「こっち向きなさいよ、杉崎」

言われて、俺は、顔を真っ赤にしたまま巡を振り返る。

改めて見た彼女は――巡は、目に涙を溜《た》めながらも、作り笑顔じゃない、俺の今まで見た中で最高の笑顔を、浮《う》かべてくれていて。

彼女は、指で目の端《はし》の涙を拭うとともに、はにかみながらも、いつもの憎《にく》まれ口《ぐち》で、答えを返して、くれた。

「こちらこそ、来年もよろしくねっ！　バーカ！」

エピローグ

こうして、ボクは碧陽学園を去りました。

って、本当なら、実際のお別れの様子も書くべきですよね。でもそれは、あの「卒業式」の延長線上の話でもあるので、少なくとも、二年B組の記録としてよりは、生徒会さんの記録として――杉崎君が、記すべきことなのだと思います。

だから、ここには、ボクの大好きな人達の「あれから」を、記させて下さい。

まず、杉崎君。

彼はボクが碧陽を去ってからも、メールで自分の書いた生徒会や碧陽学園に関する小説の原稿《げんこう》を送ってくれています。これから自分の卒業まで、書き上げたらすぐ送ってくれるとのことで……その原稿を見るだけで、ボクは充分《じゅうぶん》にこれからの一年を戦え抜けそうで。杉崎君のことだからそういうことまで見越《みこ》して送ってくれているんだろうなということを考えると、やっぱりボクなんかまだまだ彼の足下にも及《およ》ばないな、なんて痛感して、身が引《ひ》き締《し》まる思いです。

そうそう、碧陽からの去り際《ぎわ》、深夏さんの妹さんの真冬ちゃんに「オンラインで友達とゲームを遊ぶ方法」を杉崎君ともどもレクチャーして貰ったので、折角だからと昨日の夜暇《ひま》を見計らって、杉崎君をメールでオンラインゲームに誘《さそ》ったのですが、返信が全くきませんでした。杉崎君は、やっぱりボクに微妙《びみょう》に冷たい気がします……。

ちなみに文面は。

「や　ら　な　い　か」

だったんですが。……何度見ても、落ち度ある文面とは思えません。あ、フランクすぎたかな。でも真冬ちゃんはこれでいいと言うし……うーん、不思議です。

次に、深夏さんですが。

あれから、一番行動に変化が出たのが、深夏さんでした。いや、杉崎君と巡さんも変わったといえば変わったんだけど、それを受けた上で、誰《だれ》より顕著《けんちょ》な変貌《へんぼう》を見せているのが深夏さんっていうか……。えと。例えば、日常の一幕を記すと。

「おーい、鍵、一緒《いっしょ》にパン買いに行こうぜー」

「おう深夏。わりぃ、今日は――」

「あ、杉崎。前約束してた、空港でしか買えない限定チルド弁当買ってきてやったわよ」

「おー、巡サンキュ！　これ、食いたかったんだよなー！」

「ふっふーん、このアイドル様に感謝しなさいよ！」

「おう、感謝感謝だぜ！　よ、巡様、可愛《かわい》いー！」

「あ、あらそう。……わ、私の方の惣菜《そうざい》もちょっとつまむかしら？」

「え、いいのか？　くれくれ！」

「えとじゃあ……はい。あーん」

「へ？」

「え？」

「…………」

「…………」

「えと……あの……あ、あーん」

「え、あ、うん。はい、っと」

「…………」

「…………」

「……ご、ごほん！　め、巡、これはやっぱ流石に――」

「うきゃー！　わ、分かってるわよ！　なんか暴走したわよ今！　はいはい、ごめんねごめんねー！　取り消し取り消し！」

「お、おう。まあ、結局食っちまった俺も俺だが……」

「そ、そうよ、私達はまだ友達なんだからね！」

「お、おう」

「…………」

「……へへ、楽しそうでいいな、鍵、巡。……ふ、へ、へへ、へへへへへへ」

「（み、深夏さんが微妙に壊《こわ》れてきてるぅー！）」

　というようなことが、割としょっちゅうありまして。いや杉崎君と巡さんの妙《みょう》な初々《ういうい》しい「前向きな友達関係」も結構アレなんだけど、そんなのを見ても今までの深夏さんだったら「あっはっは、お前等仲良いなぁー」なんて言ってたところが、普通《ふつう》に「うー」と拗《す》ねた視線で杉崎君を教室の端から見つめて、いじいじいじいじいじいじいじするようになってきたといいますか。

……うん、なんだろう、一言で「嫉妬《しっと》」と言ってしまえばそれまでで、悪い方向への変化みたいなんだけど、不思議と、その光景にボクは安堵《あんど》を覚えたりもしていました。

深夏さんが、ようやく、言葉だけじゃない、ちゃんとした恋《こい》をし出した、感じがして。

……まあ、たまに「いじいじ」しすぎて、教室の壁《かべ》に指でぶすぶす穴を開けるのはどうかと思うけど、あの様子を見るだに、来年の二年B組も相当楽しそうだと思ってしまうわけで。

そして、今の話にも出た、巡さんだけど。

杉崎君との関係性が若干《じゃっかん》変わったとはいえ、どちらかといえばそれは杉崎君側のモチベーション変化が大きいわけで、彼女自身はといえば、割と今まで通りの生活だったりします。杉崎君へのラブラブ光線が、ちょろちょろ報《むく》われ出しただけで。

そういう意味では、実は彼女の中で一番価値があったんじゃないかと思われる変化が、深夏さんからの「ライバル認定」かもしれないです。

さっき例に出したように、この変化で、深夏さんがようやく「嫉妬」を覚え。もうそうなってしまったらこっちのものとばかりに、今の巡さんは一気呵成《いっきかせい》の大攻勢《こうせい》。二年B組のクラス内においては、深夏さんにつけいる隙《すき》を与《あた》えない「杉崎君独り占《じ》め状態」のため、近頃《ちかごろ》はこの人達の恋愛《れんあい》模様を見守ってきたボクら……二年B組メンバーとしては面白《おもしろ》くて仕方無い逆転状態、「余裕《よゆう》綽々《しゃくしゃく》の巡さんに、泣きそうな顔でいじける深夏さん」という状況《じょうきょう》に陥《おちい》っているわけで。

これには、確固たる意志で転校を決めたボクも、「やばい、こっから先が面白いところじゃないか！　すっごく見たい！　見守りたい！」と半日ほど転校を取りやめようかと悩《なや》んだぐらいですが、最後は流石に冷静になって考え直しました。まあ、巡さんに連絡《れんらく》とれば、すぐにベラベラと惚気話《のろけばなし》してくれそうだしね。

そうそう、その巡さんだけど、彼女の場合はテレビでも見られるから、ボクはなんだか得した気分です。一昨日《おととい》なんか、生放送のクイズ番組中の、タレントがマラソンを走るコーナーで、色んな声援《せいえん》に混じって「善樹ー！　がんばれぇー！　きばれぇー！　負けるんじゃないわよー！」と叫《さけ》んでいて、ボクは全身に汗《あせ》を掻《か》いてしまったぐらいで。

……周りの出演者たちは「（よしき？）」と何人か不思議そうな顔をしていたけど、走っているタレントの中に「藤木《ふじき》」という名字の方がいたので、ちょっと噛《か》んでいるだけかと解釈《かいしゃく》されたらしく、特に誰も指摘《してき》することなく番組は進行していた。……巡さん、ついに、番組まで私物化しだしましたよ。

……まあ、おかげで、この上無くファイトが湧《わ》いたんですけどね。

そして最後に、守君。

彼の恋の結末に関して、ボクから言えることは何もありません。あの日に起った出来事の報告は貰《もら》いましたが、だからといってそれから彼の雰囲気《ふんいき》が変わった、なんてこともなくて。これからも彼が深夏さんを好きでい続けるのか、それとも、新しい恋を見付けるのか。多分それは、まだ、彼自身にも分かっていないことなんだと思います。

ただ一つ言えることは、ボクが碧陽を去るその時まで、彼は一点の曇《くも》りも無い笑顔を、ちゃんと見せてくれていたっていうことで。

そうそう、守君に関しては、ちょっと印象的なエピソードがあって。ある日二人で学校から帰宅していた時のことなんだけど……。

「善樹、ちょっと転校してからの未来見てやるよ！」

急に言い出した守君に対し、ボクはブルブルと激しく首を横に振《ふ》った。

「いやいいよ！　守君に未来見られるのって、なんか百害あって一利な——」

「なんで見るの⁉　ねぇなんでいつも勝手に見ちゃうの⁉　それ世が世なら盗聴《とうちょう》とか盗撮とかそういう類《たぐい》の犯罪にさえ類型されそうじゃない⁉」

「善樹の転校先での未来、それは……」

「いーやーだー！　聞ーかーなーいー！」

ボクはぎゅうっとしっかり両手で耳を塞《ふさ》ぎます。完全に音をシャットアウトした状態で踏《ふ》ん張《ば》っていると、不意に、頭の中に声が響《ひび》いた。

「(沢山《たくさん》の友達が出来て、楽しそうにしてるぜ！)」

「(テレパシーまで使われたぁー！……って、え？)」

ボクは耳から手を外して、守君を見る。彼は照《て》れ臭《くさ》そうに鼻をこすっていた。

「ま、オレの超能力《ちょうのうりょく》は微妙だから、未来予知なんか殆《ほとん》ど当たらないけどな」

「な、なにそのぬか喜び！　酷《ひど》いよ！」

がっかりするボクに、守君は「じゃあ」と続けてきます。

「お前がオレの超能力を、微妙じゃなくしてくれよ」

「え？」

「当てさせてくれよ……未来予知」

「見えた！」

笑いながら、ボクを見る守君に。

ボクは、ちゃんと正面から向き合って、確信を持って頷《うなず》き返した。

「任せてよ！　絶対に、当てさせてみせるよ、その未来予知！」

…………。

こうして、皆《みんな》から沢山の勇気を貰って、ボクは碧陽を去り。

そうして、今日。

ボクは遂《つい》に、未来予知実現への第一歩を、踏み出そうと、しています。

＊

「あ、つばきさん」

「……ホントに、来たんだ……」

海陰への登校初日。他の生徒より少し早く来て職員室で先生に挨拶《あいさつ》を済ませ、朝のＨＲが始まるまでの時間を職員室の応接コーナーのソファでボンヤリ過ごさせて貰っていると、今登校してきたばかりといった様子で鞄《かばん》を持ったままのつばきさんがやってきた。

案内してくれた担任の先生が「じゃちょっと仕事あるから」と席を外したのを見計らって、つばきさんは対面のソファにドスッと不機嫌《ふきげん》そうに腰掛《こしか》けて、こっちを見つめる。

「えと……つばきさん？」

「…………」

ジーッと、顔を見られてしまう。うぅ……居辛《いづら》い。や、やっぱりまだ怒《おこ》ってるのかな？ 謝った方がいいのかな？ いやでも、つばきさん、なんか謝ると怒るし……。……もしかしてボク、登校初日にて、早くも人間関係詰《つ》んだ!? わー、ど、どうしたらい——

「……花壇《かだん》」

「え？」

ボクが訊《たず》ね返すと、つばきさんはぷいっと顔を背《そむ》ける、そしてさっき座ったばかりなのにすぐ立ち上がり、肩《かた》に雑にカバンをかけつつ、凄《すご》くどうでもよさげに告げてくる。

「手入れ、して、あるから」

「……え？」

「……それだけ、よ」

「…………」

つばきさん。顔こそ完全に逸《そ》らしているものの、耳が真っ赤だった。

……ボクは、そんな彼女に……こちらを見てくれてはいないのは承知していながら、心から微笑《ほほえ》んで返した。

「ありがとう、つばきさん」

「……別に……」

「じゃあ――」

続けてボクは、実に自然に――一年生の頃《ころ》と何も変わらないトーンで、声をかける。

「昼休み、また、いつもの花壇で」

「っ！」

バッと振り返り、こちらを信じられないものでも見るかのように見つめるつばきさん。

彼女は必死な顔で、涙《なみだ》を溜《た》めた瞳《ひとみ》で、言葉にならない何かを言おうとして――でも最後には、結局ただ一言――

「…………うん」

とだけ言い、大層恥《は》ずかしそうにだけれど、こくりと頷いてくれて。しかし直後、なぜか「かぁっ」と急速に顔を赤くすると、思い切り振り返って、照れ隠《かく》しみたいに告げる。

「み、見てるんだからね！　善樹君の今日の挨拶！　今更臆《いまさらおく》したりするんじゃな――」

「あ、つばきさん一緒《いっしょ》のクラスなんだ！　やったぁ！」

「――っ！　か、かかか、勝手にしてよっ、もう！」

「？」

つばきさんは職員室だというのにドタドタと小走りでボクから離《はな》れると、思いっきりドアを開け閉めして去って行ってしまった。先生達共々しばし呆然《ぼうぜん》としていると――不意に、校舎全体にチャイムの鐘《かね》が鳴り響く。

「……じゃあ、中目黒君。そろそろ、HRに向かうよ」

黒縁《くろぶち》眼鏡をかけた少し冷たそうな担任の男性教諭《きょうゆ》に声をかけられ。

「はい」

ボクは、確固たる覚悟《かくご》を持って、ソファから立ち上がった。

【存在意義のあるエピローグ】

廊下《ろうか》。三年D組と記されたプレートの下で深呼吸をする。余計に心臓が活発になる。

「というわけで、皆も既《すで》に知っているかもしれないが、今日からクラスメイトが増える。……おい、騒《さわ》ぐんじゃない！」

教室の中では、ボクを紹介《しょうかい》する前フリが始まっていた。胸の中で頼《たよ》りない拳《こぶし》をぎゅっと握《にぎ》り込む。

大丈夫《だいじょうぶ》……大丈夫。普通《ふつう》にすれば、いいんだ。前のボクとは……違《ちが》うのだから。

目を瞑《つぶ》る。今までのことを思い出す。ボクの人生。ボクの高校生活。

すると、なぜだろう。楽しいことだらけでいっそハチャメチャでさえある回想で、逆に、ボクは落ち着きを取《と》り戻《もど》した。

（そうだよ……あの学校には楽しい思い出が沢山あって。でもだからこそ、ボクはここで戦うことを決めて。だからもし、もう一度傷ついたって……もうそこが限界だなんて、諦《あきら》めたりしない！）

ボクは思い切って、戸を引く。

広がる視界。飛び込んでくる光。眩《まぶ》しさに目を細める。

『…………』

気付くと、約八十の瞳がボクを映していた。少しだけ、怯《おび》えてしまう。だけど……。

（あ……）

すぐに気付いた。「違う」と。それは、以前と同じ——いやそれ以上の、好気と侮蔑《ぶべつ》の目では、あるのだけれど。だけど、ボクの心は、最早芯《もはやしん》まで冷えることはなくて。なぜなら、心の奥の奥、一番核《かく》のところから、仄《ほの》かな温かさが、絶えず湧いてきてくるから。

「では、自己紹介しなさい」

先生が、面倒事《めんどうごと》をさっさと済ませようとするかのように淡泊《たんぱく》に促《うなが》す。ボクは戸を閉め、堂々と胸を張って教卓《きょうたく》の近くまで行き、意を決して挨拶をしようとしたところで——口から全く言葉が出て来ないのに気付いて、愕然《がくぜん》とする。

強い心を持って、ここに来たはずなのに。強い覚悟を持って、ここに来たはずなのに。

心じゃなく体が……体に染みついたトラウマが、ボクを突如雁字《とつじょがんじ》搦《がら》めにする。

「（……ボクは、結局……）」

思わず目をぎゅっと瞑って俯《うつむ》いてしま——

「(負けてんじゃねえぞっ、中目黒!)」

突如頭の中に響いた声に、ハッとして顔を上げる。今のは……杉崎君?

戸惑《とまど》いに揺《ゆ》れる間もなく、次々と頭の中に響く声。

「(やったれ善樹!)」「(シャキッとしなさい下僕!)」「(ところてーん)」

「ぶっ⁉」

「?」

いきなり吹《ふ》き出してしまったボクに、クラスがざわめく。しかし、ボクはニヤニヤをどうしても抑《おさ》え切れない。

今のは、守君の超能力だろうか。テレパシーは近くの人としか出来ないはずなのに……まったく、無理しちゃって。ボクと同じく今は他校にいるはずの深夏さんの声まで中継してくれるなんて相当だ。

そんな無闇《むやみ》に高レベルなことするもんだから、おかげで最後の守君の言葉なんか、全く意味不明なものに変換されてしまっているじゃないか。ホント、なんて……。

なんて、素敵な友達を、ボクは、持ったんだろう。

「すぅ……」

ボクは少しだけ深呼吸をすると。

自然に動くようになった体で。

心配そうに見つめるつばきさんに、しっかりと頷き返し。

そうして——

最後に、一心の底から笑顔を浮《う》かべて、校内全部に響《ひび》けといわんばかりの大声で、挨拶をしたのでした。

「お久しぶりです！　中目黒善樹です！　一年ぶりですが、またこれから、よろしくお願い致《いた》します！」

立碧陽学園生徒会

Hekiyoh School student council

あとがき

あとがきの書き出しでページ数を嘆《なげ》くパターンはもういいよと思いつつ、またも二桁《けた》ページ数あとがきに少し涙目《なみだめ》の葵《あおい》です。作家です。エッセイストではないです。

というわけで今回は一〇ページなんですが、担当さんからこれを聞いて一瞬《いっしゅん》「あ、短い方じゃん」と思った私は何かの基準が決定的に狂《くる》い始めているんだと思います。

まあそれはそれとして、あとがき。

今回は「生徒会の金蘭《きんらん》」と題して番外編短編集第六弾《だん》をお送りいたしました。……水際《みずぎわ》、木陰《こかげ》、金蘭と本編挟《はさ》まず連続で申し訳無いです。大人の事情です。……大人の事情って書くと、大概《たいがい》のことは「あー」と思って貰《もら》えます。なんでしょうねこの便利な言葉。それでいてなんとなくニュアンスがちゃんと伝わってくれるのが凄《すご》くいいと思います。

なんにせよ本編を楽しみにされている方、申し訳ありませんでした。個人的にはもう少し早く出したかったんですが、いざこうなってみると、先に金蘭来たのは「卒業」を扱《あつか》っている本編に対して、丁度良いタイミングだったかなとも思います。

というわけで、ここから先は露骨《ろこつ》なネタバレこそしないものの、一応内容に触《ふ》れるので、真《ま》っ新《さら》な状態で本編を読みたい方はちょっと読み飛ばして下さい。この話題の始まりと終わりを改行しておきますので。

で、金蘭ですが。既《すで》に読まれた方はご存知の通り、ぶっちゃけ「二年B組編最終巻」です。っていうかすいません、例の話のボリュームがアレで。最早《もはや》生徒会というタイトルを冠《かん》していいものやらです。

一応、ドラマガ掲載《けいさい》分の収録もありますが、やっぱりこの巻のメインは二年B組ですし、彼らだけにスポットを当てた物語としては最終回なので、その話題をここで語らせて頂《いただ》きますと。

なんというか……変な話、本編最終巻よりも「シリーズ最終回」な内容なんで、大分体力使いました。前もなんか愚痴《ぐち》ってましたが、ホント、生徒会とは別にもう一つシリーズ完結させた感じです。

二年B組編はそもそもドラマガの付録として、最初はあくまで「おまけ」の気持ちで書いたため、まさかこんなシリーズになるとは思っていませんでした。正直な話、私の中では最初の三話（付録単体）で終わってた感さえあって。その後は、まあドラマガで短編書く時に生徒会本編との違《ちが》いを出しやすいという理由で便利に使われ始め、それは短編集書き下ろしにおいても同様で、気付けばシリーズの話数が増えていき。

こうなってくると宇宙姉弟《うちゆうきようだい》の気持ちや中目黒善樹《なかめぐろよしき》の成長に関して放り投げるわけにはいかなくなってきたといいますか。単発の登場キャラならそれでいいハズなんですが、流石《さすが》にここまで何回も登場してしまうと、これはもう彼等の物語の決着をちゃんと描《えが》かないとなぁとなりまして。

最初はそれぞれの最終回を別々に描こうかなと思っていたんですが、二年B組の仲良し五人組ってそれぞれに何かあった時は全員で対処にあたるよなぁということもあり、だったらと全員の物語を同時に並行させました。

結果として、あんな感じの長編になってしまいました。基本シリアスなことも含《ふく》め、生徒会の軽い会話を期待してくれている方には申し訳無かったです。でも、個人的には凄く満足いっている物語でもあるので、この話はこの話で好きになってくれたら嬉《うれ》しいなと思います。

しかし今更《いまさら》ですが、あの話だけ見ると、ホント生徒会とは似ても似つかないですよね。長編な上になんか群像劇。特に群像劇に関しては私が殆《ほとん》どやったことないタイプです。……ちゃんと出来ていたでしょうか。私は一人の主人公の内面を延々《えんえん》書くのが基本好きですが、今回の視点が飛ぶ話は話で、面白く書かせて頂きました。それぞれの認識している状況《じょうきょう》が違うっていうのは、難しくもあり、面白くもあり。まあ最後には当然合流するんですけどね。

で、今考えると、前巻の前編も合わせると、ボリューム的に最早これで一冊いった方が良かったんじゃないかとさえ……。まあでもそれはいよいよタイトルに生徒会を冠せなくなるから駄目《だめ》か。

とにもかくにも、これにて二年B組に関する物語はおしまいでございます。

とはいえ、実はまだ彼等が出る機会はあるのですが、それは一行アキでここを読み飛ばしている読者の皆《みな》さんを戻《もど》してからということで。いきますよ？

はい、というわけで金蘭に出て来た「外宇宙からの侵略者《しんりゃく》」に関するネタバレはここで終了《しゅうりょう》です。皆さん戻ってきて下さい。いやぁ、読まれた方は同意して頂けると思いますが、熱く語ってしまいました。お恥《は》ずかしい限りです。まさかあんなに筆がのって、壮大《そうだい》な生徒会ワールドの根源に関わる設定までお披露目《ひろめ》してしまうとは思いませんでしたね。ほら皆さん、涙を拭《ふ》いて。読み飛ばしてきた方がドン引いてますよ。

そんなわけで茶番はさておき、金蘭の話を終えて、次からの話なんかをします。

まず、この番外編シリーズが曜日で来ていることで予想つくと思いますが、まだもう一冊「土○」があります。まだタイトル考えてません。男らしい私は、タイトルなんかいつだってギリギリ後付けさ！……すいません。

なんにせよ、もう一冊あるわけで。で、それに収録されるのは、まず当然ながらドラマガ連載《れんさい》分数本なわけですが。ドラマガ読んでいる人は既に前編を読まれていると思いますが、その中には「二年C組最終回」が含まれます。とはいえ二年B組ほど大ボリュームじゃないのでご安心を。短編二話分とちょっとぐらいです。後編含め既に書き終わってます。で、もう一つぐらいドラマガ掲載分が収録されまして。残りは書き下ろしになるわけですが。

その書き下ろしは、卒業式「後」の二次会の様子なんかをやろうかなと思っています。ある意味で、本編含めた後日談ですね。……あ、違う。後日じゃない。同日談だ。なので、二年B組や一年C組のそれぞれの物語は最終回を迎《むか》えますが、そこで生徒会登場キャラ全員参加のお祭《まつ》りみたいな中編をやってこの曜日シリーズ最終回とさせて頂こうと思っておりますので、楽しみにして頂ければ幸いです。

予告としては、そんな感じでしょうか。元々番外編シリーズですし、色んな意味で、最後はシリアスなんか完全排除《はいじょ》したお祭り騒《さわ》ぎがいいですよね。

さて、そして本編最終巻ですが。現在の予定としては二〇一二年一月発売予定です。現在（八月末時点）で九割は書き終わってますので、よっぽど何かない限り出ます。

こちらは当然卒業式メインとなっております。本編はあくまで生徒会の五人がメインなので、番外編キャラが続々出てくることはありませんが、その分彼ら五人と、碧陽《へきよう》学園の卒業式というイベントをガッツリ描いておりますので、ここまで付き合って頂いた読者様におかれましては、彼らの卒業式に家族目線で参加して頂けると嬉しいなと思っております。

そして勿論《もちろん》、ギャグもやっております。ある意味「生徒会五人で喋《しゃべ》る」っていう元々の純粋《じゅんすい》なテイストでのギャグをやる最後の機会ですので。元々出《だ》し惜《お》しみなんかしてないですが、書き終わった時に全部出し尽《つ》くしたと言えるよう、気合い入れて取り組ませて頂きます。

そんな感じでしょうか。

さて、予告終わり。……そんなわけで、個人的には最近「最終回ラッシュ」でした。

もう、なんか、常に最終回書いてます。そもそもここ半年ぐらいは常に本編最終巻取り組んでますし、そこに加えて二年B組、一年C組それぞれの最終回来て、丁度その時期に本編の方のラスト部分も書いていたりで。……しんどい！　シリーズって、勿論始めるのにも多大な体力使うと思うんですが、やっぱり「終わらせる」の方が凄い体力使うと思うんですよ。いや、新作やりだしたら「始める方が疲《つか》れるなぁ」と言い出しそうですが！　でも多分、一回でも趣味《しゅみ》で執筆《しっぴつ》取り組んだ人は分かってくれるんじゃないでしょうか、終わらせる苦しみ。

そういう意味じゃ、物語を終わらせられるって、それだけで凄いことだと思います。あ、自分で自分褒《ほ》めているんじゃなくて。趣味でやっている人で、ちゃんと作品終わらせている人は、絶対に賞とか応募《おうぼ》すべきです。趣味でやるって、なんの責任も伴《ともな》わないのに、それでもちゃんと終わらせるって凄い事だと思います。下手すると商業誌でやっている人よりも全然。

……あ、なんか、私が富士見ファンタジア大賞の選考委員に最近抜擢《ばってき》されたこと考えると、応募を促《うなが》す大人なあとがきみたいな感じになってる！　凄い！　完全にまぐれ当たりだったけど！　私大人！

そうなんですよ。私、なんか選考委員やるんですよ。こんなアホな会話ばかり書いている人が、何の権限で他人の作品に優劣《ゆうれつ》つけるのかと自分で思います。思いますが、その分真摯《しんし》に取り組みたいと思っています。まあ、私の担当する回の応募はもう終わってしまっているんですけどね（じゃあこの文章なんだったのかと思いつつ）。

さて、そんなこと言っているうちに結構ページ数消化しました。こんなにまともに作品のことだけ語って消化するなんて、なんというあとがき技術でしょう。……元来あとがきってそういうものだったかもしれないです。

ちなみに今は八月末なんですが、プライベート話題としては免許《めんきょ》の更新《こうしん》に行かねばいけないです。誕生日が八月十一日でして、免許の更新ってその前後一ヶ月以内なんですが、誕生日ちょっと過ぎるまで全然気付いておらず（通知のハガキも無くて）。気付いた時は、自分って驚異《きょうい》的な運の持ち主だと思ったものです。……いや、ここ五年、更新なんて気にしたこともなかったのに、ふと気にしたのが偶然《ぐうぜん》期間内とは……と。ただまあ、誕生日来て意識するなんて、よく考えたら実に普通《ふつう》のことです。普通なんだけど……なんでしょうね、あの「私すげぇ」感。

で、ちゃんと気付いたのに、未だ行ってないこの現状。これだから引きこもりは……。

散髪《さんぱつ》とかもそうなんですが、引きこもり思考のせいなのか、行くと決心するまでが凄く長くて、憂鬱《ゆううつ》で、でもいざ行ったらあっさり終わって「だったら早めに行けば良かった」

と思うっていう。案ずるより産むが易しとはまさにこのこと。免許の更新も散髪も、別にイヤなことじゃないのに。あ、旅行とかもそうかも。別に嫌なことじゃないし、どちらかというと楽しみでさえあるのに、直前になったら凄く面倒臭くなるっていう。でもいざ行ったら普通に楽しい、みたいな。

　そういう意味じゃ、最近の最終回ラッシュも私にとってはそんな感じでした。漠然《ばくぜん》と大変だろうなと思っていて、実際大変ではあったんだけど、やってみるとちゃんと出来るもんだし、書き終わったら満足感あるなぁっていう。

　……まあ、真の意味ではまだ生徒会完全完結までちょっとあるんですけどね。


　さて、ではそろそろ謝辞《しゃじ》なんかをば。

　まずイラストの狗神煌《いぬがみきら》さん。今巻では驚愕《きょうがく》のキャラチョイスだった表紙ばかりか、衝撃《しょうげき》的な口絵まで、本当にありがとうございました！　特に口絵の「うひょー！」感はシリーズ通してもトップレベルだと思います。担当さん大興奮。私も大興奮。つまり男性陣《じん》大興奮。読者皆大興奮。……最高でした。

　そして、とんでもないボリュームになった後編を受け入れてくれた担当さん。実は後編の最後の最後の締《し》め部分に関しては第一稿《こう》から結構変わっていまして、それは担当さんの意見によるところなんですが、自分で読み直しても劇的に後味が良くなっていて、本当にありがたいアドバイスを貰《もら》いました。これからもよろしくお願い致《いた》します！　意図しない超《ちょう》ボリュームは今後無くし――控《ひか》えたいと思います。ええ、控えたいと。うん。

最後に、この金蘭……二年Ｂ組最終回まで付き合って下さった読者様。

この巻から生徒会は「終わり」だらけです。だけどそれらをただ寂《さび》しいだけの話ではなく、終わりを描いた時にこそ見える未来の希望も含めて、真摯に描いていきたいと思いますので、もう少しだけお付き合い頂けたら幸いです。

それでは、次は――いよいよ本編最終巻で出逢《であ》えると信じて。

また次回！

葵　せきな

【初 出】

反抗する生徒会　ドラゴンマガジン2010年3月号
逆生徒会の一存　ドラゴンマガジン2011年3月号
大生徒会の一存　ドラゴンマガジン2011年5月号
偽生徒会の一存　ドラゴンマガジン2011年7月号
二年B組の進級　～決意の章～　書き下ろし

富士見ファンタジア文庫

生徒会《せいとかい》の金蘭《きんらん》

碧陽学園生徒会黙示録6

平成23年10月25日　初版発行

著者――葵《あおい》せきな

発行者――山下直久

発行所――富士見書房

〒102-8144

東京都千代田区富士見1-12-14

http://www.fujimishobo.co.jp

電話　営業　03(3238)8702

　　　編集　03(3238)8585

印刷所――暁印刷

製本所――BBC

ISBN978-4-8291-3689-8 C0193

第24回 後期ファンタジア大賞
大賞専用HPがオープン♪ オンライン選考開始!!
http://www.fantasiataisho.com/
大賞専用HPから投稿できる!!
応募の詳細もコチラから!!
後期締切
2012年1月31日
(当日消印有効)
★前期&後期の年2回募集!
★一次選考通過者は、全員に評価表をバック!
★前期と後期で選考委員がチェンジ!
40周年記念! 新部門設立!!
詳しくは公式サイトへ
後期選考委員 ●あざの耕平 ●鏡貴也 ●ファンタジア文庫編集長ほか(敬称略)
大賞 300万円
金賞 50万円
銀賞 30万円 読者賞 20万円
NEXT!! 第25回 前期
2012年8月31日締切(当日消印有効)
前期選考委員 ●葵せきな ●雨木シュウスケ
●ファンタジア文庫編集長ほか(敬称略)
イラスト/なまにくATK(ニトロプラス)